Judith
ou
les amours résistantes

Du même auteur :

- *Aurore*, 2021, Presses de la Cité

- *Immortelle(s)*, 2022, Presses de la Cité

ISBN : 978-2-36652-340-9

Couverture : Romain Champagne à partir de la photographie
« couple de profil » © Pilar

Bertrand Touzet

Judith
ou
les amours résistantes

Merci à Noël, Robert, Colette, Jeannette, Robert Jordan, Josep Bartoli et toutes les personnes réelles ou fictives qui ont inspiré cette histoire.

1

Dimanche 6 octobre 2019

Je n'aurais jamais cru aller à New York sans plaisir.

La Grosse Pomme me paraissait être *la* ville, celle de mes projets, au point de vouloir m'y installer. Je l'ai adorée, je m'en suis gorgé jusqu'à la lie. Des journées intenses, des nuits sans fin.

J'ai vécu, aimé, perdu. Seul, je la trouve trop grande pour moi. Prenant cet avion aujourd'hui après quatre semaines passées en France, j'ai le sentiment qu'elle m'échappe, comme lorsqu'on se retrouve à toujours dormir du même côté du lit alors que l'autre est parti depuis plusieurs mois.

Je suis triste de quitter mon pays, mais j'ai l'impression d'être un étranger des deux côtés de l'océan. Karen m'aidait à me sentir bien à Manhattan. Évaporée, il ne persiste rien.

Assis sur un des linéaires de fauteuils dans le hall de l'aéroport, contemplant la structure en béton de Roissy, j'attends l'annonce du début d'embarquement.

J'aime regarder le visage des passagers qui vont m'accompagner pendant les huit heures que dure le vol entre Paris et New York. J'essaie de deviner qui sera mon voisin. Je prends toujours un siège côté couloir – plus de place, et on ne sait jamais s'il faudra quitter rapidement l'avion. C'est là qu'intervient ma deuxième observation, plus morbide : s'il s'écrasait, qui survivrait ? Ou si parmi nous quelqu'un était susceptible de le détourner, qui cela pourrait-il être ?

Bref, je meuble au mieux ce temps où l'on ne peut rien faire d'autre qu'attendre.

J'envoie un message à la seule personne qui me reste là-bas : mon rédacteur en chef. Je lui ai promis une chronique. C'est dimanche, le texte doit être sur son ordinateur en début de soirée pour paraître lundi matin dans le journal. Il aime bien mon *côté français*, comme il dit. Pour l'instant, celui-ci se résume à l'aspect *dernière minute*. L'avantage, avec le décalage horaire, c'est qu'en décollant à 8 h 15 de Paris, j'atterris à 10 h 00 à JFK. Il me reste donc une bonne partie de la journée pour boucler l'article.

J'éteins mon portable, range mon ordinateur et un bloc-notes dans la pochette du dossier devant moi. J'attends que mon *voisin mystère* arrive avant de m'attacher. Coiffé d'une casquette en tweed, un homme âgé s'avance. J'aurais préféré que cela soit la jeune femme juste derrière lui, mais à sa manière de ralentir en examinant son billet à mesure qu'il s'approche, j'en déduis que ce nonagénaire va être mon compagnon de voyage.

— Je crois que je suis là.

Je me lève et lui propose de monter sa valise cabine dans le coffre à bagages.

Il s'assied, me regarde faire.

— Je vais voir mon petit-fils.

— Il vit à New York ?

— Oui.

— Dans quel quartier ?

— Je n'en sais rien.

—C'est une très grande ville… Vous avez son numéro de téléphone ?

— Non, mais je veux lui faire une surprise.

— Comment comptez-vous le retrouver ?

— Il est ambulancier.

— Et…

— Et c'est tout. Mais j'ai confiance en ma bonne étoile.

Il sourit, visiblement heureux de rejoindre son petit-fils, je me ravise de jouer l'oiseau de mauvais augure. Après tout, ce ne sont pas mes affaires. Ce vieux doit bien appartenir à quelqu'un, et au pire, les autorités le remettront dans un avion à destination de la France.

Je sors mon bloc-notes, commence à noircir le papier sans aucune idée sur la direction à donner à ma chronique.

— Vous écrivez ?
— Oui, c'est mon travail.
— Vous êtes auteur ?
— Non, journaliste.
— C'est pareil.
— Ça dépend.
— Vous écrivez sur quoi ?
— Je cherche encore.
— Plus d'inspiration ?
— C'est un peu ça.
— Une femme ? C'est toujours une femme…

J'hésite à lui répondre, mais ce vieux m'est sympathique.

— Oui. Elle est partie et depuis je suis à sec.

— Le meilleur moyen d'oublier une femme, c'est d'en faire une œuvre littéraire.

— J'ai essayé mais je n'y arrive pas.

— Ce n'est pas de moi, mais de Henry Miller.

Son allure, ses yeux, sa voix…

— Vous pourriez me donner une idée, un sujet ?

— Comme quoi ?

— Je ne sais pas. Ce qu'il vous plaît, ce qui vous choque.

— Pff…

— Racontez-moi une histoire.

— Laquelle ?

— La vôtre, par exemple. À votre âge, vous avez dû vivre plein de choses.

Il sourit. Je me rends compte que j'ai manqué de tact.

— Cela va être long !

— Nous avons huit heures devant nous, autant les occuper.

Ayant enlevé sa casquette en tweed, il replace d'un coup de peigne ses cheveux chenus en arrière.

Ses effluves d'*Eau de Cologne* et de *Pento* m'évoquent mon grand-père. Comme lui avant de raconter une histoire, il avait cette manie de croiser ses jambes, de s'enfoncer dans le fauteuil et de remonter ses lunettes.

Il avait un don pour la narration, la patience et la poésie nécessaires à faire vivre les choses. Certes, il avait tendance à enjoliver la vérité, voire à sortir du cadre, et souvent ma grand-mère le rappelait à l'ordre : *Tu inventes, Jacky ! Étienne, ne crois pas tout ce que te dit ton papi.*

J'adorais ces moments, ces histoires d'un homme ordinaire. Il faisait défiler sa vie comme s'il s'agissait d'un mythe, assemblant les fragments pour les rendre passionnants. Mon grand-père avait eu, semble-t-il, une existence riche et dans ses récits il la rendait merveilleuse.

C'est lui qui m'a donné le goût pour la magie des mots et des histoires, l'envie de lire et d'écrire. Il évoquait des lieux, des personnes qui devenaient, par l'accentuation de leurs traits, des forts des halles, des espionnes, des funambules et des tireurs d'élite pouvant moucher un sansonnet à cinq cents mètres.

À l'enterrement de ma grand-mère, tous sont venus.

Quant aux absents, ils constituaient le comité d'accueil *là-haut*. J'avais alors découvert les personnages de ses récits en vrai, certes vieillis, rabougris, mais je les avais tous reconnus. Mon grand-père enjolivait mais n'inventait pas.

À la fin de la sépulture, un homme s'était approché de moi et m'avait dit : *Ta grand-mère était la plus belle femme que j'aie jamais rencontrée. Jacky a eu beaucoup de chance.*

Je le savais. En cela, il n'avait en rien accentué la réalité.

J'avais identifié l'individu avec lequel il s'était battu lors d'une fête de village au motif que celui-ci avait été trop entreprenant envers ma grand-mère. Il ne faisait pas deux têtes de plus que lui, comme il l'avait prétendu, mais facilement une et demie.

J'écoute mon voisin me raconter qu'il a eu une vie bien remplie, qu'il ne regrette rien, mais que, ces derniers temps, elle n'a plus trop d'intérêt. Plus personne ne l'attend nulle part, sauf à New York peut-être.

Il m'explique qu'il a quitté l'Espagne à quinze ans pour fuir une guerre, et qu'il est arrivé en France pour en vivre une autre ; qu'il a appris le français à travers les poèmes d'Éluard.

— Peu de gens parlent de la guerre d'Espagne. Pour quelle raison ?

— Ceux qui ont survécu ont du mal à trouver les mots, l'Histoire est écrite par les vainqueurs. On l'évoquera plus facilement quand nous aurons disparu, nous, les survivants. L'Histoire a besoin de temps.

— Cela vous ennuie, si je prends des notes ?

— Non, mais si je deviens un personnage de roman, faites-moi grand et blond.

Il dit cela en lissant sa barbe, les yeux rieurs. C'est peut-être cela qui me donne envie de converser avec cet homme : son regard. Sur l'instant brillant, presque doux ; mais juste avant, lorsqu'il me parlait, il me fixait vraiment, comme si ses pupilles étaient légèrement plus grosses que chez d'autres personnes et qu'elles lui conféraient une intensité troublante.

— Comment vous appelez-vous ?

— Joachim. C'est pratique cela s'écrit pareil en espagnol et en français.

Je lui souris.

Je me demande si cela m'est arrivé de toute la journée d'hier.

2

Avril 1936

Le père de Joachim est rentré d'Argentine quelques mois plus tôt.

Personne ne sait ce qu'il a fait, là-bas. Il devait revenir riche, il n'a ramené qu'une malle en bois doublée de cuir, une musique – le tango – et des mots, ceux du poète Federico Garcia Lorca. Il a vu une de ses représentations à Buenos Aires, et comme il dit : *Je n'ai pas tout compris, mais tout m'a touché*.

Joachim ne se souvient pas combien de temps son père s'est absenté. Deux ans, trois, plus ?

Le jour de son retour, sitôt franchie la porte d'entrée, Miguel avait posé un genou à terre, pris Joachim contre lui, respiré ses cheveux et, du geste qu'il faisait tout le temps quand il était enfant, avait refermé le col de sa chemise pour le protéger du vent, pour le protéger simplement de la vie au-dehors. Ce geste, qui agace parfois quand on est pressé de partir pour retrouver des amis. Cette habitude lui avait manqué.

Il avait ensuite frotté la tête de son fils et ouvert la malle en bois. Celle-ci était grande mais à moitié vide. Des chemises, toujours blanches, des pantalons et une boîte en carton. Miguel l'ouvrit, en sortit un instrument de musique.

— Oh, un accordéon !

— Non Joachim, un bandonéon. L'instrument du Tango, celui des chansons de Carlos Gardel.

Miguel avait découvert Carlos Gardel à Buenos Aires et aimé ses chansons à la folie. Il apprit rapidement à Joachim à jouer un de ses morceaux avec ce drôle d'instrument. *Por una cabeza* avait été écrite pour un film éponyme sorti en Amérique et en Argentine peu de temps avant la disparition du chanteur dans un accident d'avion. Cette fin tragique, qui avait fait de Carlos Gardel une idole, un martyr, avait changé l'existence de Miguel… et par conséquent celle de Joachim.

Tu dois ressentir la vie quand tu joues. Le tango, c'est un mélange de la tristesse du Fado et de la force sensuelle du Flamenco.

Miguel aime cette musique plus que tout. Elle a accompagné sa vie en Argentine et semble nuancer son échec.

Chaque soir depuis son retour, il prend sa guitare, s'assied à côté de Joachim qui ouvre son bandonéon, et ensemble ils jouent. Une parenthèse pour oublier l'absence, celle d'un père qui n'a pas vu son fils grandir. Faisant glisser ses doigts sur les cordes d'une guitare, lisant à haute voix les vers de *Romancero Gitano* parlant de Lune, de gitanes, d'amour. Joachim semble rattraper un peu le temps perdu.

— Les gitanes sont comme la Lune, envoûtantes et spéciales.

— Maman est gitane ?

— Non, mais elle est spéciale.

— En quoi ?

— Elle a choisi ton père.

La seule chose que Joachim trouve de spécial à son père, à part cette façon de le regarder droit dans les yeux quand il lui parle, c'est son nom de famille, Gimenez, alors que le village ne compte que des Serrano et des Martinez.

Sa mère est originaire de Maria. Fervents républicains, les grands-parents de Joachim étaient convaincus qu'il fallait donner une éducation aux filles, lorsqu'elles en avaient la capacité. Dolores avait donc quitté le village pour Malaga afin de suivre des études d'institutrice. Elle en était revenue avec un diplôme… et un homme.

Miguel est communiste, non pas par conviction profonde, malgré une foi indéfectible en l'homme, mais parce que ses collègues le sont – dans les champs comme à la montagne. Il faut *avancer tous dans la même direction*.

Les parents de Joachim s'étaient installés à Maria. Miguel s'était vite intégré, auprès des jeunes du moins.

Car chez les anciens – les connaissances de Jaime, le grand-père de Joachim – il y avait des messes basses, des commentaires au sujet de son père qu'il ne comprenait pas. Ils continuaient malgré tout ce temps à le considérer comme un étranger qui ne serait jamais vraiment du village. Jaime enlevait à ce moment-là sa casquette et l'agitait devant la face des mauvaises langues pour les faire taire.

Le retour de Miguel a compensé en partie les départs des frères de Dolores et des cousins de Joachim pour la ville. L'Andalousie subit les sécheresses de plein fouet et les récoltes ne permettent plus de garder les hommes au village. Sucer des cailloux ne nourrit personne.

En traversant la place centrale, Joachim se souvient de ces dernières vendanges où les fanions accrochés aux balcons ne suffisaient plus à donner un semblant de fête. Les carrioles à moitié pleines des moissons de l'été avaient eu raison des ultimes espoirs des travailleurs. Ils étaient restés pour cette fois, pour ne pas laisser les vieux *comme ça*, mais ils savaient que c'était la dernière.

Les champs les avaient abandonnés et les villes avaient besoin d'être défendues au nom de la Liberté.

Les fanions sont restés, l'eau de la fontaine continue de couler, les feuilles des arbres fournissent toujours de l'ombre, mais les rires n'y sont plus.

Un cousin de Joachim lui avait dit avant de partir que la faim n'était rien au vu de ce qui se préparait dans le pays.

Son père était rentré au début du Printemps, avait remis la maison en ordre de marche avant d'attaquer la saison de récolte de glace dans la Sierra.

Comme le grand-père et l'arrière-grand-père de Joaquim, Miguel fait partie des forçats de la Sierra. Ces gens qui partent creuser dans les névés pour en extraire la glace destinée aux cafés des villes.

En se mariant avec Dolores, Miguel avait contracté la même dette que sa famille vis-à-vis de la montagne.

Cette année 1936 est celle des quinze ans de Joachim, et il va pouvoir accompagner les hommes du village. Il lui faudra travailler beaucoup plus pour compenser le départ de nombreux jeunes et le fait que l'on amène les plus vieux car on n'a pas le choix.

Les anciens sont forts mais ont le dos fragile. Ils frappent la glace d'une manière dont Joachim est incapable mais ils ne peuvent pas la ramasser. Lever les blocs, charger les mules, ce métier est éreintant mais c'est celui des hommes de la famille.

Le plus dur est la répétition des gestes, sans arrêt recharger et décharger. Le mythe de Sisyphe transposé à l'Andalousie moderne. Physiquement et psychologiquement, le jeune adulte n'est pas prêt pour un travail sans fin, il doit en voir le but, sinon il s'y épuise.

Joachim est de ces montagnes qui entourent Maria, il préfère y courir plutôt que de les attaquer à coups de pioche, casser cette glace pour des cafés, des restaurants où il n'ira jamais.

Ce village c'est sa vie jusqu'à présent. Ceux qui sont partis ne sont pas revenus, le seul à l'avoir fait est son père, il est rentré sans rien et n'aspire qu'à une chose : rester.

Ici, Joachim voit les saisons, les vit comme tout homme devrait le faire, se satisfaisant de ce qu'elles apportent, n'espérant pas plus. Les moissons, les vendanges, les châtaignes, la glace et les fruits.

Si Joachim veut savoir d'où il est et où il va, il n'a qu'à se rendre au monastère de la *Virgen de la Cabeza*. Là, proche de la petite église toute blanche, au bout d'un chemin de terre bordé de lauriers roses, au commencement des sentiers de montagnes se trouve le cimetière de Maria.

À la vue des pierres tombales que se partagent les Martinez et les Serrano, il a l'impression que les gens d'ici sont viscéralement attachés à cette terre. La vérité est qu'ils y sont condamnés parce qu'ils n'ont pas les moyens de s'en offrir une autre. Son père avait tenté de s'en arracher, en vain.

Son grand-père lui répète souvent : *La terre et la liberté, c'est ce dont a besoin un homme. Tout le reste est superflu.*

Ces paroles dans la bouche de Jaime sont autant pour Joachim que pour Miguel.

Se dirigeant avec les autres en direction de la Sierra de Maria, Joachim se sent bien, presque libre, presque homme. Ce matin, Miguel a refermé son col et lui a souri.

Il marche devant lui, le fils règle son pas sur celui du père, calque son regard sur le sien, soulève le caillou qu'il vient de retourner sur son passage. La montagne est encore jaunie des dernières gelées alors que la plaine est déjà parcourue de fleurs.

— Nous ne devrions pas avoir de plaques de neige avant le col. Là-bas nous attendent des camions avec les provisions pour la semaine et les tentes.

— Pourquoi ne les prenons-nous pas, nous aussi ?

— Nous avons toujours fait ainsi et la mule est malade en voiture ! lui lance-t-il en riant.

Le sentier est bien tracé, le froid raidit les mains des hommes et la vapeur qui s'exhale de leur bouche montre que le souffle est court.

Les ombres qui les accompagnaient au début du chemin se transforment petit à petit en buisson, en rocher. Le soleil commence à passer au-dessus des crêtes, éclairant la vallée qu'ils empruntent, semblant lui donner vie.

En arrivant au col, Joachim observe les premiers névés, à une centaine de mètres. En ce début de saison, la neige est facilement accessible. En plein cœur du mois d'août, il faut aller chercher les cavités où la glace s'est accumulée et les trajets sont plus longs.

— Nous allons être bien, ici ! Le travail est dur mais on se serre les coudes.

— J'en suis sûr Papa ! Je suis content d'être avec vous.

Le campement est sommaire mais confortable. Une vieille cabane de berger sert de lieu de rassemblement pour manger, passer la soirée. Les tentes des travailleurs sont placées au milieu de petits murs de pierre, les protégeant du vent.

Joachim est assis dans un coin de la bâtisse, son carnet sur les genoux, il regarde, dessine ces hommes en train de boire, de discuter. Il les écoute parler de montagne, de femmes et de politique. Si Joachim connaît un peu le premier sujet, les deux autres lui sont inconnus.

Il découvre la voix de certains d'entre eux, travailleurs taiseux des champs, des vignes, traversant uniquement la place du village pour rentrer chez eux, aller au café dont l'accès lui était interdit.

Il frotte la mine de son crayon pour l'aiguiser, continue à croquer cet instant qui s'offre à lui.

Son père s'approche, s'assied à ses côtés et lui tend un verre de vin.

— Tu y as droit, maintenant. Pour tenir ici, tu en auras besoin.

Joachim y a déjà goûté, au repas des vendanges. Ce breuvage qui vous chauffe les entrailles et vous aide à adoucir la vie. Il trinque avec son père et boit une gorgée.

— *¡Salud!*

— *¡Salud!*

— Qu'est-ce que tu dessines, *hijo* ?

— Vous en train de discuter.

— Montre !

Joachim lui tend le carnet. Miguel tourne les pages, semble surpris.

— Ils sont bien, tes dessins… Antonio, regarde comme il est doué, mon fils, c'est ressemblant !

Antonio prend la feuille le représentant, passe une à une les autres et sourit.

— Tes personnages, ils ont des visages qui vivent !

— *Hijo*, tu peux nous jouer quelque chose avec ton bandonéon ?

Joachim pose son crayon, son cahier et sort le petit instrument d'un étui à côté de lui.

Le feu, la pierre, la proximité… Joachim regarde ces hommes se recueillir en écoutant *Por una cabeza,* le morceau qu'il a choisi pour faire plaisir à son père. Miguel chante doucement, pour ne pas couvrir l'instrument, juste l'accompagner.

Por una cabeza
Si ella me olvida
Que importa perderme
Mil veces la vida
Para que vivir…

À cet instant, Joachim voit son père pleurer. Comme si de se trouver au milieu de cette immensité de roche et de glace pouvait laisser place à la vérité, aux sentiments.

Miguel essuie une larme, se penche vers lui. Il sent qu'il voudrait se confier mais il hésite.

— Quand tu étais petit, tu parlais tout le temps. Je ne savais pas quoi te répondre mais tu t'en fichais. Si je ne disais rien, tu passais à autre chose. C'est moi qui t'ai mis un crayon dans les mains pour occuper ton imagination. Tu étais tout le temps dehors à observer les gens, les choses, à vouloir discuter, et quand ils t'ignoraient, tu les dessinais.

— À l'extérieur, j'avais l'impression d'avoir plus de place pour mon imagination, pour mes pensées.

Joachim ignore pourquoi son père est parti un jour, et pour quelle raison il est revenu. Mais il ne lui posera jamais la question.

3

Juillet 1936

Hier, les généraux ont tenté un coup d'État, *manqué* aux dires du gouvernement. Le pays est presque coupé en deux et des villes comme Séville, Cadix, Cordoue, Burgos ou Pampelune sont contrôlées par *eux*, *les autres*.

Le père de Joachim prend des nouvelles au col auprès des chauffeurs.

Pour gagner du temps, le campement a été transféré sur un plateau un kilomètre plus haut.

En rentrant de la première livraison, Miguel s'approche, il a l'air soucieux. Martin lui a fait part des inquiétudes du parti communiste sur les intentions de certains concernant le pouvoir espagnol. Le *Frente Popular* est fragile et l'armée impatiente. La proclamation de la IIe République en 1931 a renforcé les clivages entre Espagnols.

— Ce soir nous retournons au village. Nous resterons quelque temps pour voir si tout va bien et nous reviendrons ici.

— Papa, qu'est-ce qui se passe ?

— Rien de grave, Joachim, mais je préfère rentrer à Maria plus tôt que prévu, pour organiser au mieux la période estivale. C'est maintenant que le travail va vraiment commencer, quand il fait chaud. C'est à ce moment-là que les cafés ont besoin de glace. Et il faut aller la chercher de plus en plus loin, de plus en plus profond.

Joachim comprend que son père ment mais c'est son père, alors il ne le contredit pas.

Antonio passe à côté de lui, frotte ses cheveux.

— Pense à ce soir, Joachim, tu vas pouvoir rentrer chez toi.

Le voyage retour vers Maria se fait dans un silence inquiétant.

Les hommes qui en haut se confiaient, parlaient, revenant en plaine se taisent, comme s'ils craignaient de ne pas retrouver ce qu'ils avaient quitté.

En contournant le mur d'enceinte du monastère, observant le village blanc au loin, rien ne semble avoir changé. Aucune voiture suspecte ni de silhouette inconnue dressée sur la place principale. Les fanions des vendanges sont toujours là, quelques-uns effilochés par le vent, délavés par la pluie et le soleil.

Miguel ouvre le convoi. Il est presque midi et le soleil est déjà de plomb. En arrivant, les hommes s'aspergent à la fontaine, se désaltèrent. Un chien reconnait son maitre et lui tourne autour en jappant. À ce bruit familier, sa femme sort, court vers le groupe et saute au cou de son mari.

— Felipe est passé hier soir et nous a dit que vous alliez rentrer.

— Les nouvelles de Madrid ne sont pas bonnes. D'après le parti, cela risque de bouger dans les prochains jours et on nous recommande d'être vigilants.

— Vous restez ?

— Nous ne pouvons pas, pas en ce moment, la demande est trop importante. Nous réglons quelques affaires et nous repartons au plus vite.

Miguel a passé l'après-midi à brûler des documents à la maison sous le regard de Dolores, assise sur un tabouret en osier contre la façade de la bâtisse.

Cette image, Joachim l'a dessinée sur son cahier. Une envie soudaine de fixer l'instant qu'il est en train de vivre, comme s'il pressentait qu'après cela, tout sera différent.

Il pose les traits de sa mère sur la feuille blanche, portrait monochrome de celle qu'il aime par-dessus tout. Il essaie de capter un de ses rares sourires, car il la voudrait joyeuse sur son dessin et il est incapable de l'imaginer ainsi.

En repartant le lendemain matin, Miguel embrasse sa femme, caresse sa joue. Elle baisse les yeux et ne les relève pas pour poser un baiser sur le front de son fils, comme si croiser le regard de Joachim l'aurait terrassée.

Ce dernier a mis dans son sac quatre crayons gris et un cahier tout neuf. En observant son père faire son paquetage, il a remarqué le fusil à côté de lui. Jusque-là, il était toujours accroché au mur de l'entrée ; son grand-père chassait les lièvres, les perdrix dans les champs, la montagne. Joachim l'accompagnait quelquefois pour partager un moment avec lui, voir les chiens courir, mais il n'a jamais aimé le bruit de l'arme, trop fort, trop brusque. Depuis sa mort il y a quelques années, personne ne l'avait décroché. Ce matin, le fusil est posé sur le sol de terre cuite et ne persiste que sa trace sur le mur blanchi à la chaux.

Depuis le coup d'État raté du 17 juillet, il sait que les nationalistes n'en resteront pas là. Madrid s'est soulevée, résiste, mais Séville est tombée.

Joachim observe son père l'arme sur l'épaule, n'ose rien dire, le suit. Il le sent inquiet de la situation, de laisser sa femme, le village. Ce matin, ils sont cinq à quitter Maria pour la Sierra.

— Papa, pourquoi le fusil ?

— Au cas où.

— Pour chasser ?

— Non, pour se défendre.

— De qui ?

— Des nationalistes.

— Les gens dont tu parlais l'autre jour avec tes amis ?

— Oui. Ils ont voulu renverser le pouvoir en place et ont pris des grosses villes. L'Andalousie ne tiendra pas longtemps à ce rythme.

— Et on va faire quoi ?

— Pour l'instant on attend. Mais s'ils commencent la chasse aux républicains, il faudra se défendre.

— Je croyais qu'on était communistes ?

Miguel se retourne, prend l'épaule de son fils.

— Joachim, si les choses tournent mal, ce mot « communiste », même si j'en suis fier, ne le prononce que lorsque tu es sûr des gens autour de toi, car il fait peur à certains.

À partir de là, Joachim n'a plus rien dit de toute la montée.

En haut, ils ne risquent rien pour le moment, mais les femmes au village, les vieillards ? Si ce *mot* fait peur aux nationalistes, que vont-ils faire de Maria ? Un homme est comme un chien : quand il a peur, il mord.

Depuis qu'ils sont revenus au camp, les journées s'enchaînent, les mêmes qu'avant mais plus pénibles car il faut aller chercher la glace plus loin, plus profond. Là-haut le soleil brûle, surprend, la réverbération rend les hommes aveugles s'ils ne mettent pas leurs lunettes. Un matin, Joachim a oublié les siennes, ses yeux ont pleuré pendant trois jours.

Il ne sait pas exactement si ce sont les soirées qui ont changé ou lui, mais l'insouciance a disparu. Pourtant, le cérémonial est toujours le même : ils allument le feu, servent le vin et trinquent à la journée qui vient de s'achever. Ce sont les silences qui suivent qui sont nouveaux.

Plus la saison avance, plus les mains de Joachim se marquent, s'épaississent. En les frottant l'une contre l'autre devant le feu, il entend le bruit que pourraient faire deux cartons que l'on passerait l'un sur l'autre. Il a beau les graisser avec du saindoux, les crevasses commencent à strier ses phalanges.

Toujours placé au même endroit, non loin de l'âtre, profitant de la chaleur et de la lumière du feu, il dessine les hommes, ses souvenirs, un oiseau venu se poser le matin près de lui, un bouquetin posté sur un névé.

Sa position lui permet de voir le visage des ouvriers venir se chauffer les mains, remettre une bûche. Ils ont tous le même regard fatigué par la journée et hypnotisé par la danse des flammes. Il les observe, ils lui parlent sans jamais lâcher des yeux ce feu qui fascine l'Homme depuis la nuit des temps.

Parfois, Joachim ne sait pas si c'est à lui qu'ils s'adressent ou à leurs fantômes, ceux qui les font sangloter, s'emporter après quelques verres de trop.

Il en aura plus appris sur eux en un été que depuis des années au village. Ces hommes qui en bas ne disent rien, ici chantent, pleurent, rient, acceptent de se montrer faibles par les mots alors que toute la journée ils ont arraché des blocs de glace à la montagne. Ce contraste a surpris Joachim au début mais il le comprend.

On leur demande d'être des hommes, comme on le leur a appris, pas comme ils sont vraiment.

Son père n'est pas comme ça, il fixe les gens quand il leur parle, quelle que soit la personne. Il regarde toujours dans les yeux, comme s'il sondait l'âme de son interlocuteur.

Un soir, Joachim lui avait demandé pourquoi il dévisageait les gens comme cela.

— Par respect et pour savoir si les paroles sont vraies. Ne baisse jamais les yeux Joachim, tu m'entends ?

— Oui.

Ensuite il avait pris un tison et ravivé le feu. Les flammes étaient reparties et il s'était mis à chanter du flamenco. Ça lui arrivait quelquefois aux fêtes du village, mais sa mère n'aimait pas ça. Pour elle, le flamenco était la musique des pauvres, des parias… des Gitans.

Hazme con los ojos señas
Que en algunas ocasiones
Los ojitos sirven de lengua.

4

Jeudi 24 septembre 1936

Le camion a servi tout l'été de porte-nouvelles, les chauffeurs leur indiquant tous les jours les avancées nationalistes, soutenues par les pays fascistes que sont l'Italie et l'Allemagne.

— Et nous ? Qui nous soutient ?

— Pour l'instant, personne mais, d'après le parti, Moscou nous fournit des armes et la France comme l'Angleterre, qui ont signé un traité de non-intervention, préparent l'acheminement de troupes non officielles. Blum était prêt à nous appuyer mais a dû faire marche arrière devant les partis d'opposition. Et les Anglais ne veulent pas se battre pour les communistes espagnols car ils croient qu'on prépare la révolution.

— Les abrutis. *Non-intervention*, comme si le fait de ne pas choisir un camp allait les protéger. Ils sont foutus comme nous. Les gars, nous sommes les pions d'un jeu d'échecs.

Aujourd'hui, une camionnette est arrivée plus tôt, ce sont les phares dans les virages qui les ont alertés.

Felipe en est descendu et s'est mis à courir vers eux. Miguel est allé à sa rencontre et après lui avoir parlé, les a tous réunis.

Joachim connaît son père et, à voir son attitude, les nouvelles ne sont pas bonnes.

Les mains d'Antonio tremblent, elles sont deux fois plus grosses que les siennes et elles tremblent. Aux paroles de Felipe, les hommes prennent conscience que quelque chose qu'ils ne maîtriseront plus vient de s'initier.

Miguel a déclaré l'arrêt de l'activité pour la journée. Ils devaient discuter mais personne n'ose prendre la parole.

Joachim se tient un peu en retrait du groupe, assis sur un tapis d'aiguilles de pin. Il sent le vent qui descend de la montagne. Légèrement froid, sec, il secoue les branches et cingle les joues. Septembre n'est plus tout à fait l'été, et même si les journées restent chaudes en bas, ici, accroché aux sommets, les matinées sont fraîches.

Il dessine la Sierra, imagine Maria toute blanche à ses pieds. Comme si la fixer sur le papier maintenait en équilibre les choses. À la place de ses crayons, il aurait aimé avoir un appareil photo, pour emporter avec lui des images, mais la modernité est un luxe que ne peut s'offrir le jeune homme.

Dans la journée, une autre camionnette arrive au col. Joachim n'a jamais vu celui qui en descend, il n'est pas du village. Son père, lui, a l'air de le connaître. Il s'approche, lui donne l'accolade.

— C'est qui ? demande-t-il à Antonio.

— C'est un gars de Velez-Blanco. Il est au parti avec nous.

Joachim le salue. L'air hagard de ceux qui fuient ou qui cherchent de l'aide, l'homme transpire. Son père lui tient l'épaule et demande que nous l'écoutions.

— Les nationalistes sont arrivés à Lorca. Ils sont entrés dans la mairie et ont brûlé les états-civils. C'est la chasse aux sorcières. Ceux qui les soutiennent dans les villages, ceux qui se cachaient, ce sont les pires, ça va être pareil à Velez et à Maria. Je suis monté vous prévenir. C'est la guerre, en bas.

— Ce n'est plus une *guerre*, dit Miguel d'une voix calme. C'est une épuration.

Miguel appelle son fils sur le même ton, comme s'il avait anticipé depuis longtemps ce qui allait se passer et que tout dépendait d'un processus millimétré.

— Joachim, prépare tes affaires, prends de quoi manger pour deux jours et un sac de couchage.

— Mais Papa !

— Tu vas passer le col et descendre vers Malaga. Il te faudra moins de quarante-huit heures pour atteindre la route. Là, tu essaieras de monter dans une voiture.

Il s'arrête, défait deux boutons de sa chemise et enlève son pendentif.

— Tiens, prends ça. Tu vas dans le quartier gitan de Malaga, tu demandes à voir le chef et tu lui montres ça.

— Papa…

Joachim regarde ce médaillon qu'il a toujours vu autour du cou de son père. Une breloque qui fait partie de lui.

— Joachim, cours le plus vite possible, ne t'arrête pas, sois libre. Ne t'inquiète pas pour nous.

Miguel s'approche de son fils, s'apprête à refermer le bouton de sa chemise, ses mains s'arrêtent, se posent sur ses joues. Lui qui l'a toujours retenu, semble par ce geste laisser libre son fils unique, le jeter dans le monde.

Joachim charge son sac sur ses épaules, regarde une dernière fois le groupe d'hommes, son père et la vallée de Maria.

Miguel lui fait signe de la main et Joachim plonge vers Malaga.

5

Dimanche 6 octobre 2019

— Je n'ai plus jamais revu mon père ni ma mère.

— Vous êtes retourné à Maria ?

— Non, je ne suis plus revenu en Andalousie une fois que j'ai quitté Malaga. Maintenant que l'on peut se lever, je vais aller aux toilettes, vous permettez ?

— Bien sûr.

Je laisse passer Joachim. En le regardant avec sa canne à la main, j'essaie de l'imaginer courant à travers la montagne pour fuir les franquistes.

Comme dans les histoires de mon grand-père, je peine à tout croire. Joachim est sans nul doute un personnage de roman. Je cherchais une inspiration, elle est assise à côté de moi.

Je relis mes notes en attendant son retour…

— Vous pensiez à quoi, en passant le col.

— À rien. J'avais quinze ans, on ne pense à rien à cet âge. Mon père m'a dit *cours, va à Malaga*, et j'y suis allé. Je ne pensais pas que je ne verrais plus jamais mes parents, mon village. Et puis à cette époque, nous vivions au jour le jour, tout pouvait s'arrêter d'un coup. En descendant vers Malaga, je voulais rapidement trouver des hommes qui m'amèneraient sur le front pour défendre la République. J'étais jeune, idéaliste et persuadé de pouvoir tuer Franco de mes propres mains.

— Vous savez ce qu'ils sont devenus ?

Joachim me regarde, boit un peu d'eau.

— Maria a subi le même sort que Velez-Blanco et Lorca. Ils sont arrivés, ont convoqué tout le monde. Ils avaient des listes de noms communistes, socialistes, syndiqués, ils les ont tous amenés et fusillés. Je ne sais pas si mon père est arrivé avant la rafle. Une chose est sûre, c'est qu'il a dû se battre et tomber les armes à la main.

— Votre mère ?

— Elle a survécu à la rafle du village. J'ai essayé de voir son nom, celui de membres de ma famille, sur les panneaux qu'ils avaient installés au Capitole après la *Retirada*. Les réfugiés y laissaient des mots pour que les gens les retrouvent. Un jour, j'ai croisé un gars du village sur une place de Toulouse. Il m'a dit qu'elle était morte quelques mois après mon père, une pneumonie peut-être. Les nationalistes ne supportaient pas les libertés que la République avait données aux femmes. En quelques mois, elles ont perdu un siècle d'évolution sociale. Ils voulaient qu'elles redeviennent de simples épouses soumises à leur mari, à la religion. Ma mère était institutrice, mariée à un rouge, cela faisait beaucoup pour les franquistes. Ils ont dû la briser.

— Cela ne vous fatigue pas trop de parler ?

— Vous plaisantez, ça me fait du bien. Je crois que je ne m'étais pas remémoré tout ça depuis des années. Cela n'a jamais intéressé mon fils, et mon petit-fils était trop petit. Nous en étions où ?

— Vous étiez en train de fuir vers Malaga.

— Ah oui. À Malaga, je me suis rendu dans le quartier gitan. J'ai montré mon pendentif et on m'a dit de m'asseoir dans une taverne…

6

Dimanche 27 septembre 1936

Assis à une table au fond d'une taverne du quartier gitan, Joachim attend.

Devant lui, un journal est ouvert sur cette nouvelle : Federico Garcia Lorca, le poète favori de Miguel, est mort, assassiné par les nationalistes.

Il fait glisser entre ses doigts le pendentif de son père. C'est un droit de passage mais il ne sait pas encore pour où. Une serveuse a déposé un verre de bière devant lui. Les gitans n'attachent pas d'importance à l'âge, vous êtes un homme, dans un bar, on vous sert à boire. La femme lui sourit, il sent qu'il lui plaît, Joachim lui rend son sourire par politesse mais la trouve vulgaire et trop âgée.

Celle qu'il regarde et qu'il couche sur une feuille de son cahier est la petite danseuse qui passe de table en table. En la voyant onduler comme une flamme, balayant son corps sans effort, légère, mue par une grâce qui lui échappe, il pense au tango de son père.

Elle le subjugue. Il essaie de tracer le mouvement de ses hanches sur le papier, mais il semble s'évaporer, se dissoudre dans l'air. On ne peut attraper l'air, et encore moins le dessiner. Elle s'approche, touche le dessin, se reconnaît, sourit.

— Tu me trouves belle ?

— Je ne sais pas.

— Bois et tu me trouveras encore plus belle.

— J'ai déjà assez bu.

— Tu parles bien, *gadjo*.

La jeune gitane s'arrête, passe sa main sur la breloque qu'il a autour du cou.

— Non, tu n'es pas un *gadjo*, tu es de chez nous.

Joachim remet le pendentif dans sa chemise.

— C'était à mon père, il me l'a donné en me disant de venir ici.

La gitane continue d'onduler. Comme pour la musique de son père, elle semble avoir mêlé tous les sentiments du monde dans sa danse, la douleur, l'amour, la beauté et la mort. Il pense à cet instant à la *Lune de Lorca*.

Un homme vient s'asseoir face à lui et deux autres l'observent avec insistance du comptoir.

— Il paraît que tu veux me voir.

— Vous êtes le chef du quartier ?

— Oui.

— Alors c'est vous que je dois rencontrer.

— Pourquoi ?

— Mon père m'a dit de venir ici et de vous demander.

— C'est lui qui t'a donné ceci ?

Il montre un pendentif identique à celui de Joachim.

— Oui.

— Tu es seul ?

— Oui, mon père est resté au village quand les nationalistes sont venus et il m'a dit de fuir le plus vite possible. Je veux que vous m'ameniez au front combattre ces bâtards de fascistes.

— Du calme, gamin, je vais y réfléchir. Tu as quel âge ?

— Quinze ans.

— Tu es trop jeune pour faire la guerre.

— Ils vont tous nous tuer, nous les républicains, vous les Gitans, tous. Autant mourir l'arme à la main.

L'homme hésite, dévisage Joachim. Il se souvient de ce que lui disait son père : *Méfie-toi de celui qui ne te regarde pas dans les yeux, le respect passe par le regard.* Il soutient celui du gitan. L'homme esquisse un rictus.

La vieille serveuse remet une tournée de bières.

— Tu t'es déjà occupé d'une femme ?

Joachim répond non de la tête, l'homme rit.

— Pas même un quart d'heure ?

— Non, jamais.

— Emilia, elle fera de toi un homme.

— Non, pas elle.

Le gitan regarde le dessin sur la table.

— C'est elle qui te plaît ?

— Oui.

— Elle a du sang gitan, tu sais. Une langue qui brûle et mord comme un fouet. Elle peut te mettre le feu aux joues ou te mettre en lambeau. Méfie-toi des Gitanes, elles ensorcellent l'esprit et consument les corps.

Il se lève, salue Joachim.

— On se reverra demain. En attendant, profite de ta nuit.

La danseuse s'approche de Joachim, prend sa main.

— Je peux te faire les lignes ?

— Je n'y crois pas.

— Alors ça ne te dérange pas.

— Si tu veux.

La jeune femme le fixe droit dans les yeux. Elle le teste, Joachim le sait.

— Pourquoi tu es là ?

— À toi de me le dire.

— Je vois le futur, le passé, pas le présent.

— Je veux partir me battre pour la République et j'espère que les tiens m'aideront à le faire.

Elle lâche sa main, le regarde.

— Qu'est-ce que tu as vu ?

— Si tu n'y crois pas, cela ne te sert à rien de savoir.

Elle se lève, se penche vers lui.

— Tu viens ?

La rue, le quartier sentent la même odeur que le bar dans lequel il était assis. Le vieux vin, la friture et la crasse. Joachim se dit que les villes doivent avoir ce parfum. Lui, l'enfant de la Sierra, n'a jamais rien connu de tel.

La nuit est tombée. Il essaie de suivre une ombre, une chimère à travers les ruelles. Des silhouettes hagardes se retournent sur son passage, elle ne leur prête aucune importance. Pour Joachim plus rien ne compte, le quartier, les hommes, qu'il soit au milieu d'une communauté dont il ne sait rien mais dont il fait un peu partie.

Il ne craint pas de tomber dans un guet-apens tendu par ses frères, par des cousins.

Il la suit comme un éphémère vers un lampadaire incandescent, plus rien n'a d'importance, pas même sa survie, tout passe par ce corps.

Il n'a jamais été avec aucune autre et il veut qu'elle soit la première. Il sait que ses faveurs se monnaient, il n'est pas dupe, mais elle est la femme absolue. Il n'a pas d'argent, il trouvera une solution. Elle est le feu dans lequel il veut se consumer et renaître.

Elle s'assied sur le lit, laisse apparaître jusqu'au haut de ses cuisses par sa jupe fendue, jusqu'au triangle que dessinent son bassin et sa jambe.

Malgré lui, il a cette image de la bohémienne lascive à la beauté du diable s'adonnant de façon naturelle à la luxure. Cette vision pollue son esprit, l'enfume de pensées obscènes dont il ne peut se défaire et en même temps l'excite. Il la voit s'allonger, l'imagine pleine de vices splendides, prête à l'initier.

Bohémienne juvénile et aguichante, incendiaire beauté. Elle libère ses cheveux qui descendent en cascade le long de son cou, enveloppent ses épaules qu'elle vient de dénuder en retirant son chemisier. Elle éteint la lumière, se love contre lui, prend sa main et la pose sur son sein.

— C'est ta première fois ?

— Oui.

— Je vais te montrer, laisse-toi faire.

Dans le noir, aveugle, il se fie aux autres sens. Il aimerait la voir pour pouvoir en redessiner les courbes, les méandres. Lui qui pose sur papier toute chose, tout souvenir, il en serait incapable ici. Il n'a jamais vu de femme nue, il n'a pu que les imaginer, les deviner. Il a bien aperçu un jour la poitrine d'une des filles du village, quand elle se baignait dans les vasques d'eau que fait la rivière au-dessus de Maria, mais c'étaient de simples formes de loin.

La clarté de la lune lui permet de deviner un sein, une fesse mais rien de précis. Il est à l'écoute de ses mains, de sa bouche, de sa peau, il ferme les yeux pour laisser son esprit construire les choses, le toucher au service de l'imagination. Il la caresse, sent sa peau frémir sous la paume de sa main, la pilosité de ses aisselles, de sa vulve. Elle le guide à travers ses lèvres, humecte ses doigts. Joachim sent son souffle s'intensifier, elle l'enjambe, le possède.

Il pénètre le feu de ses reins, il n'a jamais rien senti de plus suave, de plus intense. Il aimerait que l'instant dure mais il ne maîtrise pas la situation, il a l'impression de ne faire qu'un avec elle, il ne sait plus où son corps finit, où celui de la jeune femme commence.

Une décharge le parcourt, vive, ardente. Aussitôt, il sent son sperme jaillir en elle. Il avait déjà éjaculé, lors de rêves érotiques, de masturbations mais cela n'était pas comparable. La libération n'avait rien de commun avec la jouissance de l'acte charnel. Il se couche contre elle, son sexe encore parcouru de spasmes. Il est rempli des odeurs de la jeune femme, celle de son vagin, de ses seins, de ses cheveux. Joachim sait qu'il ne l'oubliera jamais. À jamais la première, à jamais unique.

— C'est quoi, ton prénom ?

— Milena. Et toi ?

— Joachim. Merci, Milena. Je dois te dire quelque chose : je n'ai pas d'argent pour te payer.

Elle éclate de rire.

— Je n'ai pas couché avec toi pour de l'argent mais parce que j'en avais envie.

Il la serre comme s'il avait peur qu'elle lui échappe, qu'un souffle l'arrache à lui. Il vient de passer sa première nuit avec elle et il n'a qu'une crainte, que cela soit sa dernière.

Avant cela, Joachim était un gosse de quinze ans sans aucune idée en tête. La jeune gitane a fait de lui un homme avec dans l'esprit une envie : partir combattre et peut-être ne jamais revenir.

Des cris dans la rue réveillent Joachim. Il ouvre les yeux et voit Milena penchée à la fenêtre.

— Il dort encore.

— Dis-lui de venir me rejoindre quand il sera prêt.

— D'accord.

— Milena ?

— Oui.

— J'espère que tu ne l'as pas trop fatigué, le garçon !

— *¡No me jodas, coño!*

Joachim entend rire en bas, il a reconnu l'homme qui était venu le voir au café la veille.

— Je dois y aller, Milena.

— Rien ne presse, ils n'ont que ça à faire de leur journée : attendre.

Joachim la regarde s'habiller, remettre son chemisier blanc, remonter sa jupe et se pencher pour boutonner le côté.

— Ne bouge plus, Milena.

Elle se fige, Joachim se lève, prend un crayon, son cahier.

— Qu'est-ce qui t'arrive ?

— Il y a des instants comme suspendus, qui méritent que l'on s'y attarde.

Les pieds nus, le gauche positionné sur sa pointe, découvrant légèrement le genou, les mains sur les hanches et les cheveux ébouriffés. Joachim fait à présent partie des hommes privilégiés qui peuvent observer une femme dans la simplicité du matin, loin du fard des soirées de séduction. Il n'est pas le seul et ne sera pas le dernier à voir Milena comme cela, mais là dans le filtre d'une matinée ensoleillée, face à la fenêtre ouverte, le visage encore empourpré par le passage d'une insulte, Joachim sait qu'il est du côté des chanceux… et des malheureux. Chanceux de l'avoir possédée un instant, malheureux car elle est déjà passée à autre chose. Une gitane, comme un oiseau sauvage, jamais ne se met en cage, elle y meurt ou vous tue.

Immobile, elle sourit à peine. Que Joachim la dessine lui plaît énormément, elle se sent importante, spéciale. Jamais un garçon ne l'avait trouvée assez belle pour vouloir la dessiner.

— Comment fais-tu pour être comme ça ?

— Comme quoi ?

— Fatale, incandescente en un seul geste.

— Ça s'apprend. Nous les Gitanes, nous savons nous exprimer avec les mains, les yeux.

— Tu peux parler mais ne bouge pas.

— Nos parents, nos frères, nos cousins nous protègent contre d'éventuels prétendants, alors on danse pour communiquer en cachette. Il n'y a que de cette façon que l'on peut approcher librement un étranger. La démarche et le regard. La main sur la hanche comme tu me fais poser, cela montre que je t'ai compris et que je sais à qui j'ai affaire. Le regard permet de faire passer, à l'insu de tous sauf du destinataire, un sentiment, une envie. Il ne doit pas être évanescent, il faut qu'il frappe.

— Tes cousins m'ont laissé partir avec toi ?

— Parce que tu es Gitan, autrement ils t'auraient tabassé.

— J'ai eu de la chance.

— Un peu.

— C'est bon, tu peux bouger.

Il la regarde remettre de l'ordre dans ses cheveux, les maîtriser avec un lien. Le corps entier de Milena enflamme l'imagination et elle le laisse tout consumer.

Il n'avait jamais dessiné de femme, à part sa mère. Milena lui aura appris cela, connaître les courbes d'un corps féminin. L'obscurité de la chambre ne lui permettant que de fantasmer le reste.

— Tu me montres ?

Elle s'avance, prend l'esquisse, s'assied sur les genoux de Joachim.

— Tu me le donnes ?

— Non, je le garde. Je t'offre celui que j'ai fait hier soir, au bar, quand tu dansais.

— Il est beau mais je ne sais pas pourquoi, il est moins *moi*.

— Hier je ne te connaissais pas, j'ignorais tout des femmes.

— Tu ne les connaîtras jamais vraiment !

— J'essaierai, tu m'as montré la voie.

Milena touche le pendentif, caresse le torse de Joachim. La récolte de la glace l'a densifié, a dessiné les contours de ses muscles.

— Tu es sûr que tu dois y aller ? Reste, tu es un Gitan

toi aussi, tu pourras vivre dans le quartier, les gars te trouveront des trucs à faire.

— Ma vie n'est pas ici et je ne suis qu'à moitié Gitan. L'autre moitié me demande de partir.

— Je le sais, je l'ai vu.

— Dans les lignes ?

— Oui.

— Comment elles sont ?

— Tu disais que tu n'y croyais pas.

— Simple curiosité.

Un sifflement retentit dans la rue, les cousins de Milena s'impatientent, elle repasse la tête à la fenêtre.

— Qu'est-ce qu'il y a encore ?

— Dis-lui qu'on l'attend en bas. Le *Padre* est pressé ce matin.

— Il arrive !

Joachim se lève, prend son sac.

— Alors adieu, Milena.

— Adieu, Joachim.

Il ferme la porte, descend rapidement les marches et saute dans la camionnette.

— Nous allons t'amener sur les postes de défense autour de Malaga. La République a positionné des groupes de surveillance dans des villages abandonnés. Les paysans ont préféré fuir pour se mettre à l'abri dans le cœur des villes.

— Merci.

— Je te comprends, *pequeño*, un homme doit se battre pour sa liberté. Les communistes, les républicains… si les autres gagnent, c'est fini. Nous, les Gitans, nous sommes les prochains sur la liste.

La suite du voyage, jusqu'au point de rendez-vous, se fait dans le silence des hommes et le cliquetis des attaches des bâches.

Le vieux Gitan assis en face de lui le dévisage, il a la même expression dans les yeux que son père : forte, mystérieuse, figée, un peu ailleurs mais brillant d'un éclat unique, d'une ferveur intense, celle d'un peuple qu'il découvre.

Joachim soulève la toile pour observer le paysage. La plaine de Malaga ressemble à celle de Maria, des oliviers, des vignes, le soleil de l'été ayant asséché les rivières et jauni les prairies. Il tourne le dos à ses montagnes. Il y a trois jours, il ne connaissait qu'elles, ignorait l'odeur des villes et n'était allé avec aucune femme. Il s'était découvert à moitié Gitan et allait maintenant se battre dans les collines qui entourent Malaga.

Séville et Grenade sont déjà aux mains des nationalistes, Malaga doit tenir le plus longtemps possible. Pourquoi ? Il ne le sait pas mais il le faut.

— Alors moi aussi je suis Gitan ?

— Plus que ton pendentif, ce sont tes yeux qui font de toi un des nôtres. L'éclat métallique avec des reflets d'acier qui parfois s'enfoncent dans les pupilles, comme lorsque la lune se met à trembler dans l'eau noire et tranquille d'un puits très profond, tu l'as comme nous, comme ton *padre*. Les *payos* ne l'ont pas. C'est pour cela que la petite t'a fait confiance. Là-haut, j'ai un cousin, Andrés, tu lui dis que c'est moi qui t'envoie, il te trouvera une place dans le groupe.

La camionnette quitte la route et emprunte une piste. Les secousses se font plus sèches et la poussière qu'elle soulève le force à refermer la bâche.

Il ferme les yeux, somnole, repense à Milena, à son père.

Les roues s'arrêtent, un nuage de fines particules entoure le véhicule. Le vieux Gitan baisse le hayon et descend.

— Attends-moi là.

Joachim se frotte les yeux, boit une gorgée d'eau dans sa gourde métallique.

Un sifflement, le même que celui de ce matin à la fenêtre de Milena. Au loin un autre identique semble lui répondre. Au bout de dix minutes, une discussion s'initie. Un homme vient d'arriver, Joachim n'entend pas ce qu'ils se disent mais à l'intonation des voix, ils se connaissent et s'apprécient.

Des pas contournent le fourgon, la tête du vieux Gitan passe au-dessous de la bâche.

— C'est bon, tu peux venir. Le gars qui est là-bas va t'amener jusqu'au village sur les hauteurs.

— Et vous, vous allez faire quoi quand les nationalistes vont arriver ?

— Défendre Malaga, le quartier. Ce sont des fascistes, pour eux nous sommes tous des gibiers de potence.

Joachim descend du véhicule, le suit jusqu'à celui qui semble les attendre.

— À quoi reconnaît-on un fasciste ?

— C'est un *payo*.

— Tous les autres sont des *payos*.

— L'uniforme.

— Et s'ils n'en ont pas ?

— C'est bien cela le problème de cette guerre. C'est que l'on se bat entre nous.

L'homme face à lui a l'air d'un paysan que l'on serait allé chercher dans une ferme à côté. Un pantalon noir, une chemise blanche amidonnée de poussière, il a un fusil, à peu près le même que celui de son père. Joachim n'y connaît rien, une arme reste une arme, mais celles-ci ne sont pas faites pour la guerre, pour la chasse à la rigueur, et encore si elles ne sont pas trop vieilles. Il le suit au milieu des rangées de figuiers, passe par-dessus les murets de pierres sèches et coupe à travers une combe pour rejoindre le village qui domine une partie de la vallée.

— Vous chassiez le lapin avec ce fusil, vous aussi ? Mon grand-père avait le même et mon père, quand il a su que les nationalistes pouvaient venir, l'a pris.

L'homme regarde son arme.

— Celui-ci sert plus pour les sangliers ou les cerfs, ce sont de vraies balles, dedans.

Il lui montre le village, au-dessus, accroché à la pente.

— C'est un parfait nid d'aigle. D'ici on peut voir la route qui rejoint Malaga. Tu as quel âge ?

— Quinze ans.

— Tu n'es pas trop jeune pour combattre ?

— Et toi, tu n'es pas trop vieux ?

L'homme rit, tape sur l'épaule de Joachim.

— On aura besoin de tout le monde quand ils arriveront.

7

Dimanche 18 octobre 1936

Joachim connaît tous les sentiers braconniers de la colline, il sert d'informateur aux républicains qui restent au village. Il va jusqu'à la piste prendre des vivres qui arrivent par camion, demande des nouvelles de Milena, de Malaga, de l'Espagne. Il sait que les choses vont mal. Les avions qui passent au-dessus d'eux, venant du Maroc, ne sont pas des appareils amis mais ceux de Franco, des Italiens. Au Nord, ce sont les Allemands. Les républicains sont seuls, son père le lui avait dit, personne ne voudra soutenir *los rojos*. Il y a l'URSS mais ils ne s'entendent pas entre eux. Les autres pays ont autorisé l'envoi de Brigades internationales, mais rien de significatif. Ce sont eux que guette Joachim ces derniers temps. Comme pour les nationalistes, il ignore à quoi ils ressemblent exactement ; officiellement ils ont une étoile rouge à trois branches et ils parlent des langues que Joachim ne connaît pas.

Assis sur un rocher, il surveille la piste. La seule qui mène ici, celle-là même qu'il a empruntée il y a quelques semaines.

Positionnés aux avant-postes de Malaga, leur rôle est d'attendre. Les fascistes viendront, ils sont plus nombreux, mieux organisés, mieux armés. Le seul avantage qu'ils ont sur eux est de connaître le terrain.

Mais quoi faire à part patienter et espérer ? La guerre des républicains n'est pas de reconquérir ce qu'ils ont perdu mais de préserver ce qu'ils tiennent encore, de protéger les populations civiles en souhaitant que tout s'arrête un jour, que les autres pays envoient de véritables armées et non les idéalistes et les fous qui constituent les Brigades. Joachim sait que les gens qu'il guette seront en nombre insuffisant pour peser dans la balance, mais ils seront là.

Il relève un de ses pièges. Un lièvre s'y est pris cette nuit, il améliorera le repas.

C'est lui qui chasse, comme il le faisait chez lui, à Maria. Il ramenait à sa mère des grives, ainsi que des lapins qu'elle suspendait pour les éviscérer et les dépecer en entaillant l'une des pattes et en tirant d'un coup sec. Joachim s'y était essayé les premiers jours au camp, pour montrer qu'il était un homme, mais il n'avait pas pu. Un des Gitans s'en était chargé à sa place.

— Dépouiller un lapin ce n'est rien, tu dois t'endurcir, *pequeño*, sinon…

Joachim a un fusil pour se défendre, pour chasser, mais il braconne car le piège tue tout seul, il n'a pas besoin de lui. Il ne pourrait pas tirer sur un animal, alors sur un homme… Et puis le braconnage a l'avantage d'économiser les cartouches.

Il met le gibier dans sa besace, lève les yeux. Un groupe de quatre individus attend au bout de la piste. Il siffle – ce même signal qui l'a intégré ici.

Joachim descend la combe, passe d'arbre en arbre. Il libère des senteurs de sève en se frottant aux pins, de genièvre en marchant sur les buissons. Le soleil de cette fin d'après-midi est doux et quelques hirondelles volent plus bas, semblant annoncer la pluie pour la soirée.

Joachim a appris à lire ces collines comme autrefois les montagnes de Maria, les espèces d'arbres, de plantes, les oiseaux, les rongeurs qui la peuplent. La guerre semble si loin. Le front n'est pourtant qu'à quelques kilomètres, les hommes qu'il va chercher sont des soldats et lui aussi en est un.

Il s'approche, les salue. L'un d'eux lui répond en castillan mais avec un accent bizarre.

— Je m'appelle Pierre, je suis Français.

— Moi c'est Joachim. Vous êtes des Brigades internationales ?

— Oui.

Un Gitan de Malaga les accompagne, c'est lui qui a répondu au sifflement de Joachim. Il présente le reste du groupe : deux Irlandais et un Russe.

Joachim s'attarde sur ce dernier. Il sait qu'il doit se méfier des Soviétiques qui arrivent en Espagne, la lutte à laquelle se livrent staliniens et trotskistes en URSS déborde partout en Europe. Comme si les républicains communistes avaient besoin de cela.

Le jeune esprit de Joachim bouillonne quelquefois face à la complexité de la situation. Il doit se battre contre ses frères du camp adverse, saluer des hommes qui viennent défendre un pays qui n'est pas le leur et se méfier par-dessus tout des communistes bien qu'il soit des leurs.

Il n'y a que Pierre qui lui parle. Les Irlandais ne comprennent pas un mot de castillan et le Russe est plutôt taiseux.

— Je viens de Toulouse, dans le sud de la France.

— Je connais, lui dit Joachim, c'est là où est né Carlos Gardel.

— Oui, c'est vrai, lui répond Pierre, surpris. Tu sais qui est Carlos Gardel ?

— Mon père l'adore. Tu parles castillan ?

— Mon paternel est professeur et l'enseigne dans un lycée de Toulouse.

— Et que fais-tu ici, à Malaga, sur le front républicain ?

— Je me suis engagé avec les *Brigades* pour défendre une certaine idée de la liberté.

— *Eres en la mierda.*

— Je suis venu en connaissance de cause, mais plus nous serons nombreux, plus le gouvernement sera tenté d'intervenir. Il y a des intellectuels qui vous soutiennent, Éluard en fait partie.

— Qui ?

— Un poète, je te ferais lire quelques-uns de ses vers.

— Je ne comprends pas le français.

— Tu apprendras.

En arrivant au village, le petit groupe est accueilli chaleureusement. Andrei, le Russe, discute avec un des chefs, il a l'air de maîtriser lui aussi le castillan et Pierre sert d'interprète aux deux Irlandais.

Si Joachim avait dû imaginer un Cosaque, un Slave, il lui aurait donné les traits d'Andrei. Grand, large d'épaules, les pommettes saillantes et les yeux plissés, ne laissant apparaître qu'une fine lame du bleu acier de ses pupilles.

Andrei n'avait pas besoin de parler pour que l'on sache qu'il n'était pas espagnol, surtout ici, en Andalousie, où les hommes portent en eux plus qu'ailleurs les siècles de l'occupation musulmane.

Les deux Irlandais, Conrad et Damien, ressemblent à des boxeurs des rues, nez écrasé, oreilles décollées et arcades sourcilières proéminentes.

Joachim appuie son fusil sur le puits, remonte un peu d'eau et se dirige vers une pergola à laquelle s'agrippe une vigne vierge.

Il pose le lapin sur une table et sort trois sauterelles qu'il a attrapées en chemin.

Au printemps, il a recueilli une petite grive qu'il a mise dans une cage laissée là par un des anciens habitants du village, laquelle avait dû servir autrefois à un mainate.

Sachant qu'un des chefs du camp était du *parti*, Joachim l'interpelle.

— Le Russe, il est comment ?

— Ne t'inquiète pas, Joachim, il n'est pas envoyé par Moscou, il est venu de son propre chef se battre avec nous. Un idéaliste doublé d'un abruti, comme nous tous.

L'attente est moins longue depuis que les nouveaux sont arrivés. Le camp a trouvé un équilibre, un fonctionnement propre. Joachim a quelquefois du mal à imaginer qu'une guerre se prépare.

Les Irlandais et Andrei boivent, jouent aux cartes avec les autres. Joachim ne les côtoie pas trop. Cependant il aime bien Pierre. Ils n'ont que cinq ans de différence et ce dernier semble le comprendre. Lui aussi dessine, lit, contemple la nature. Il fait partie des poètes guerriers. Il est de la trempe des héros, bercé d'idéal. Joachim est là car il ne savait pas où aller, alors que Pierre ne pouvait se trouver ailleurs.

— Tu dessines drôlement bien, Joachim, qui t'a appris ?

— Personne.

Pierre feuillette le cahier de croquis, s'arrête sur celui représentant Milena.

— Cette fille a dû compter pour toi.

— Oui. Pierre, explique-moi comment quelqu'un que tu n'as jamais rencontré, comme ton poète, a pu être assez influent pour te mener jusqu'ici ?

— Tu ne connais pas Éluard, comme j'ignore qui est celle qui te fait aussi bien dessiner.

— J'aimerais que tu me lises quelques lignes de ce qu'il a écrit.

— Ne bouge pas, je vais chercher mon recueil de poésie.

— Pierre, qu'est-ce qu'il en a dit ton père que tu sois parti ?

— Il m'a soutenu, il me comprenait. Et le tien ?

— Il m'a supplié de partir et de vivre ma vie.

— Qu'est-ce qui s'est passé chez toi, Joachim ?

— La même chose que partout dans le pays. Les nationalistes sont arrivés, ils ont brûlé les états-civils de ceux qu'ils considéraient comme des traîtres, des terroristes. Je ne sais pas ce que sont devenus mes parents mais dans le village voisin, ils ont fusillé les communistes et les républicains. Nous étions en train de travailler dans la montagne, avec mon père, quand un des gars de Maria est venu nous prévenir. Mon père m'a alors demandé de retrouver des gens qu'il connaissait à Malaga, qui pourraient s'occuper de moi. Je suis parti d'un côté, lui de l'autre. Pendant ma fuite j'ai réfléchi à tout ça et j'ai décidé de rejoindre l'armée républicaine, si on peut l'appeler comme ça. Je ne sais pas si je reverrai les miens un jour. J'ai trop peur de ce que je trouverais là-bas, si j'y allais maintenant.

Le jeune Français se lève, part chercher son recueil de poèmes. Joachim le regarde comme un modèle. Pierre parle trois langues, connaît la poésie et l'idéalisme guide ses pas. Lui, semble suivre un instinct primaire de survie et son éducation se limite à savoir lire et écrire dans sa langue, et à la chance d'avoir eu une mère institutrice qui lui a fait découvrir des livres de mythologies et de contes. La main-d'œuvre dans les campagnes andalouses est rare et précieuse, les enfants ne s'attardent pas longtemps sur les bancs de l'école.

Tout le corps de Pierre est finesse : ses traits, son allure. Il dénote au milieu de ces travailleurs, de ces paysans aux jambes robustes et aux mains calleuses. Il pourrait être le héros des histoires que sa mère racontait à Joachim, un de ceux de la guerre de Troie, fragile et désespéré, mû par ses désirs et ses convictions, comme Pâris. Joachim préfère les Troyens aux Grecs parce qu'ils sont moins parfaits et infaillibles. Il s'est toujours imaginé en Hector, le plus courageux des hommes que seul un demi-dieu peut vaincre. Fort, mais pas invincible.

Pierre porte la même casquette en cuir que dans les films américains et une veste militaire en tissus épais avec des poches sur la poitrine et les manches. Sur celle de droite, il a brodé l'étoile des Brigades internationales.

En venant se rasseoir, Pierre soulève sa casquette, remet ses cheveux bruns en arrière, sourit et ouvre son livre. Joachim l'observe. Celui-ci semble presque heureux de se trouver parmi ces soldats d'infortune. Il a cette flamme de l'innocence dans les yeux, celle dont Joachim croyait qu'elle disparaissait à l'âge adulte, marquant, comme la première gorgée de vin, une étape pour devenir un homme.

Il avait la certitude que Pierre était déjà allé avec des femmes, avait bu des verres, mais n'avait jamais tué personne. En cela ils étaient sur un pied d'égalité, différents sans doute de la majorité des combattants du camp. Au contact l'un de l'autre, ils allaient essayer d'équilibrer leur flamme.

— Qu'est-ce que tu veux que je te lise ?

— Je ne sais pas, le poème qui t'a fait aimer la poésie, qui t'a décidé à venir ici.

— Non, je vais choisir celui qui t'évoquera sans doute la fille de ton dessin.

Inconnue, elle était ma forme préférée,

Celle qui m'enlevait le souci d'être un homme,

Et je la vois et je la perds et je subis…

Joachim l'écoute, regarde au loin, la plaine, les montagnes, ce qu'il connaît déjà. Il a besoin de se rattacher au monde concret car ces quelques vers l'ébranlent, le secouent. Pierre lui traduit la phrase mais celle en français continue de danser dans son esprit.

— Apprends-moi !

— Quoi donc ?

— La poésie, le français.

Pierre rit, saisit l'épaule de Joachim.

— Si tu veux, mais il faut s'y mettre tout de suite, alors.

8

Lundi 9 novembre 1936

Ce début d'automne est clément, de rares pluies, peu de vent.

En haut de leur nid d'aigle, les hommes attendent. Joachim a ce passage de *L'Iliade* en tête, celui où les Troyens découvrent la flotte grecque devant eux. Cela arrivera, un matin semblable aux autres, guettant cette route en contrebas il verra apparaître les tanks et les blindés des fascistes. À partir de là, c'en sera fini de leur vie ici, il faudra se battre, courir, alerter Malaga de fermer ses portes et de se préparer à tenir le plus longtemps possible. Car c'est cela leur guerre, l'attente de l'ennemi et espérer que l'on vienne enfin les aider.

Les journées passent plus vite depuis que les gars des Brigades sont arrivés au camp.

Pierre lui apprend le français à travers les poèmes d'Éluard. Joachim commence à comprendre pourquoi son ami a suivi cet homme jusqu'ici, ses vers façonnent son esprit, son être sensible.

C'est une impression bizarre que d'attendre le combat, une mort possible, plongé dans l'observation de la beauté qui les entoure au son des vers d'une poésie.

Enfin
La lumière n'a plus la nature (...)
Elle abandonne les couleurs
Elle abandonne son visage
Aveugle silencieuse
Elle est partout semblable et vide.

Joachim remercie chaque jour la providence de lui avoir fait rencontrer Pierre. Ils discutent, s'instruisent l'un l'autre, à Pierre les mots, les phrases et les vers, à Joachim la course des nuages, les traces des animaux, le nom des choses. Le soir, les deux amis rejoignent les autres, écoutent les récits de batailles, d'expériences de vie qu'aucun d'eux ne voudrait connaître.

Ces moments les replacent à l'endroit où ils sont vraiment… à la guerre, la vraie, pas celle des romans et des poèmes, celle qui pourrait tuer… la moche, la violente, l'inutile et cruelle guerre des hommes.

Un jour Andrei a pris la parole, il répondait à Josep, un anarchiste, qui soutenait que peu importait la manière, c'était le résultat qui comptait, faire le nécessaire quoiqu'il en coûte. Andrei s'est levé et a raconté, avec son accent russe, la prise de Badajoz aux mains des nationalistes.

Ils avaient encerclé la ville, rendant toute fuite impossible. Pris dans la souricière, les villageois et les miliciens s'étaient rendus. Andrei et un groupe armé étaient partis au monastère pour en faire sortir les gardes civils. Un par un, ils les avaient alignés le long du mur d'enceinte et les avaient abattus. Pas de prisonniers militaires, pas les moyens de les nourrir, pas de risque qu'ils soient libérés et qu'ils retournent enfler une armée déjà trop nombreuse. Andrei leur avait dit que c'était la règle du jeu quand on revêt un uniforme, la tenue prévaut sur l'individu mais les moines et les miliciens désarmés, ils n'auraient pas dû.

Josep l'interrompit.

— En ouvrant leur monastère pour en faire des lieux de garnison, les religieux ont vendu leur âme aux fascistes.

— Ils ne se battent pas, ils ne vous tirent pas dessus, et puis les ecclésiastiques… Nous n'avons pas le droit, la religion, c'est sacré, même si ce n'est pas la mienne.

— D'aucuns nous ont vendus aux franquistes !

— Pas ceux-là. Certains d'entre nous ont violé des femmes soi-disant nationalistes, cela en fait-il des gens bien parce qu'ils sont républicains ? Je suis un soldat, pas un exécuteur.

Joachim l'avait écouté, incrédule. Pour lui, il y avait d'un côté les méchants et de l'autre les gentils. Ceux qui se battaient avec lui ne pouvaient pas s'être rendus coupables de pareilles exactions.

Ce qu'il entendait de leur bouche lui glaçait le sang. Il craignait que son village ait pu subir un sort identique. Si Malaga tombait, il se passerait exactement la même chose qu'à Badajoz, qu'à Madrid à la caserne de la Montaña, qu'au Pays basque… Cette vision lui était insupportable. Il était sorti. Voulant occuper son esprit, il était allé voir son oiseau et lui avait promis qu'il le libérerait avant, pour qu'il s'envole loin de l'horreur. Une réaction d'enfant face à un monde qu'il ne comprend plus.

Andrei était venu rejoindre Joachim sous la tonnelle. La vigne perdait ses feuilles en cette fin d'automne. Une pluie légère, silencieuse et écarlate.

— Petit, il faut que tu saches que la guerre n'a rien de glorieux. La gloire c'est pour les généraux, les chefs. Pour nous, quand nous survivons, ce sont les insomnies, les remords qui peuplent notre vie.

— Pourquoi tu continues à te battre ?

— Pour racheter mon âme. Votre cause mérite que l'on se batte pour elle, pas que l'on devienne des barbares.

Il s'arrête, avance vers la balustrade qui surplombe la place du village, semblant jeter un regard aussi froid que la couleur de ses yeux sur le petit monde qui s'agite à ses pieds. Tout en Andrei impressionne Joachim, son visage si différent du sien, l'intonation de sa voix, son accent, ce qu'il peut dire, à la fois les belles choses et les terribles sans varier de ton, d'expression, comme si plus rien ne pouvait lui procurer d'émotion.

— Tu m'amèneras avec toi dans les collines pour que je chasse ?

— Si tu veux. Tu chassais, en Russie ?

— Oui, mais il y a si longtemps. Et toi ?

— Non, j'étais trop jeune et mon père n'aimait pas ça. Je braconnais quelques lapins, des oiseaux comme celui-ci.

— Pourquoi as-tu recueilli cette grive au lieu de la manger ?

— Elle était trop petite et maintenant c'est mon amie.

— Puisses-tu garder ton innocence même après cette guerre.

— Andrei ? Tu as tué beaucoup de personnes ?

— Celles que je devais, mais certaines d'entre elles me hantent. Je ne suis pas comme eux, je ne crois pas que l'on puisse abattre des gens sans être puni un jour.

— Pourtant tu continues ?

— Oui, et si je dois encore ôter la vie je le referai, pas avec plaisir mais par nécessité. Mon âme est déjà noire mais si je peux en sauver une parcelle.

— Tu crois en Dieu ?

— Je ne sais pas, s'il y avait un Dieu, il n'aurait pas permis tout ce que j'ai vu.

— Alors qui peut te juger, te pardonner ?

— Moi seul. La guerre nécessite que l'on tue des ennemis pour la gagner, même s'il s'agit d'un frère. Ce n'est pas bien mais ça a toujours été ainsi.

— Pourquoi ne pas expliquer au camp d'en face qu'il se trompe ?

— Certains comprendraient, d'autres se retourneraient contre toi. C'est dans la nature humaine.

— Tuer n'apprend rien à personne.

— Ça inspire la crainte.

— Mon père disait qu'un chien qui a peur mord forcément, l'autre peut apprendre et accepter la caresse.

— Il faut croire que les chiens sont meilleurs que certains hommes.

Joachim contemple le profil d'Andrei. Il l'a déjà dessiné maintes fois avec le groupe, mais jamais tout seul, isolé, méditatif. Il ne dit rien, prend son crayon, un morceau de papier et commence à tracer les contours de son visage. Il n'a pas le regard de feu habituel. Face aux coteaux, aux vignes, il est songeur. Joachim ne sait rien de ses pensées (personne ne se confie vraiment au camp) ni du parcours de ces gens. Il n'en a qu'une vague idée au travers des rares confidences qu'ils ont bien voulu livrer. Andrei est celui qu'il a le plus observé, dont il s'est le plus méfié. La peur des purges communistes, celle de la guerre entre trotskistes et staliniens.

Ici, tout semble si loin. Il n'y a ni parti, ni appartenance sociale, ni pays, il n'y a que des hommes qui veulent rester libres et d'autres qui le sont suffisamment pour se battre pour la liberté de ceux qui ont peur.

Dessinant les traits slaves d'Andrei, Joachim se dit que tout est allé si vite jusqu'ici et que l'attente en devient bien longue. Madrid est attaqué par les franquistes depuis une semaine, une offensive de grande envergure. Il va aux nouvelles presque tous les jours au col et c'est lui qui doit faire le rapport aux autres.

Tous les hommes savent que si Malaga et les autres grandes villes ne sont pas encore attaquées, c'est que les phalangistes focalisent leurs forces sur la capitale. Si elle tombe, si elle les repousse, ils changeront d'objectifs. Comme une voie d'eau, ils inonderont le reste du pays.

Joachim range le papier dans sa poche et se lève. Andrei entend le bruit de ses pas sur le gravier, se retourne et le salue d'un geste de main.

Avec ses dessins, il semble tenir une sorte de journal de guerre, quelques phrases, quelques vers les accompagnant mais il est plus doué avec les courbes et les ombres qu'avec les mots. Il aime leur danse, Pierre l'initie, mais on naît poète, on ne le devient pas, c'est un don comme pour lui le dessin. Les poètes et les peintres sont ceux qui voient la nature, les choses comme elles sont vraiment, sans le filtre de la norme et de l'éducation.

9

Lundi 23 novembre 1936

Madrid les a repoussés.

La capitale se refuse aux troupes de Franco, elle est encerclée. Tout le monde sait que cela ne durera pas : si les nationalistes butent trop sur elle, ils attaqueront les autres cités restées républicaines. Mais la nouvelle qu'apporte Joachim ce matin remplit de joie les combattants. Cette idée que le monstre n'est peut-être pas aussi puissant qu'il paraît, qu'il peut être tenu en échec, cela pourrait donner l'espérance aux hommes, aux nations qui pensaient la guerre perdue d'avance.

Assis, regardant ses camarades se congratuler, Joachim se dit que l'espoir est toujours mieux que rien. Il croyait que ce mot, comme le bonheur, étaient des choses auxquelles ils n'avaient plus droit.

Laissant son père au col de Maria, détalant comme un chien qui vient de rompre sa laisse, il ne s'était pas posé la question de la finalité de sa course. Son père lui avait dit de fuir vers Malaga, la suite c'était à lui de l'écrire. Aurait-il voulu qu'il s'y batte ? Qu'il parte essayer de devenir quelqu'un dans une autre région, un autre pays ? Joachim avait écouté son cœur, son corps était resté à Malaga, pour la République, pour Milena.

Dans le ciel, au-dessus de ces cris de joie, passent des avions. Il y a bien longtemps que Joachim ne les regarde plus en espérant reconnaître un des leurs. Il n'y en a plus, ils sont nationalistes allemands, italiens. Les avions, les blindés, appartiennent tous *aux autres*.

L'ancienne mairie a été transformée en quartier général, en lieu de vie, de réunion. Le feu brûle dans l'âtre, il fait bon. Il est seul, frotte ses mains face aux flammes et les observe. Elles ont repris leur taille, leur épaisseur, le travail de la glace est loin, le corps a cicatrisé les crevasses. Il tisonne quelques braises, remet une bûche, marche sur le plancher, écoute ses pas qui résonnent, passe sa main sur des coulures de bougies, ramasse une bouteille qui était restée sur la table, la pose avec les autres dans un coin de la pièce.

Il voit Pierre passer devant la fenêtre, jeter un œil à l'intérieur et le saluer.

— Salut, Joachim, tu te réchauffes un peu ?

— J'avais besoin de chaleur et de calme. Pierre, parle-moi de la France.

— Ce n'est pas si différent de l'Espagne. Du moins Toulouse.

— Est-ce que les gens dansent, chantent ? Est-ce que les femmes rient ?

— Oui, comme ici auparavant, je suppose.

— J'imagine des cafés, du vin sur les tables. Une insouciance à laquelle nous n'avons plus droit. La faim, la guerre ont eu raison de notre gaîté. Le peuple espagnol a l'impression de ne plus avoir droit à ce bonheur.

Pierre s'assied, regarde la pluie tomber, frapper les carreaux de la maison.

— Tu n'étais pas heureux dans ton village ?

— Si, je l'étais, je me contentais de ce que je pouvais y trouver.

— Tu sais, le vin, la danse, les rires, pour beaucoup cela ne suffit plus. Tu as ton bandonéon ?

— Oui.

— Tu peux en jouer ? Aujourd'hui il n'y aura pas la guerre.

Joachim sort la boîte en bois qui enferme l'instrument de son sac et en libère les soufflets. En s'ouvrant, il émet un bruit, annonçant le musicien.

Il commence à pianoter de manière feutrée, comme s'il bravait un interdit sur la pointe des pieds.

Pierre contemple les flammes, écoute le tango, imagine que c'est lui qui les fait danser.

Joachim remarque que ses compagnons sont de plus en plus taiseux, leurs regards se perdent.

— Tu sais Joachim, je suis incapable de te dire ce qui est exceptionnel en France. J'ai conscience que je suis beaucoup plus riche que toi, que ma jeunesse a été plus douce que la tienne, mais j'ignore ce qui me rend réellement heureux chez moi. Si, il y a ma sœur, Lucie, elle est fantastique, elle te plairait.

Joachim prend un air surpris.

— Je t'assure. Elle est comme les figuiers de Barbarie qui poussent chez toi, en Andalousie, elle pique celui qui n'y prend pas garde mais peut aussi être douce et sucrée. Un mélange de braise et de rosée ! Et puis il y a mon père, qui nous a élevés tous les deux comme il le fallait en nous laissant grandir à notre rythme.

Pierre marque une pause comme s'il y avait tant de choses à dire mais qu'il ne voulait plus.

— Joachim, parle-moi de ton village.

Pierre se lève, prend une bouteille en métal dans son sac qu'il sort quelquefois quand son regard se charge de mélancolie. Joachim connaît cette expression, il l'a déjà dessinée.

— C'est un petit village non loin du désert de Tabernas. Tu remontes un plateau jusqu'au pied des montagnes, là, dans le creux de la sierra, tout blanc, c'est Maria. Autour tu as des vignes, des oliviers, un puits au centre une fontaine où viennent dormir les chiens cherchant une flaque presque sèche ou l'ombre de la pierre. Plus loin, sous les arbres, il y a un banc avec des vieux assis dessus. À heure fixe, tu entends les cloches du monastère de la *Virgen de la Cabeza,* les moines là-bas sont bien, ils n'ont pas laissé les nationalistes se servir des églises, enfin je l'espère.

Pierre secoue la tête, repense sûrement à ce qu'ont dit Andrei et l'anarchiste.

— Le soir, il y a toujours un peu d'air frais qui descend de la montagne. À ce moment-là, les gens sortent, se retrouvent sur la place et discutent pendant des heures. Les enfants jouent, se cachent des adultes pour faire durer la soirée le plus possible. Il y a une école, c'est là que j'ai appris à lire et à compter. Ma mère est l'institutrice du village. Maria c'est aussi des senteurs, celles de la vigne au début de l'automne, des figuiers en été, des orangers au printemps et celles de la montagne à la fin de l'hiver, mélange de rameaux de pin, d'aiguilles, de terre humide quand la neige fond. Il y a également les odeurs du village, celles du vin que l'on vient de tirer, des fêtes, du cochon, des vendanges.

Joachim joue, Pierre semble aussi ému par ses notes que lui l'est par ses mots. Comme si faire appel à ses souvenirs provoquait en lui la mélancolie nécessaire aux émotions que véhicule le tango.

Dans l'embrasure de la porte, un des deux Irlandais attend, écoute comme s'il refusait de pénétrer cette bulle. L'effleurer, y goûter mais rester en surface. Pierre lui fait signe, lui tend un verre. Conrad entre, le prend et trinque avec les deux jeunes hommes.

— C'est quoi ?

— De l'absinthe, la *fée verte*. C'est de la vraie. Des gens disent que ça rend fou, ça change seulement les idées.

— Ça a goût de médicament, ton truc ! s'écrie-t-il en crachant par terre.

Conrad a ce réflexe de gamin des rues : chaque tirade est ponctuée par un crachat. Damien, son ami, ressent le besoin de frotter le sol, de taper dans une pierre quand il parle à quelqu'un.

— C'en est un. C'est l'anis, les effluves que tu sens.

— J'ai la bouche anesthésiée.

— Comme cela, tu diras moins de bêtises !

Les trois hommes rient.

Joachim regarde son verre, admire le mélange opaque couleur de jade, sent petit à petit cette âpre alchimie liquide lui engourdir la langue et les doigts.

— Pierre, tu veux bien nous lire un peu de poésie ?

Le Français boit cul sec. La chaleur douce se répand et son esprit part dans les méandres de sa mémoire. Il n'a pas besoin de son livre, elle vient à lui, par bribes, par vers.

L'aube dans des pays sans grâce
Prends l'apparence de l'oubli.
Et qu'une femme émue s'endorme, à l'aube,
La tête la première, sa chute l'illumine.

Comme un instant suspendu, le bandonéon accompagnant les stances du poète s'arrête.

Les trois hommes se taisent. Conrad, le gars de Dublin qui ne connaît rien au tango et ne comprend pas un mot de français, est ému aux larmes.

Joachim fait bouger ses doigts pour en reprendre le contrôle. La *fée verte* le dirige, il n'a pas l'habitude de boire mais trouve la ouate qui l'entoure agréable.

— *Again, guys !*

Pierre ressert une tournée. Joachim gonfle le bandonéon et recommence à jouer. Conrad s'assied sur un tabouret, les mains jointes sur le verre.

Pierre réfléchit et se lance :

Elle a toujours les yeux ouverts
Et ne me laisse pas dormir.
Ses rêves en pleines lumières
Font s'évaporer les soleils,
Me font rire, pleurer et rire,
Parler sans avoir rien à dire.

Conrad applaudit, regarde Joachim. Il a les yeux qui brûlent, comme si un feu le dévorait de l'intérieur.

— La goutte d'eau, c'est quand ils nous ont empêchés de jouer au football gaélique, notre sport. Ils sont arrivés un jour avec les mitraillettes, en s'écriant : *Les rassemblements, c'est terminé !* Et ils nous ont chassés. Ils avaient commencé par nos pères, en 1920 à Croke Park. *Bloody Sunday*. Ils ont fait irruption dans notre stade et ont tiré dans la foule : quatorze morts dont un joueur de Tipperary. Des gens ont perdu la vie alors qu'ils venaient voir un match, tu te rends compte ?

Conrad marque une pause, reprend une gorgée d'absinthe.

— Tu sais ce qu'est *haïr* viscéralement quelqu'un ? Chez nous, les Irlandais, c'est dans les gènes, transmis aux enfants par les pères. Les mères, c'est différent, elles comprennent mais ne peuvent cautionner cette haine. Tant que ces enfoirés d'Anglais seront là, nous ne serons rien, nous n'aurons rien, c'est pour ça que nous sommes ici, pour que vous conserviez votre terre et qu'il nous en reste un peu. En Irlande, j'ai pris les armes pour la liberté et la terre. Ici c'est pareil, toute ma vie je me serais battu pour ça.

Il crache sur le sol et reprend.

— La lande n'est pas si différente de votre campagne : des cailloux, des herbes hautes pour se cacher. C'est juste plus agréable de combattre ici car il ne pleut pas.

Pierre et Joachim sourient à la dernière phrase de l'Irlandais.

— Les gars, vous savez, les Anglais ils nous traitaient comme des chiens, chez nous. *Baissez la tête tas de merde,* qu'ils disaient, *vous ne méritez pas de nous regarder dans les yeux*. Pour sûr, on en a buté par dizaines de ces enfoirés. Il faut que tu comprennes, Joachim, à la sauvagerie on répond par la sauvagerie. Avec Damien et les autres gars du quartier, ils ne nous ont pas fait baisser la tête même en nous frappant, et quand ils aboyaient, on chantait plus fort, tu peux me croire. Nous ne leur avons jamais donné nos noms, malgré les sévices. Pour sûr, j'ai dû tuer des mecs que je connaissais depuis toujours parce qu'ils nous avaient trahis sous la torture… Des amis… Tu te rends compte ?

Les mains de Conrad tremblent, Joachim les voit suspendues au-dessus des flammes.

— Je n'y comprends rien à ta poésie, Pierre. Moi je ne connais que trois vers de William Blake, que nous répétait le chef de notre régiment. Je ne comprenais pas davantage leur signification, mais le chef, ça lui faisait plaisir de les réciter et moi je trouvais, comme ceux de tout à l'heure, que ça sonnait bien :

Où la ronce croissait on a planté des roses
Et sur la lande aride
Chante la mouche à miel.

Pierre se lève à son tour, serre l'épaule de Conrad comme s'il ressentait d'un coup le besoin, l'envie, de se confier lui aussi. Il remet une bûche, racle sa gorge et, sans quitter le feu du regard, commence :

— Toulouse est un chagrin d'amour. Toulouse est une femme que j'ai aimée, une femme mariée, c'est pour cela que je ne trouve pas les mots pour la décrire car je veux l'oublier.

Pierre avance dans la pièce, sort machinalement une cigarette et en tend une à Joachim qui refuse, contrairement à Conrad.

— Toulouse s'appelait Henriette, c'était l'épouse d'un notable toulousain, un avocat. Je l'ai rencontrée en me promenant au Boulingrin, un parc du centre-ville. Elle était là, sur un banc, presque triste. Je me suis assis à côté d'elle, lui ai demandé ce qui la rendait comme cela. Elle a rougi de cette manière qu'ont certaines femmes à s'empourprer d'un souffle. Ses pommettes écarlates m'ont fait toute de suite penser au camélia, cette fleur magnifique mais qui, voulant rester trop discrète, ne dégage aucun parfum. À partir de ce jour, je la retrouvais toutes les fins d'après-midi au jardin public. Les premiers temps, je la guettais, faisant semblant de passer par là et puis au fur et à mesure, nous nous sommes donné rendez-vous, toujours sur ce banc. J'effleurais sa main, son bras, j'aimais ces moments où, une fois touchée, elle n'osait plus rien dire, plus rien faire, comme un petit animal dont la seule défense est l'immobilité. Et puis nous nous sommes vus ailleurs, dans des musées, des cafés, nous cachant un peu, feignant la surprise de nous rencontrer. Un après-midi, nous nous sommes retrouvés chez une amie à elle, dans un appartement du centre-ville où nous avons fait l'amour. J'y ai vécu les heures les plus belles de ma vie. J'avais connu des filles avant elle, mais je n'en imaginais plus d'autres après. Ce fut la première et la dernière fois que je pus la sentir contre moi. Son mari a su pour nos rendez-vous au Boulingrin et la faisait suivre. Il l'a dit à mon père qui, malgré tous ses principes de liberté, ne pouvait pas cautionner cet adultère. Il ne m'a pas interdit de la revoir, ce n'est pas son genre, mais m'a expliqué que cette femme fera partie à jamais des amours impossibles, que la littérature en était remplie, qu'il fallait être moins stupide que les personnages de roman et que Toulouse recelait de nombreuses très belles femmes, qui plus est de mon âge. Je savais qu'il avait raison mais pour moi l'injustice était trop forte et j'ai préféré partir. Éluard accompagnait déjà ma tristesse, il m'a suivi dans mon exil.

Joachim écoute son ami parler de l'amour, d'une femme. Il n'en a connu qu'une, elle l'a bouleversé. Mais l'amour est autre chose et il aimerait en avoir ne serait-ce qu'une esquisse avant de mourir. À cette idée de disparaître avant d'avoir connu cela, sa gorge se noue pour la première fois depuis Maria. L'espace d'un instant, il se laisse envahir par le doute mais se ressaisit rapidement, car autrement celui-ci insinue ses racines dans tout le corps, enserre les viscères, le cœur et empêche d'avancer.

L'après-midi se passe là, face à la cheminée. Les membres engourdis par l'absinthe, le confort, la poésie et la musique, ils oublient pour une journée le contexte de leur présence, de leur rencontre.

10

Noël 1936

Ils ont chassé plus qu'à l'accoutumée, tiré avec des vraies balles même s'ils doivent les économiser. Il fallait ramener du gros gibier, marquer le coup. Le repas de ce soir, sans être opulent, doit être différent, les Irlandais et le Français y tiennent, Joachim a l'habitude de fêter Noël et Andrei le comprend. Les autres, les anarchistes, les non-pratiquants, voient cela comme l'occasion d'égayer leur quotidien.

Dehors il commence à faire froid, un filet de vapeur s'échappe des lèvres des hommes qui entrent un à un dans la grande salle.

Ce soir, il n'y aura pas de messe, pas de crèche, seulement quelques bougies, le chant des Irlandais car ces hommes font tout en chantant. Joachim ne sait pas s'il revivra un jour les fêtes de famille, mais de voir rôtir les cuissots de sanglier dans la cheminée, de trinquer avec ses compagnons lui réchauffe le cœur.

Pierre passe dans son dos, lui parle en français – un code entre eux – il lui en a appris quelques rudiments et ce sont les seuls à comprendre cette langue. Joachim maîtrise les figures de politesse et quelques mots du quotidien. Comme dit Pierre : *On pourrait te parachuter au milieu de la France, tu ne mourrais pas de faim.*

— C'est dans ces moments que les absents nous manquent et que ceux qui sont là prennent encore plus d'importance.

— La non-présence de certains me rend triste.

— L'absence, Joachim, on dit *l'absence*. Un jour viendra où nous pourrons les retrouver.

Joachim regarde Pierre.

— Pourquoi es-tu ici et pas avec ta famille ? Moi je n'ai pas le choix, j'ai dû fuir et laisser la mienne, mais toi tu as un père formidable, une sœur qui t'est chère.

— Nous faisons des choix dans la vie qui guident notre existence. J'ai fait celui de combattre le fascisme.

— Tu es antifasciste depuis quand ?

— Depuis toujours, depuis que je connais ce mot, que j'ai compris ce qu'il induit. Et toi ?

— Je ne sais pas ce que je suis réellement.

— Tu es communiste, non ?

— Mon père l'est – ou l'était –, moi je n'ai pas compris ce que cela signifie, « induit » comme tu le dis. Je sais que je suis républicain, ma famille l'a toujours été.

— Nous avons tous nos raisons d'être ici un soir de Noël. Je vais fumer une cigarette, tu viens avec moi ?

— Oui. J'aime bien parler en français avec toi, j'ai l'impression d'appartenir à un autre monde, d'avoir un langage secret.

Joachim et Pierre respirent la fraîcheur de la nuit, écoutent le souffle du vent dans les arbres, le hululement d'une chouette, le rire des hommes dans la vieille bâtisse.

Ils sentent l'odeur du feu de bois, de la chair grillée, des châtaignes et des pommes de terre. Pierre admire le ciel étoilé, porte le bout incandescent à ses lèvres.

— Comme elles sont belles. Elles sont là depuis la nuit des temps, et il nous arrive pourtant d'oublier jusqu'à leur existence.

Joachim observe lui aussi le ciel en acquiesçant.

— Je te sens triste, ce soir, pour la première fois, Pierre.

— Je ne le suis pas, j'ai juste l'impression que cette guerre c'est conneries sur conneries, que nous nous sommes enferrés dans cette souricière, qu'il n'y a aucun espoir de changer les choses à temps.

— Tu savais en venant ici que c'était comme ça.

— Oui.

— Alors pourquoi es-tu venu ?

— Je suis solidaire de l'Homme.

— C'est une phrase d'Éluard ?

— Cela aurait pu. L'individu n'est pas une île, il n'est pas isolé, il appartient à un continent, il est une part d'un tout. Et puis les grandes victoires sont constituées de défaites, celle-ci en sera une superbe. L'idéalisme gagne toujours, à la fin, cela prend un peu plus de temps, c'est tout.

Pierre se tourne vers son ami, lui sourit. Joachim constate qu'il a comme une fêlure dans le regard. Il écrase son mégot et rentre.

Joachim ressent alors l'envie de marcher sur la place du village, quitte à tourner en rond, d'être seul. Il écoute ses pas, essaie de deviner les formes éclairées par la lune. Assis sur un muret, il distingue la silhouette d'un des Gitans du camp.

— Tu l'as senti, toi aussi.

— Quoi ?

— Tu es Gitan, tu sens ces choses-là.

— Qu'est-ce que tu racontes ?

— La tristesse de ton ami, c'est l'odeur de la mort.

— Ne dis pas de conneries, Jaime, il est juste moins enjoué que d'habitude.

— Réfléchis à ce que tu as réellement éprouvé à côté de lui. N'y avait-il pas une odeur particulière ?

— C'était celle de la peur.

— Tu es Gitan, tu sens ces choses. Ton ami, il empeste la mort.

— *¡Cállate!* Nous sommes tous condamnés, chacun de nous a sa marque noire sur le front.

Jaime se lève, passe à côté de Joachim.

— *Vaya con Dios*, Joachim. Tu sais que j'ai raison.

Joachim veut se persuader qu'il n'en est rien mais l'odeur de ce soir est la même qui entourait son père à la bergerie. Non pas celle du feu, de la grillade, mais celle plus discrète de métal rouillé, de fleurs écrasées, celle de sang séché, de crasse et de bile, celle des tripes du sanglier tué le matin. En entrant à son tour dans la maison chaude, humide, sentant l'alcool et la sueur des hommes, il regarde son ami, pense aux prophéties gitanes. Il touche les lignes de ses mains en se disant qu'il ne sert à rien de savoir certaines choses. Quoi qu'il arrive, on court toujours vers son destin.

11

Lundi 1er février 1937

Marcher, marcher, marcher, à travers ces collines, ces fougères et ces pins.

La route principale n'est plus sûre et les camions de ravitaillement s'arrêtent de plus en plus bas, de plus en plus loin.

La nourriture est nécessaire mais rien ne sert de constituer des réserves : quand ils seront là, l'attaque sera brève, intense, le village ne tiendra pas un siège. Joachim sait qu'ils doivent jouer leur rôle de vigie, surveiller, avertir et fuir. Ils ne sont que dix, ils n'arriveraient même pas à les retenir une heure. Une fois la colonne nationaliste en vue, *lui* doit courir jusqu'au col, siffler de toutes ses forces, brandir le drapeau pour prévenir la sentinelle sur la crête d'en face, qui ira au village téléphoner afin d'avertir

Malaga. Les *autres*, ses compagnons, devront se disperser dans la montagne et tirer sur le convoi, ralentir son immuable progression.

Joachim emprunte les sentiers des chasseurs, des chèvres, qu'il a dessinés depuis des semaines. Il connaît ces collines aussi bien que les reliefs de Maria, chaque torrent asséché, chaque pin, chaque fourmilière, chaque pierre, comme autant de repères.

Les fascistes ont lancé une offensive sur Madrid, c'est un des objectifs principaux de Franco et il ne le lâchera pas pour Malaga. Le danger viendra des Italiens.

Depuis qu'il regarde le ciel, Joachim a appris à en lire les moindres signes, ceux des vents, des nuages, des oiseaux charognards, des avions. Il sait reconnaître l'appartenance de ceux qui les survolent. Depuis longtemps, la flotte républicaine n'est plus là, ce qu'il en reste est en Catalogne et sur Madrid. Ici, ce sont les Italiens ; au nord, au Pays basque, ce sont les Allemands.

Les nationalistes de toute l'Europe se sont donné rendez-vous en Espagne pour en faire un exemple. Joachim a cru un moment à l'utopie des Brigades internationales, à l'entente des *rouges* mais il n'en est rien. Ce qu'il craignait est arrivé en Catalogne : les agents de Staline effectuent des purges au sein du parti, un *nettoyage des trotskistes et des anarchosyndicalistes.*

Il sent ses mains, essaie de deviner la moindre odeur de mort qui pourrait émaner de lui. Il reconnaît l'humus, le pin, le sang du gibier, les fleurs coupées, écrasées, mais ces senteurs sont souvent juxtaposées et non mélangées.

Il ne croit pas en ce que dit Jaime mais ne veut plus s'approcher de ses compagnons, au risque de deviner leur destin funeste. Un don, si c'en est un, comme une croix, une responsabilité bien trop grande pour lui.

La sentinelle du col l'attend. Il lui serre la main et lui tend une cigarette. Joachim est devenu un homme en quelques mois, il fume, boit et a connu une femme. Il pense souvent à Milena, se demande si la réciproque est vraie, à jamais la première, à jamais unique. Il est venu ici pour venger sa famille et la protéger. Lorsqu'ils arriveront, il ne pourra tenir aucune des promesses qu'il s'est faites.

— C'est pour bientôt !

— Oui, il le faut, les hommes sont en train de devenir fous, au village. Lui répond Joachim en soufflant la fumée vers le ciel.

— Nous avons évacué les dernières femmes et les vieillards vers Malaga. Ils ne s'y livreront pas à des exécutions de masse. Trop grande, trop visible et puis ce sont des généraux qui commandent les offensives des villes, pas des abrutis assoiffés de vengeance, pas des *hijos de puta*.

— Ils nous feront la même chose que ce qu'on leur a fait ! *La guerra es una mierda*.

— *¡Cabrones fascistas!* Je chie dans le lait de leur père ! dit l'homme en crachant par terre.

— Tu as du courrier pour notre groupe ?

— Oui, et j'ai deux gros pains et des saucissons. Les gars, c'est de plus en plus dur de vous amener des vivres et l'alcool se fait rare.

L'homme sort deux grandes bouteilles d'eau-de-vie.

— Je les ai trouvées dans la cave d'un villageois.

— Ne t'inquiète pas, tu seras bientôt libéré de ta corvée.

12

Mercredi 3 février 1937

En sortant ce matin, Joachim sent l'air glacé saisir sa gorge, ses poumons. Le vent vient du nord, de Madrid, il s'est refroidi sur les hauts plateaux enneigés et, descendant dans la vallée, prend de la vitesse, cingle les visages et les corps.

Madrid est frigorifiée, mais Madrid tient face aux franquistes.

La veille, comme chaque jour, Joachim a passé la soirée à discuter avec les hommes du camp, à dessiner leurs trognes avec frénésie, comme s'il fallait capter l'instant qu'il était en train de vivre avant que tout ne commence, avant la fin. D'ultimes moments où l'on noie ses doutes dans le vin, l'absinthe, où l'on se souvient du corps des femmes et des batailles livrées.

Damien, l'autre boxeur irlandais, lui avait confié qu'il n'avait jamais connu la paix, la vraie, celle où l'on se relâche, s'abandonne à la vie. Dès son plus jeune âge il avait pris part à la résistance contre l'envahisseur anglais en se livrant à des sabotages, ensuite il était parti en France, lors de la Grande Guerre, et était revenu en Irlande pour reprendre la lutte pour l'indépendance.

— Ces bâtards d'Anglais ne nous respectaient même pas sur le front alors que l'on combattait à leurs côtés, que l'on creusait des trous pour eux, comme des rats, construisant des galeries, avançant sous terre pour faire exploser les Allemands dans leurs tranchées.

Joachim lui avait demandé pourquoi il était venu ici avec Conrad alors que son pays était déjà en guerre.

— En Irlande nous n'avons rien. Ils nous promettaient la terre et la liberté. Chez nous, nous avons faim, nous sommes pauvres, mais il nous reste encore la fierté. Vu comme ça se présente ici, je pense que je n'aurai jamais de terre, la paix et la liberté arriveront bientôt.

La tête serrée dans l'étau de l'absinthe et de l'eau-de-vie, il repense à cette discussion avec Pierre, où leur langue maternelle se mélange, se complète, Pierre lui apprenant le français, Joachim perfectionnant son castillan. Du dernier poème étudié parlant d'oiseau, de corps et de tristesse, il ne se souvient pas exactement de tous les vers hormis ceux du début :

Viens, monte. Bientôt les plumes les plus légères, scaphandrier de l'air, te tiendront par le cou.

À cette pensée, Joachim se dirige vers la cage de son oiseau et l'ouvre. De la terrasse qui domine le village, il le cueille entre ses mains et, par un geste ample, le force à déployer ses ailes, à prendre de l'assurance. Il peut voler, il l'a vu plusieurs fois effectuer des mouvements dans sa geôle de métal. Elle est devenue trop étroite pour lui maintenant et il n'a rien à faire dans l'enfer des hommes.

La grive s'élance soudain dans les airs, se pose sur la rambarde en pierre, regarde Joachim.

— Va !

Et le volatile s'envole alors dans le ciel gris acier.

— Tu l'as libéré ? dit Pierre en s'approchant de son ami.

— Oui, il est assez grand et puis on ne sait pas ce qu'il peut se passer. Tous les jours je me réveille en me disant que c'est pour aujourd'hui.

— *N'envoie jamais demander pour qui sonne le glas : il sonne pour toi.*

Pierre ajuste sa veste, prend son fusil et s'éloigne.

— À tout à l'heure, mon ami ! lui lance Joachim en français.

— *Hasta luego.*

Ils sont là ! En bas sur la route.

Face aux mâchoires du monstre, Joachim comprend qu'ils ne feront pas le poids, que l'utopie, l'idéalisme des Brigades ne suffira pas.

Il ne peut pas prévenir tout le monde en même temps. Sa mission est de monter au col, siffler, agiter le drapeau, pas d'avertir ses compagnons que le danger est là, qu'ils arrivent, qu'ils doivent fuir.

Il se met à courir, avec ses jambes de coureur des glaces, à travers les genévriers, le thym, la sarriette, dévale comme s'il voulait fendre la pente, s'accroche aux pins, les prenant un à un comme les barreaux d'une échelle. Pendant tous ses passages, il a tracé avec ses pieds chaque virage, coupé chaque branche basse pour ne pas être freiné le jour où *cela arriverait*.

Il regarde les avions passer au-dessus de lui, il sait que le camp a été découvert, que déjà une faction monte vers leur vigie pour les attaquer. Mais ni Pierre, ni Andrei, Conrad, Damien, Jaime, ni aucun autre, n'ont cette information. Lui seul la détient et il en pleure de rage, mais il exécute ce pour quoi il s'est préparé depuis le début, depuis qu'il est là. Il n'a pas appris à tirer avec un fusil, à se cacher dans les bois, dans les granges, *lui* s'est entraîné à courir à travers les sentiers des chèvres le plus vite possible jusqu'au col.

Les premiers tirs résonnent dans le vallon. Ils n'auront même pas eu le temps de descendre lancer leurs maigres grenades contre la colonne de blindés. Au bruit, Joachim sait qu'ils sont à mi-pente, au niveau d'un virage en belvédère de la route. Les premiers hommes ont certainement voulu les attaquer au plus vite, mais les soldats devaient être déjà sur eux.

Les avions les avaient sans doute repérés les jours précédents, lançant ainsi une attaque sur le village avant l'arrivée des tanks, pour éviter une éventuelle riposte au mortier.

Joachim siffle, agite son drapeau, siffle encore. La sentinelle n'est pas là. Il hurle, siffle une nouvelle fois. Il a le souffle court de celui qui vient d'arpenter une montagne comme s'il s'agissait de sauter sur un rocher, de franchir un ruisseau. Il ne sait pas combien de temps il a mis pour arriver jusque-là, beaucoup moins que d'habitude mais pas assez pour revenir au village.

Il siffle, secoue le drapeau à s'arracher les épaules. Il se dit qu'il constituerait une cible idéale pour un tireur nationaliste mais ne réfléchit plus, il doit le faire, c'est tout, comme on le lui a appris pendant ces mois d'attente.

Il crie à nouveau. La sentinelle sort enfin. Il sent son cœur battre, taper au fond de sa poitrine, il ne peut pas parler, il voit l'homme en face agiter à son tour son drapeau.

Le message est passé. Joachim tombe à genoux, éclate en sanglots.

— *¡No pasarán! ¡No pasarán!*

Il frappe le sol avec ses poings jusqu'à voir saigner ses phalanges, jusqu'à sentir l'odeur ferreuse de son sang se mêler à la terre. La sueur, le sang et les larmes de Joachim ne parviennent pas à mouiller la poussière gluante qui l'entoure.

L'assaut du village aura duré deux heures.

Joachim n'a rien pu faire, juste attendre que les fascistes prennent leur camion et quittent les lieux. Il n'a pas d'arme et même s'il en avait eu une il n'aurait pas su s'en servir. Tirer sur des bouteilles, des boîtes, c'est facile. Sur un homme, ça l'est beaucoup moins, même à la guerre, même sur un ennemi qui a abattu vos frères. Il les voit marcher sur la place centrale, sortir des bâtiments, un à un, vérifier si tout le monde est mort. Ils savaient qu'ils n'étaient pas nombreux, une dizaine tout au plus.

Joachim attend juché sur un promontoire, observe la forêt, essaie de deviner si les ombres qu'il voit bougent encore, si elles sont tapies, allongées à même les feuilles, derrière un tronc. Joachim compte : un corps sur la route (sans doute un fasciste), deux au-dessus du virage où les combats ont commencé ; de là il ne peut pas voir qui ils sont. Sous les pins en dessous, il dénombre trois masses suspectes. Combien dans les maisons ?

Soudain, il aperçoit les nationalistes monter dans leur camion et partir. Il s'avance à couvert, essaie de ne pas soulever de poussière, longe le mur de la première bergerie, s'immobilise, l'oreille aux aguets. Les oiseaux n'ont pas encore repris leur chant, il n'y a que le silence. Il se dit que c'est terrible, ce silence, que le monde n'est jamais aussi silencieux, il y a toujours un bruissement de fond, même au cœur de la nuit. Là, appuyé au mur, les genoux rassemblés contre lui, il essaie de percevoir des pas, un souffle… Rien, uniquement les battements de son cœur, le bruit de l'air dans ses narines. Tout est mort et désolé, la vie a abandonné les lieux. Il marche courbé, jambes fléchies, les mains presque par terre, avance sa tête à l'angle de la bâtisse. Deux corps gisent devant le bâtiment principal. Joachim reconnaît des Gitans, dont Jaime. A-t-il senti sa propre odeur de mort ?

Les deux Irlandais avaient des grenades, ils ont dû partir vers la route pour se rapprocher du convoi, essayer de l'atteindre. Pierre est probablement avec eux…

Il se redresse, se dirige vers la tonnelle. La cage vide est là. Assis, le fusil à côté de lui, il découvre Andrei qui semble attendre quelque chose. Joachim s'avance vers lui. S'il ne voyait la tache de sang sur sa veste en laine, il croirait qu'il dort ; il a l'air apaisé, libéré de ses fantômes, le feu de son visage éteint. S'était-il imaginé qu'un jour il finirait sa course dans un petit village en pierre du sud de l'Espagne, combattant d'une liberté dont il n'a jamais su profiter ? Andrei cherchait cette fin, cette rencontre ultime, il en avait déjà trop vu, trop fait pour espérer un éventuel salut dans ce monde.

Il y a deux autres morts dans les bâtiments. Il a entendu les coups de feu dans la grange et la petite maison à côté de la tonnelle. Quatre de ses compagnons sont par-là, dans les collines. S'il y a des survivants, ils sont là-bas.

Joachim descend le sentier qui rejoint la route, celui qu'ont pris ses camarades pour défendre le village contre le convoi.

En contrebas, il reconnaît l'uniforme de deux Italiens, ce sont donc eux qui les ont attaqués. Les avions, les tanks, les soldats, la prise de Malaga se fera par les

Transalpins. Joachim préfère presque que ce soient eux plutôt que des frères, il en ressent moins d'amertume. Paradoxalement, il se dit que Malaga sera peut-être épargnée par les règlements de compte et les exécutions.

Il n'a plus de doute, les cadavres près de la route sont ceux des deux Irlandais. Tout le monde n'est pas là, des hommes ont dû réussir à fuir dans la combe.

Joachim court vers le dernier corps qui semble l'attendre au loin, assis contre un arbre. Il gravit la pente raide, dérape dans un pierrier, se rattrape au tronc d'un pin. Il vient de reconnaître Pierre.

Ce dernier ne peut plus bouger, une balle dans la jambe, deux dans l'abdomen. Mais son ami arrive et la vue est magnifique, un bel endroit pour mourir, se dit Pierre.

Joachim ralentit en s'approchant de lui, comme s'il voulait s'assurer qu'il est *encore là*, qu'il n'est pas trop tard.

— Je suis désolé, Joachim, nous n'avons même pas pu les ralentir. Cette guerre, ça a vraiment été connerie sur connerie.

— Tu n'as rien à te reprocher. Toi, tu es venu te battre avec nous, tu es venu essayer quelque chose.

— Je suis heureux de t'avoir connu, mon ami, dit-il en français. Je ne peux plus réfléchir en castillan…

— Je te comprends, *amigo mío*, même si l'émotion m'empêche de te parler dans ta langue.

— Tu m'auras appris les arbres, les buissons, les signes des nuages…

Pierre ramasse une poignée d'aiguilles de pin, la sent, regarde le ciel, les cirrus qui le parcourent, tend sa main comme pour les retenir.

— Tu veux bien nous servir un peu d'absinthe, mon ami ?

— Oui, Pierre.

Assis face à la pente, observant cette vallée qu'ils ont tant scrutée, Pierre et Joachim trinquent. Ils savent tous les deux qu'ils font partie des poètes guerriers, comme Andrei, Conrad, Damien et tous ceux qui se battent sans avoir aucune chance, opposant leurs idéaux aux fracas des machines. Joachim est républicain et il a conscience que tout va s'arrêter bientôt. Il lui faut fuir, plus loin que les villes de repli qui s'offrent à lui car toutes tomberont une à une. Il doit traverser la frontière, vivre. Il sait qu'ils gagneront un jour, car les idéalistes l'emportent toujours, mais cela prend plus de temps, comme le lui a dit son ami. S'il reste, tout va continuer, les vainqueurs d'aujourd'hui vont faire payer les autres.

— Joachim… Ramène à ma sœur mon recueil de poèmes… Prends ma casquette, ma veste, va chez moi, ils t'accueilleront, te donneront de quoi manger, un toit pour commencer ta nouvelle vie… Dans le livre, il y a mon adresse à Toulouse… Tu sais un peu parler français, tu t'en sortiras, là-bas… Mon père te trouvera un travail…

— Tu en as déjà fait beaucoup, Pierre. Je te promets de rapporter tes affaires à ta famille.

— *¡No pasarán!* mon ami.

— *¡No pasarán! amigo mío.*

Joachim entend le dernier souffle de Pierre. Le verre d'absinthe se vide doucement sur la terre sèche, creuse un ruisselet devant eux avant de s'arrêter.

Il ôte l'élastique de la couverture du petit cahier, l'ouvre.

Ce livre appartient à Pierre Bordes, Lycée Pierre de Fermat, Toulouse.

Il en tourne quelques pages et lit pour la première fois, seul, les vers d'Éluard.

13

Lundi 19 juillet 1937

Le train est déjà là.

Luchon est un cul-de-sac, un fond de vallée, comme si la voie ferrée avait eu envie de traverser les Pyrénées mais que les hommes s'étaient arrêtés tout à coup de creuser. Debout au comptoir du *Café de la Gare*, Joachim écoute les cheminots inverser la locomotive pour qu'elle reparte dans l'autre sens.

L'air est doux et le ciel d'acier.

Avant de quitter le village, il a enterré son ami avec six autres compagnons dans le petit cimetière. Il n'a eu aucune nouvelle des deux autres Espagnols qui étaient au camp avec lui, peut-être ont-ils réussi à fuir.

Sept monticules de terre sombre, fraîche, sont venus se poser dans ce carré à flanc de colline, avec chacun une croix. Pour Andrei, il ne savait pas comment les orthodoxes enterraient leurs morts, alors il a fait comme s'il était catholique.

Il a parcouru ce qu'il reste de l'Espagne républicaine jusqu'en Aragon, une traversée comme une débâcle, un calvaire, comme si tout était fait pour qu'il n'ait pas de regret. La frontière avec la France étant fermée, il avait entendu parler d'un passage au port de Vénasque pour redescendre dans la vallée de Luchon, mais il fallait attendre que la neige fonde au col pour le franchir.

Ici, un Espagnol n'éveille pas les soupçons. Les gens sont habitués, ils échangent des marchandises, de la contrebande.

En passant le port, se retournant sur son pays, sur le massif de la Maladeta, sur le pic d'Aneto, Joachim n'a pu s'empêcher de crier : *Je reviendrai pisser sur la tombe de Franco !*

Cette phrase, il la répétera tout le long de la descente jusqu'à L'Hospice de France, en passant la frontière, quand un douanier français lui demandera de déposer ses armes, qu'il lui répondra qu'il n'en a pas, qu'il le fouillera avec insistance, le prenant pour un terroriste communiste et le traitera d'*Espagnol de merde*. Il n'aura de cesse de la répéter car les hommes qui l'insultent ne comprennent rien au castillan, et d'ajouter en souriant qu'ils n'auront pas sa haine, qu'il la réserve à Franco.

Non, il ne dira rien à cet homme, pas plus qu'aux autres, toujours faire profil bas dans ce pays qui n'est pas le sien. Entendre tous les mots d'insultes, de mépris et rester digne, faire semblant de ne pas comprendre.

La porte est grande ouverte, le vent léger s'engouffre dans la salle du bistrot. Il observe les montagnes, vertes, immenses. De ce côté des Pyrénées, tout est d'un émeraude profond. Il n'est pas d'ici, mais il n'est plus tout à fait espagnol, de ce pays qui est derrière ces masses rocheuses. Il veut oublier ses anciens souvenirs, s'en forger de nouveaux.

Le journal devant lui parle de l'Exposition universelle de Paris, des œuvres présentées, du *Guernica* de Picasso.

Joachim était encore en Espagne quand les nazis ont bombardé cette ville du Pays basque, faisant mille cinq cents morts, presque tous civils.

Sur le journal, une photo de l'œuvre et quelques mots du peintre : *J'exprime clairement mon horreur de la caste militaire qui a fait sombrer l'Espagne dans un océan de douleur et de mort.*

Joachim sort un crayon de sa sacoche et son carnet. Il fait défiler les pages, son dernier dessin est celui du groupe au village avant l'attaque. Ils sont tous là, souriant, sachant où ils allaient.

Face à lui, *Guernica* exprime la violence, la brutalité de la guerre. Un sujet que Joachim n'a jamais représenté, il en serait incapable. Ce qui explique que pour la première fois il copie un tableau, car celui-ci agit sur lui comme une catharsis, lui parle mieux de ce qu'il vient de vivre que tous les mots qu'il a pu s'imaginer.

— C'est bien ce que tu dessines, petit !

Le patron du bar regarde Joachim depuis son comptoir.

— Le tableau lui-même n'est pas terrible, mais toi tu l'as bien reproduit.

— Il n'est pas fait pour être beau, il représente la guerre… Il n'y a rien de beau dans la guerre.

— Tu peux garder le journal si tu n'as pas fini au départ de ton train.

— Merci, monsieur.

14

Dimanche 6 octobre 2019

— Je ne suis jamais retourné en Espagne, même pour pisser sur la tombe de Franco. De toute façon ces vieux dégueulasses de retraités *del ejercito* qui gardent *El Valle de los Caidos*[1] m'en auraient empêché. Et puis ils vont transférer sa dépouille au cimetière du Pardo dans quelques jours. Je ne saurais même pas où uriner exactement.

Étienne sourit.

— Vous croyez que je n'en aurais pas été capable ? Je l'aurais fait s'ils l'avaient mis dans un autre pays. L'Espagne, je ne peux pas y retourner, c'est trop dur après ce qui s'est passé : la *Retirada*, les purges…

1. Monument au sud de Madrid dans lequel Francisco Franco a été inhumé jusqu'au 24 octobre 2019, date à laquelle sa dépouille a été transférée au cimetière du Pardo.

— On ne sait presque rien de l'histoire de ces gens.

— La honte, la volonté de ne pas faire de vague, de s'intégrer coûte que coûte. La parole viendra un jour avec la deuxième génération, ils chercheront à savoir. L'Histoire est écrite par les vainqueurs et puis elle mérite du recul sinon on appelle ça de l'actualité. Trop tôt, trop vif, irraisonné. L'Histoire a besoin de raison et non de passion, autrement c'est de la littérature. Je suis Républicain et je le resterai jusqu'au bout. Mais j'en veux à nos commandants de l'époque d'avoir sacrifié une jeunesse pour rien. Leur seul objectif était de retarder la fin de la guerre, en espérant que l'Europe réagisse. En réalité, il n'y avait pas de victoire possible pour nous, ils le savaient et l'aide n'est jamais arrivée. Tout cela n'a servi à rien. À la fin de la guerre, les vainqueurs sont retournés d'où ils venaient : l'ouvrier à l'usine, le berger dans ses montagnes, les perdants se cachant, certains morts dans les camps en France ou plus tard en Allemagne, d'autres se sont exilés aux États-Unis, au Mexique ou comme moi en France. À part Franco et les nazis qui ont pu tester ce qu'allait être la Seconde Guerre mondiale, personne d'autre n'a gagné cette foutue guerre. D'innombrables coquelicots ont éclos sur les chemises blanches d'une jeunesse trompée. Combien d'ingénieurs, de médecins, de poètes sont morts, pour rien. En restant en vie, ils auraient sauvé le pays.

Joachim s'arrête, souffle.

— Ça ne va pas ?

— Si, j'ai juste besoin d'un verre d'eau.

Étienne appuie sur le bouton pour prévenir une hôtesse.

— Il n'est pas bien, vous auriez un verre d'eau, s'il vous plaît ?

— Bien sûr, monsieur. Je vais chercher un appareil pour prendre sa tension et sa saturation en oxygène.

Elle revient deux minutes après, Étienne laisse sa place à la jeune femme.

— La tension est un peu basse et la saturation est limite. Je vais vous mettre sous oxygène jusqu'à notre arrivée à New York et je vais prévenir une ambulance pour qu'on vous prenne en charge à la sortie de l'avion.

— C'est bon, mademoiselle, ça va aller, ne vous inquiétez pas.

— J'y tiens et c'est la procédure.

— Vous devriez l'écouter, Joachim. Je vais arrêter de vous embêter à vous faire raconter votre histoire.

— Non Étienne, j'y tiens. J'ai commencé, je finis. Et puis qui sait, vous serez peut-être la dernière personne à l'entendre.

— Ne dites pas ça, Joachim.

— Après avoir pris ce train jusqu'à Toulouse, je me suis retrouvé dans une grande ville dont je ne connaissais presque rien, à peine la langue, le nom de la rue où habitait Pierre et le fait qu'elle avait vu naître Carlos Gardel… Ce jour-là, c'est aussi la première fois que j'ai rencontré Lucie. Peu de temps avant, j'avais lu *La courbe de tes yeux* dans le recueil de poèmes d'Éluard.

Quand la porte d'entrée s'est ouverte sur ce bout de femme dont les yeux mangeaient le visage, je n'ai pu m'empêcher de réciter silencieusement ces vers. Je ne les lui ai pas dits à voix haute, elle se serait à coup sûr moquée de moi et elle aurait eu raison. Lucie était le feu, la glace, j'allais apprendre avec elle à vivre, à me brûler, à aimer. Une chose est sûre, ce matin-là, sur le pas de la porte, j'étais insignifiant et porteur d'une mauvaise nouvelle. Je crois qu'elle m'a associé à la mort de son frère assez longtemps pour ne pas m'envisager autrement qu'en simple connaissance. Et puis elle est devenue mon institutrice…

15

Lundi 19 juillet 1937

La porte s'ouvre, au 26 allée des soupirs, sur une jeune femme rousse plutôt menue, les cheveux courts plaqués par une barrette dorée. De grands yeux verts entourés d'amande, les mêmes que ceux de son frère. Le visage d'un ange, une bouche expressive et un menton volontaire. Joachim sait qu'il a face à lui un être peu ordinaire.

Lucie toise le jeune homme qui se présente, elle ignore qui il est mais reconnaît la casquette qu'il porte, la veste, elle sait que ces habits sont ceux de Pierre. Les voir sur cet inconnu ne peut signifier qu'une chose. Le jade de ses yeux se noie doucement. Joachim retire ses effets et les lui tend.

— Non, gardez-les, monsieur.

— Ils ne sont pas à moi, je ne fais que les ramener, comme ceci.

Joachim sort le carnet de sa besace.

À cet instant, il est complètement désemparé devant cette femme qui pleure et le subjugue. Le père de Pierre apparaît, ses enfants ont ses yeux, lui aussi reconnaît les vêtements de son fils dans les bras de Joachim.

— Entrez, jeune homme.

Joachim les remercie. Avec tout l'effort du monde, il ne peut masquer son accent.

— Vous comprenez le français ? lui demande-t-il en Castillan.

— Oui un peu, votre fils me l'a appris.

Il sourit. Joachim reconnaît la fêlure dans le regard, celle trahissant la tristesse de l'âme. La jeune fille est partie dans une pièce à côté, il l'entend sangloter.

— Où est-il ?

— J'étais avec lui en avant-poste à Malaga. Je l'ai enterré là-bas avec six autres compagnons.

— Vous êtes si jeune pour faire la guerre.

— Je n'ai pas choisi. En Espagne, elle s'impose à nous.

— Il vous a donc enseigné le français ?

— Oui, à travers les textes d'Éluard.

Joachim montre l'ouvrage qu'il tient entre les mains. Il m'a aussi appris les mots usuels, les insultes, c'est pratique depuis que je suis arrivé en France.

— L'étranger fait peur, les gens sont stupides. Tenez, reprenez ce livre il vous servira plus qu'à moi. La casquette et la veste aussi.

— Merci, monsieur.

— Appelle-moi Charles. Et toi, comment te nommes-tu ?

— Joachim.

— Bienvenue, Joachim. Tu as un toit ?

— Oui monsieur, je vais me débrouiller. Je fais partie d'une grande famille.

— Reviens demain à dix heures. Lucie t'apprendra le français, elle est à l'École normale pour devenir institutrice et tu continueras à me raconter les derniers jours de mon fils. J'ai besoin d'être seul avec ma fille, demain nous irons mieux. Tu comprends ?

Charles se lève et le raccompagne jusqu'à la porte. Joachim essaie d'apercevoir Lucie avant de partir mais elle ne se montre pas.

— Merci d'avoir donné une sépulture à mon fils.

— C'était la moindre des choses, monsieur. C'était mon ami.

En sortant de chez Pierre, Joachim n'a aucune idée de l'endroit où il doit aller pour retrouver les siens. Il avance, longe l'eau verte du canal du Midi, suit le tramway à travers de grands boulevards dont il ignore encore le nom. Dans peu de temps il saura tous les nommer, chaque artère, chaque ruelle. Joachim arpentera cette ville comme Maria, comme les collines de Malaga. Cela prendra plus de temps mais il la connaîtra dans ses habitudes, ses travers. Bientôt il aura de nouveaux souvenirs qui viendront chasser ceux de l'Espagne. En attendant, il doit se frotter à la foule, à l'agitation pour retrouver l'un d'entre eux.

Les Gitans ont cette faculté à la fois invisible et fantasque d'être là.

Marchant à côté des rails comme s'ils menaient quelque part, regardant les ouvriers sur les voies refaire le pavage, Joachim commence à se sentir moins étranger, plus anonyme, plus libre. Des immigrés comme lui, il y en a partout et les gens des villes se regardent moins.

Arrivé aux abords d'une place ronde, il se poste contre un kiosque placardé d'affiches de cinéma. Les mains dans les poches, il les observe une à une. Son père lui a parlé de ces salles où l'on projette des images animées sur un écran blanc. Les gens y sont assis dans des fauteuils, rient, pleurent, chantent et dansent même. Il lui décrivait celles d'Argentine qui passaient les films de Carlos Gardel.

Le cinéma fait tellement vrai que lorsqu'il y a une rivière qui coule, une chute d'eau ça te donne envie de pisser !

Lui aussi ira sûrement *se faire une toile* quand il le pourra, quand il aura gagné trois sous.

L'air est chaud, sec. En ça, le sud de la France n'est pas si différent de l'Espagne.

Il ne faut que quelques minutes à Joachim pour apercevoir deux Tziganes à l'angle d'une rue partant du square, une femme et une fillette assises avec un petit singe sur l'épaule. Ici, les Gitans sont différents de ceux de Séville, de Malaga, mais ils appartiennent tous au même peuple.

Il s'approche, caresse l'animal. La petite fille l'arrête, lui prend la main.

— Il faut payer pour toucher le singe.

En disant cela, elle le fixe dans les yeux. À cet instant, captant le regard de Joachim, elle sait.

— Peux-tu m'indiquer où est le quartier gitan ? Il doit bien y avoir un endroit, vu que vous êtes là.

La fillette se lève, replace sa jupe, son foulard, tend son bras.

— Au faubourg Saint-Cyprien, par-là, de l'autre côté du pont.

— Merci. À bientôt.

— Eh, tu me dois quelque chose !

— Ne me prends pas pour un *gadjo* !

Joachim sourit, la Gitane lui signifie de partir avec un geste de dédain.

En traversant la Garonne comme une frontière, Joachim se dit que les Gitans sont toujours de l'autre côté d'un fleuve, là où on les tolère. Au milieu de ce pont, il est exactement à sa place entre les deux mondes. Il se penche, regarde l'eau, les bateliers, des gens qui se baignent, se lavent en contrebas. Il pourra les imiter, nettoyer ses habits. La crasse, la sueur, Lucie ne le supporterait pas et elle avertirait son père immédiatement sur ses conditions de vie. Ne pas inspirer la pitié, ne pas se faire remarquer, ne rien devoir à personne.

Le camp des Gitans est à côté des abattoirs du faubourg Saint-Cyprien. L'odeur est forte mais Joachim sait qu'il lui sera toujours possible de trouver un emploi et de quoi manger.

Les semaines sur la route, avant d'arriver à Toulouse, lui ont appris à aller chercher les choses là où elles sont, le travail, la nourriture, un lit. Sa communauté est une étape, un refuge mais pas une finalité. En pénétrant dans ce camp, il se promet d'en sortir au plus vite. Il devra faire profil bas ici aussi. Personne ne veut d'eux et ils ne voudront pas forcément de lui.

Des pensionnaires viennent vers lui, le saluent silencieusement, regardent son pendentif, ses yeux, sa peau.

— Qu'est-ce que tu veux, *gadjo* ?

— Je ne suis pas un *gadjo* et tu le sais très bien. Va me chercher le chef, je ne parle qu'à lui.

L'homme est surpris par l'aplomb de Joachim. Même s'il a grandi, que son âme s'est chargée de quelques années au contact de la guerre, il ne fait pas plus vieux que son âge.

— Qu'est-ce que tu lui veux ?

— J'arrive d'Espagne et je cherche un endroit où dormir. Je travaillerai pour payer mon lit.

Le Gitan lui dit de le suivre. En passant dans le camp, les femmes, les enfants sortent, observent l'étranger. L'un d'eux s'approche, touche la veste qu'il tient autour de son coude.

— C'est quoi cette étoile ? Tu es militaire ?

— Je l'étais.

— Tu t'es battu ?

— Oui et j'ai perdu, c'est pour cela que je suis ici.

L'homme devant s'arrête et lui montre une porte entrouverte.

— C'est là-bas, vas-y !

Joachim frappe, entre.

— C'est toi qui nous cherches ?

— Oui.

— Tu es Gitan ?

— À moitié.

— Tu peux rester avec nous mais il faut que tu serves à quelque chose.

— J'ai vu qu'il y avait des abattoirs.

—Vas-y à l'aube, ils recrutent en permanence. Assieds-toi, pour ce soir tu es mon invité. Tu peux dormir dans le coin, là-bas, sur la banquette. Pose tes affaires. C'est tout ce que tu possèdes ?

— Oui, une besace avec un pantalon, deux chemises, un livre, un cahier de dessin et un bandonéon.

Dehors il entend un cri. Celui d'un animal qu'il ne connaît pas. Il se lève, regarde le Gitan à côté de lui qui rit.

— Et alors le soldat, on a peur d'un ours ?

— Un ours ? Ici, en ville, dans le camp ?

— Oui, on est des montreurs d'ours depuis plusieurs générations.

Joachim regarde par la fenêtre la bête imposante dressée.

— Tu peux aller le voir, si tu veux, il n'est pas dangereux. Nous avons toujours vécu avec des plantigrades. Ce sont les frères des hommes, ils sont faits comme nous sous leur peau, et ils savent aussi danser et boire de la bière !

Joachim sort, salue la jeune femme qui le tient en laisse et tourne autour de l'animal.

— Tu peux le toucher, il ne te fera pas de mal, propose la femme qui le tient en laisse.

— Lui, non, mais *elle*… lance le chef en riant.

Joachim observe l'ours et sa dresseuse.

— Ça t'embête de le maintenir quelques instants dans cette position ? Je vais faire un croquis rapide.

— Si tu veux mais rapidement, je n'ai pas que ça à faire.

Joachim s'assied, commence son esquisse. Les enfants s'agglutinent autour de lui. La femme le fixe de ces yeux de Gitane qui vous consument, ceux de Milena. Il n'y a qu'elles qui dévisagent ainsi les hommes, comme si elles allaient leur dévorer le cœur. Joachim n'a que peu d'expérience mais il sait qu'elle le désire et qu'il ne pourra pas se refuser à elle, pas ce soir, il le doit au chef, à cette femme qui pose pour lui et dont il devient débiteur. Tout fonctionne ainsi chez les Gitans : donnant-donnant, il couche son corps sur une feuille, elle disposera du sien dans un lit. Elle est séduisante mais il ne la désire pas, pas comme Milena, pas comme Lucie.

— Tu dessines bien, gamin.

— Je te le donne pour le couchage de cette nuit.

— Nous en reparlerons. Entre, nous allons manger ensemble.

Le camp occupe un terrain vague du faubourg. La grille d'un ancien mur de clôture en ferme le côté. La bâtisse bourgeoise abandonnée sert de maison au chef et à sa famille. Le reste est constitué de roulottes, de cabanes faites de bric et de broc installées les unes à côté des autres.

Joachim le suit à travers la maison. Presque toutes les pièces ont été transformées en chambres à coucher mis à part ce qui devait être l'ancienne salle à manger, avec une énorme cheminée, qui sert pour les conseils de famille.

Assis au milieu de la communauté, Joachim se sent bien. Ces gens lui auront sauvé la vie à Malaga, le long de sa remontée vers la France jusqu'ici, à Toulouse, où ils lui permettent d'avoir un toit, certes sommaire mais nécessaire. Une grande ville n'est pas la campagne, on ne dort pas à la belle étoile sur un banc sans risquer de tout perdre.

Il rit avec eux de leur simplicité, de leur spontanéité. Les Gitans sont des êtres entiers : je t'aime, je te le dis ; je te déteste, je te le dis aussi ; je te désire, je te regarde avec insistance. Et la montreuse d'ours a envie de lui. Il lui sourit, ne baisse pas les yeux.

À côté de lui, il sent les enfants fouiller dans ses affaires et en sortir la boîte renfermant le bandonéon.

— C'est quoi ?

— Je vais te faire voir !

Joachim déploie l'instrument et commence à en jouer. La dernière fois qu'il s'en est servi, c'était au village, avec ses compagnons, avant l'assaut. Il se souvient des quelques accords des chansons de son père, celles où les regards sont comme des paroles, des aveux. La communauté l'écoute. Un des Gitans prend une guitare, les femmes se mettent à danser, les enfants les imitent, s'initient au milieu des rires. Chez les Gitans, tout se vit en riant ou en pleurant.

Après quelques morceaux, les mères tapent des mains pour rassembler leur progéniture. Il se fait tard et les hommes veulent rester seuls.

Comme une volée de moineaux qui se serait posée bruyamment et serait repartie en piaillant, les enfants laissent derrière eux un silence profond que personne n'ose rompre, chacun s'accordant un temps pour lui, une parenthèse dans la vie de la communauté.

Le chef regarde les dessins de Joachim, ceux des soldats, de Maria, des montagnes.

— C'est chez toi ?

— Oui, en Andalousie. Mon ancien *chez-moi*.

— Tu seras toujours de là-bas et, comme nous, de nulle part.

— Non, je ne serai plus jamais de là-bas.

— Tu es jeune, rempli de rage, tu te calmeras... C'est quoi cet énorme bazar ? s'exclama-t-il soudain en découvrant *Guernica*.

— C'est ce que j'ai dans la tête. Cela ressemble à mes nuits. La différence, c'est que dans mes cauchemars rien n'est noir, le sang est rouge, la chair est brune et les flammes ont la couleur des brasiers de l'enfer.

— Ce soir tu n'auras pas peur, elle te tiendra compagnie pour que tu dormes bien, rétorque l'homme en désignant la montreuse d'ours debout au milieu des autres.

Joachim s'apprête à dire non, mais il sait qu'il ne le peut pas.

— Les abattoirs ouvrent à cinq heures. Il faut que tu y sois à l'ouverture si tu veux travailler.

— D'accord, merci pour tout.

— C'est normal, si nous ne nous aidons pas entre nous, personne ne le fera.

La Gitane vient se coucher près de lui, le touche, le caresse. Même si ce n'est pas Milena, même s'il pense à Lucie, à seize ans on s'enflamme d'un rien. La femme est une étincelle et l'homme une étoupe.

— Moi, c'est Joachim. Et toi ?

— Maria Carmen. Appelle-moi Carmen.

— Je n'ai pas trop l'expérience des femmes, tu sais, j'essaierai de faire de mon mieux.

Elle ne dit rien, prend ses mains, les fait passer sur son visage, sur sa poitrine, les pose sur ses hanches. Elle lui montre que la chose est aisée si l'on ne réfléchit pas.

La nuit est étouffante, le ciel orageux maintient telle une chape de plomb la chaleur de la journée.

Comme pour la première fois avec Milena, l'obscurité ne lui permet pas de voir les détails du corps de Carmen. Il l'imagine sous ses doigts. Il la pensait fade, elle se révèle envoûtante. Les femmes possèdent un feu interne dans lequel les hommes se consument. La sueur sous ses seins lourds, ses odeurs, la chaleur sublime les corps, les rend érotiques. L'excitation que provoque Carmen aura rapidement raison de lui, comme avec Milena. Sensation schizophrène de vouloir plonger dans la luxure et en même temps de se retenir.

Elle se blottit, se love. Là où Milena était brusque, décidée, Carmen est douceur, attention. Joachim somnole, ne dort pas, il a peur des cauchemars même si elle semble l'en protéger. Les Gitanes ont des dons pour jeter des sorts, lancer des charmes.

Il sent le souffle de sa respiration contre lui, le bras posé sur son torse, sa douceur l'apaise. Les yeux ouverts, il attend les quatre coups du clocher en profitant du filet d'air qui s'infiltre dans la chambre avec l'arrivée du petit matin.

Il a aimé cette nuit avec Carmen, la présence d'une femme contre lui. Quittant le lit, reposant son bras endormi sur le drap, caressant ses cheveux bruns, il lui proposera de dormir avec lui ce soir.

Ce travail est important pour pouvoir rester au camp sans avoir à voler, trafiquer avec les autres ou faire des tours de passe-passe. Il lui permettra de se doucher aux bains publics, se procurer des vêtements, de quoi manger. Joachim attend avec d'autres, face à la grande porte des abattoirs, le pied contre le mur, prêt à bondir dès qu'elle s'ouvrira. Un contremaître crie des ordres, distribue les gens.

— Toi, là, tu comprends ce que je dis ?

— Oui monsieur.

— Tu as déjà travaillé dans un abattoir ?

— Non, monsieur, mais je suis fort, je vous serai utile.

— C'est quoi cet accent ?

— Espagnol.

— Tu es Gitan ?

— À moitié.

— Bon, viens ici. Prends ça, va te changer et reviens me voir. C'est quoi ton nom ?

— Joachim.

— Pas d'entourloupes, Joachim. À la moindre connerie, tu dégages.

— Oui monsieur.

Joachim nettoie le sang qui s'écoule des animaux que l'on vient d'égorger, celui qui éclabousse à côté des bassines. Il rassemble les viscères encore chauds qui se répandent des carcasses et les apporte aux ouvriers en charge de les trier pour récupérer les boyaux, les vider, les préparer à être lavés. Lui qui passe ses nuits dans les limbes de la guerre, travaille là au milieu de cris de bêtes, de flaques de sang, de relents de mort. Mais cette pestilence est supportable car elle n'est pas humaine, elle n'a rien à voir avec celle dont parlait l'homme le soir de Noël au nid d'aigle, celle que peuvent sentir les Gitans comme une marque noire, cette odeur qui baignait le village avant l'assaut.

Une sirène retentit, signalant la fin d'un travail intense. Joachim passe devant le contremaître qui l'a engagé.

— Toi, c'est bon, tu peux revenir demain. Prends ça pour aujourd'hui.

L'homme lui tend quelques pièces. Joachim ne connaît pas la valeur de la monnaie française, n'a aucune idée de ce qu'il pourrait se payer avec ça.

— Merci, monsieur.

— Si tu bosses bien, tu gagneras plus demain, tu m'as compris ?

— Oui monsieur.

Sous le jet d'eau puissant, Joachim sourit comme un enfant, il n'est pas habitué au confort des villes, celui d'une douche gratuite.

À Maria, il y avait la bassine, le torrent de montagne, la citerne qui servait à arroser, la fontaine au camp et jusqu'ici, le fleuve, la rivière, et les bains publics comme un luxe rare et onéreux. Les douches collectives des abattoirs lui permettront de se laver tous les jours avant de rejoindre Lucie.

Enlevant le sang sous ses ongles, profitant de la fraîcheur de l'eau, chassant l'odeur de viande, celle de sueur et de sexe de la nuit, Joachim se dit que le travail ici est une bénédiction. C'est ce mot qui lui vient spontanément car il pense vraiment que c'en est une, il ne fait pas cas des viscères, de la bile, du flot de sang et des heures de labeur, il ne retient que la possibilité d'être propre, de gagner de l'argent tout en voyant Lucie, de travailler sans salir sa maigre garde-robe.

En sortant des vestiaires, il regarde la grande horloge de l'entrée : neuf heures trente. Il doit presser son pas car la maison des Bordes est assez loin, elle est du *bon côté* de la ville, sur l'autre rive du fleuve.

Joachim sonne chez eux, à l'heure précise que lui avait indiquée Charles, le père de Pierre.

C'est de nouveau Lucie qui ouvre la porte, elle lui serre la main. Une main délicate, fragile vient se poser dans la sienne ; il regarde cette petite chose comme un sauvage à qui on aurait donné une fourchette. Lucie a trois ans de plus que Joachim, autant dire un fossé à leurs âges. Joachim a conscience qu'il n'existe pas réellement pour elle : il est plus jeune, Espagnol, ignare des mondanités, sa culture se borne aux connaissances empiriques du monde qui l'entoure et à la lecture de *L'Iliade* ainsi que de quelques contes pour enfants. Mais il a aussi appris la poésie au contact de Pierre et, même si la connaissance de l'autre sexe se limite à deux nuits avec des beautés gitanes, les mots d'Éluard sont les seuls qu'il ait entendus d'assez beaux pour pouvoir décrire la jeune femme qu'il a devant les yeux.

— Mon père m'a demandé de continuer à vous apprendre le français.

— Oui.

— Je vais vous faire lire un texte facile et vous me direz si vous comprenez.

— D'accord.

Joachim n'ose pas parler, son accent, sa rudesse la bousculerait.

Lucie lui tend un livre pour enfants qu'elle vient de prendre dans sa bibliothèque.

— S'il y a un mot que vous ne connaissez pas, dites-le-moi.

Joachim lit à voix haute, son aisance surprend Lucie.

— Mon frère a été un bon professeur. Nous allons à présent voir la conjugaison de certains verbes du texte et l'écriture des phrases du livre.

Lucie marche autour de lui, s'assied quelquefois, passe par-dessus son épaule pour corriger un accent, une terminaison. Elle fleure bon le fruit du verger et la fleur blanche. Joachim n'a jamais senti le parfum des filles des villes, c'est une découverte, comme la conjugaison de l'auxiliaire être.

Au contact de Lucie durant cette matinée, il se rend compte qu'elle n'est pas si fragile qu'il y paraît. Elle virevolte quand elle parle, s'enthousiasme rapidement et retombe aussi vite, s'énerve, se reprend, comme si elle savait qu'elle devait faire attention à ce travers.

— La neige et le feu.

— Comment ?

— De braise et de rosée, disait ton frère à propos de toi.

Lucie s'empourpre, remet une mèche de cheveux qui rebiquait derrière son oreille.

— Joachim, le *vous* est mieux quand on s'adresse à quelqu'un que l'on ne connaît pas, et Pierre a toujours été un imbécile.

En la voyant à côté de lui, Joachim se dit que les femmes sont beaucoup plus que ce qu'il semble savoir sur elles. Elles peuvent être celles qui vous font partir dans un pays vous battre, celles pour qui vous écrivez des poèmes.

— Lucie, vous savez combien ça fait d'argent ?

Joachim montre les pièces que lui a données le contremaître.

— Pas grand-chose, de quoi vous payer un café et deux trajets de tramway. C'est votre richesse ?

— Non, ce que j'ai gagné ce matin en travaillant aux abattoirs.

— Ce n'est pas assez, il faut demander plus, Joachim. Vous vous faites exploiter.

— *Exploiter* ?

— Ils ne vous paient pas suffisamment pour le travail que vous faites.

Charles vient sonner la fin du cours.

— Tout s'est bien passé ?

— Oui monsieur, très bien. Lucie est un bon professeur.

— Tu peux m'appeler Charles… Tu reviendras demain. Et pour ton logement, tu as trouvé ?

— Oui monsieur Charles, ma famille m'héberge.

— Oublie le *monsieur*… Pour manger, ça va aussi ?

— Oui mons… Oui, Charles.

— Papa, il travaille aux abattoirs mais j'ai l'impression qu'il est sous-payé.

— Tu veux que j'aille voir ton patron, Joachim ?

— Non, Charles, je préfère régler ça moi-même. Je viens de commencer, ils me donneront sûrement plus au fur et à mesure.

Joachim se lève, remercie Charles pour son accueil et quitte la douceur de leur maison.

Ils habitent une petite – mais agréable – *toulousaine* dans un quartier résidentiel proche du canal du Midi. La maison est baignée par l'air frais du matin s'engouffrant par une fenêtre laissée ouverte, les draps amidonnés et les corbeilles de fruits. Cette odeur qu'il a remarquée la veille en entrant chez eux pour la première fois et qui avait accompagné sa fin de matinée.

À Maria, les senteurs de la nature variaient en fonction de la journée, des saisons. Dans les villes ce sont celles des hommes qui rythment les pas, celles du camp, de Carmen, du canal, du goudron, des abattoirs, des chevaux, du pain et des égouts. À l'angle de la rue Constantine, ce sont celles, nouvelles, de légumes cuits et de lard qui l'attirent.

Joachim remarque un attroupement. Des hommes sortent d'un bâtiment austère avec un bol à la main. Il s'approche, on lui dit que c'est la soupe du *Secours national*, que l'on donne à manger gratuitement à ceux qui le souhaitent. Il demande si lui aussi y a droit. *Tout le monde y a droit*, lui confirme la personne qui fait la queue devant lui. Joachim a faim, il n'a pas mangé ce matin, le travail aux abattoirs, la matinée chez les Bordes ont usé ses forces. Il s'arrête, prend un bol de soupe. La dame qui le sert lui sourit, c'est rare les gens qui sourient à des inconnus. Il lui rend son sourire et va s'asseoir avec les autres.

Les personnes qui sont là mangent sans bruit, les yeux baissés, comme si cela ne se faisait pas, comme s'ils avaient honte. Joachim ne sait plus à quand remonte son dernier repas chaud. Depuis son départ du village, un morceau de pain, quelquefois du lard, un fruit, une cueillette, ce que les Gitans qu'il a croisés ont bien voulu lui offrir. Assis, sa soupe devant lui, il regarde le visage de ces gens autour, tous à son image, en marge, anonymes et étrangers. Personne ne parle. Ni l'envie ni le besoin. Manger vite et repartir travailler, se cacher. Joachim a fini de travailler et ne se cache plus. Au bout de la table, personne ne fait attention à lui, ne le chasse, ne vient le déranger. Il sort son cahier de dessin et essaie de se souvenir de Lucie, de l'ovale de son visage, de sa main, de son cou, de son bras nu jusqu'à la naissance d'une épaule. Il repense aussi à Carmen, au plaisir qu'il a eu avec elle, à leurs corps glissants de sueur, maladroits, pressés, au reste de la nuit à dormir contre elle, apaisé et repu.

Il verra ce soir si elle veut de lui mais côtoyer ces deux femmes ne lui paraît pas incompatible, son corps pour la Gitane, son admiration pour Lucie.

16

Vendredi 27 août 1937

Cela fait maintenant un mois que Joachim est à Toulouse et qu'il côtoie les Bordes. Il s'est habitué à la présence de la jeune femme, à son odeur et à ses gestes. Il sait qu'il ne peut rien attendre d'autre d'elle et cela lui suffit. Lucie est fine, cultivée, elle modèle son esprit, aiguise ses sentiments. Carmen est charnelle, aime rire d'un rire communicatif et complet, danser et faire l'amour. Tous les soirs Joachim la retrouve, ils se désirent, se reconnaissent et s'épanouissent. Leurs nuits sont approches délicates, fureurs subites et longues caresses. Joachim ne fait plus de cauchemar depuis que Carmen dort contre lui. La journée, elle ne lui demande rien, ni où il va, ni ce qu'il peut faire, en échange Joachim n'en sait pas davantage sur elle, sur son passé. Carmen a vingt et un ans, la beauté vénéneuse des Gitanes, elle devrait être mariée et avoir des enfants comme les autres femmes du camp. Chez eux, les garçons de quinze ans sont des hommes et les filles bonnes à marier à treize, pourquoi lui laisse-t-on partager le même lit qu'elle sans vouloir les unir ?

Joachim se lève, part travailler à l'abattoir. Il a pu négocier un salaire plus conséquent lui permettant de payer le gîte dans le camp et de mettre un peu d'argent de côté. Il s'arrête quelquefois à la soupe populaire mais il y a de plus en plus de monde, des Espagnols qui ont dû, comme lui, quitter leur pays. Certains n'ont rien, dorment dans la rue. Lui a un toit, un peu de nourriture, une douche gratuite, la soupe populaire est un luxe plus qu'une nécessité.

La République va mal, les franquistes grignotent petit à petit les territoires. Les alliés des républicains se déchirent, s'entre-tuent ou fuient. Bilbao est tombée, le Pays basque depuis Guernica est à genoux, Madrid tient, Alicante, Valence, Barcelone aussi, mais pour combien de temps encore ?

Joachim a décousu l'étoile des Brigades internationales sur sa veste, car tout le monde le prend pour un *rouge*. Tous les Espagnols sont des communistes pour les Français, c'est pour cela qu'ils ne sont pas venus les aider. Il faut bien trouver des excuses pour abandonner un peuple frère.

Il va chez les Bordes tous les matins à dix heures précises, après son travail aux abattoirs. Lucie lui donne son cours de français jusqu'à midi, ensuite il part explorer la ville. Il fait ça tous les jours, sauf le dimanche où il reste au camp à aider la communauté, à profiter un peu plus du lit, de Carmen.

Joachim progresse. À midi, Charles vient les voir et lui pose toujours les mêmes questions : si le cours s'est bien passé, s'il mange bien, si le logement est bon, et ensuite il le raccompagne jusqu'à la porte. Joachim lui répond toujours la même chose, mais aujourd'hui Charles s'avance avec lui dehors.

— Dimanche, c'est la fin des vacances scolaires et Lucie reprend à l'École normale.

— Cela veut dire que l'on arrête les cours ?

— Non, tu viendras dorénavant le dimanche matin à la maison. Ce ne sera qu'une fois par semaine mais Lucie m'a dit que tu avais bien progressé et que tu pouvais te débrouiller un peu tout seul pour lire.

— C'est vrai, et j'aurai comme cela plus de temps pour travailler.

— Ça se passe bien là-bas ? Ils te paient assez ?

— Ça va, je n'ai pas à me plaindre, j'ai un travail.

Charles examine les habits de Joachim. Ils sont usés et trop grands, marquant une vie en marge et une alimentation assez chaotique.

— Si tu as besoin de quelque chose, n'hésite pas, Joachim.

Lucie apparaît dans l'encadrement de la porte avec une chemise blanche presque neuve appartenant à Pierre.

— Tenez Joachim, je suis sûre qu'elle vous ira, vous la mettrez dimanche prochain en venant à la maison.

— Merci Lucie, répond Joachim, ému.

— Si vous voulez, nous trierons ensemble les affaires de mon frère, il doit y avoir des choses qui vous iront.

— Mais…

— Elles serviront plus sur vous que pliées dans une armoire.

Il la regarde, presque fragile sur l'instant, ces mots lui brûlent la gorge en passant.

Il a connu deux femmes, leur intimité sans rien savoir d'elles, uniquement leur prénom. De Lucie, il connaît les réactions, l'intonation de sa voix quand elle est fière, qu'elle s'impatiente. Les parcelles de son corps qu'elle offre à la vue, l'ovale du visage, l'amande des yeux, les taches de rousseur au bout de son nez, la finesse de son cou jusqu'au creux de ses clavicules, la légèreté d'une main, de son poignet jusqu'à son épaule. D'elle il connaît le parfum léger, celui des fleurs blanches et des fruits du verger. Des tas de détails et rien à la fois.

17

Samedi 30 octobre 1937

Gijón est tombée.

Les franquistes ont achevé la conquête des enclaves républicaines de la zone atlantique.

Il ne reste plus qu'une partie de la Catalogne et une zone sud-est partant de Madrid jusqu'à Valence et Alicante.

Lucie aime bien faire un détour par le Jardin des Plantes pour rentrer chez elle, les arbres ont encore les couleurs de l'automne pour quelques jours et l'air est plutôt doux pour une fin octobre. En sortant par la porte des allées Frédéric Mistral, elle aperçoit Joachim au loin. Elle hésite à le héler. Une demoiselle bien élevée ne doit pas crier dans la rue, encore moins pour interpeller un garçon ; et puis il pourrait mal l'interpréter, un garçon de quinze ans se fait toujours des idées avec une fille. Elle a senti qu'il l'aimait bien, il la regarde avec admiration et son pouls s'accélère quand elle est près de lui pour lui expliquer un mot, une phrase. Elle aussi le trouve sympathique comme élève, à la rigueur ils pourraient devenir amis, mais il est trop jeune, trop différent pour ne pas s'imaginer autre chose.

En le suivant, en forçant son pas pour le rattraper, elle se dit qu'elle ne sait rien de ce garçon, où il dort, ce qu'il fait de ses journées en dehors de son travail à l'abattoir, ce qu'il aime, ce qu'il désire, ce qui le fait rire, pleurer.

Elle le voit le dimanche, il leur parle de Pierre, de l'Espagne, de la guerre, de temps en temps une anecdote sur sa vie en Andalousie, mais jamais rien de personnel.

Joachim tourne dans une petite rue, disparaît un instant. Lucie se met à courir. Elle l'aperçoit à nouveau tandis qu'il rejoint un groupe et pénètre dans un bâtiment de la rue Constantine. Le Secours national. Lucie entre, surprise par le nombre de personnes attablées. Les gens la remarquent, elle a beau être vêtue simplement, son allure, son manteau dénotent dans ce lieu.

Une main saisit la sienne, elle sursaute.

— Qu'est-ce que tu fais là ? Tu m'as suivi ?

— Non, je t'ai vu dans la rue et je suis entrée.

— S'il te plaît, ne le dis pas à ton père !

— Mais pourquoi ? Nous pourrions t'aider.

— Je ne veux pas de la charité. Je ne suis pas venu ici vous rapporter les affaires de Pierre pour que vous ayez pitié de moi. Et puis vous en faites assez avec ton père. Les cours, les habits…

L'homme au service leur tend deux assiettes.

— Tiens, Joachim, pour toi et ton amie.

Joachim donne une assiette à Lucie.

— Je t'invite ! On va se mettre là-bas, il n'y a personne.

Lucie s'assied sur le banc, en face de Joachim.

— On se tutoie, alors ? demande Lucie.

— C'est mieux, non ?

— Ça détend l'atmosphère, ça fait moins *élève et professeur*. Et puis je n'ai jamais que trois ans de plus que toi.

— Je croyais que tu m'avais percé à jour, avec mes vêtements usés.

— J'ai vu que tu portais toujours les mêmes. Tu vis où ?

— Dans le camp gitan, à Saint-Cyprien.

— Mais tu es…

— À moitié Gitan.

En disant cela, comme un réflexe, Joachim prend entre ses doigts le pendentif de son père.

— Quand je suis arrivé à Toulouse, je suis allé les voir. Grâce à eux, j'ai obtenu un travail à l'abattoir et un lit. Le chef me prend la moitié de ce que je gagne pour ça, et le reste je l'économise. C'est cher mais à ce prix-là je ne trouverai rien de mieux. J'ai un toit, un emploi avec une douche gratuite tous les jours et quelquefois un paquet de viande en plus du salaire.

Quand j'ai faim, je viens ici. C'est chaud, les gens te sourient et ne te demandent rien.

Lucie regarde autour d'elle, observe les trognes cabossées de certains clochards, d'hommes et de femmes semblant venir de partout et de nulle part.

— Avec ton manteau et ma chemise presque neuve, nous dénotons un peu. Finis ta soupe et partons.

Joachim ramène les deux assiettes, salue les bénévoles et rejoint Lucie. Elle est debout face à un dessin accroché au mur. Une femme élancée, aux traits fins, la main posée sur un bureau.

— C'est toi. Ils l'ont trouvé beau quand je l'ai fait l'autre jour et ils ont voulu l'afficher.

— C'est magnifique.

Lucie se retourne vers Joachim.

— Tu es doué, il est surprenant ce dessin.

— Il y a des choses qui m'échappent encore dans le corps des femmes mais j'y travaille.

— Le visage, le regard, le nez… c'est moi, il n'y a pas de doute.

— Je les ai eus sous les yeux tous les jours pendant un mois, et quand je ne les vois pas je les imagine.

Lucie rougit, remet de l'ordre dans ses cheveux.

— Tu dessines depuis quand ?

— Depuis toujours. Mon père disait que j'avais un don pour saisir le mouvement, les formes. C'est lui le premier qui m'a offert une boîte de crayons, il pensait que je pouvais ainsi mieux comprendre le monde qui m'entoure. Je crois aussi que petit, je devais poser trop de questions et il avait trouvé ce moyen de m'occuper pour que je le laisse tranquille.

— Tu en as d'autres à me montrer ?

Joachim sort son carnet. Lucie fait défiler les représentations de Maria, les visages des Gitans, des combattants. Elle s'arrête sur celui de son frère, passe ses doigts dessus. Joachim la regarde, émue, hésite.

— Celui-ci, je te le donne, il te revient plus qu'à moi.

— Non, garde-le, j'ai des photos de lui. C'est un moment d'intimité entre vous, ce portrait. C'était quand ?

— Quelques jours avant l'assaut des fascistes.

— Pourquoi ne l'as-tu jamais montré à mon père ?

— Je n'en sais rien, je voulais conserver des choses pour moi seul. Pour reprendre tes mots, c'était un moment rien qu'à nous.

— Comment était-il, là-bas ?

— Exalté, heureux de défendre une cause, comme beaucoup. Il m'apprenait la poésie et le français, je lui montrais les nuages, les arbres, nous discutions des femmes… Euh, celles des romans, bien sûr !

Joachim marque une pause et reprend.

— C'était quelqu'un de bien.

Lucie essuie une larme.

— Je sais, il me manque.

Face à eux, sur le trottoir, un groupe de personnes semble assister à un spectacle. Joachim reconnaît Carmen.

— Viens, il y a un ours, là-bas !

— Oui, je le connais, il vit à côté de chez moi.

— Quoi ?

— La montreuse d'ours est une des Gitanes du camp.

— Elle est plutôt jolie.

Joachim passe sa main dans ses cheveux, ne dit rien.

Carmen reconnaît son amant, s'apprête à venir à sa rencontre mais se retient en voyant la jeune femme à côté de lui. Elle les observe. Joachim habillé comme cela, au milieu des citadins, ne dénote pas. Elle se doutait qu'il avait une vie en dehors du camp. Avec eux il est Gitan, bohème, en ville il est Joachim-l'immigré-espagnol, un *gadjo*. Elle sourit et finalement s'approche d'eux.

— Vous pouvez le caresser, il est gentil.

— Il est gentil mais il pue, lui dit Joachim.

— Autant que toi, *gadjo !*

— Je ne suis pas un *gadjo*, tu le sais. Carmen, je te présente Lucie, ma professeur de français. Lucie, *Carmen…*

La Gitane le coupe.

— La montreuse d'ours, une amie de Joachim.

Il ne dit rien, désarçonné par l'aplomb de la jeune femme.

Elle sourit, regarde Joachim et Lucie comme si elle savait qui elle était réellement pour lui, comme si le Soleil et la Lune des journées et des nuits de Joachim se trouvaient réunis à cet instant.

Joachim rentre au camp après avoir raccompagné Lucie chez elle. Carmen est déjà couchée. L'entendant arriver, elle se tourne vers la lumière. Il la rejoint.

— C'est une amie.

— Je sais.

— Il n'y a rien entre elle et moi.

— J'ai compris, je possède tes nuits et elle tes journées.

— Tu sais que ce n'est pas vrai.

Elle se blottit contre lui, prend son bras et le passe autour d'elle.

— Les Gitans savent mentir, toi tu ne l'es pas assez pour bien le faire.

— Il n'y a rien entre elle et moi.

— Je ne suis pas jalouse. Elle a tes pensées, j'ai ton corps. Le jour où elle a les deux, je la tue.

— Carmen !

— Je plaisante, l'ours le fera pour moi.

— Carmen !

— Serre-moi contre toi pour te faire pardonner.

— Pourquoi n'es-tu pas encore mariée comme les autres filles du camp ? Et comment puis-je rester dans ton lit sans être forcé de m'unir à toi ?

— J'ai été mariée. À l'âge de treize ans, on m'a forcée à épouser un cousin qui en avait quinze de plus. Il empestait le vin et l'ail, c'était un âne, un rustre. Je n'ai jamais pu avoir d'enfant avec lui. Une vieille accoucheuse m'a dit un jour que j'avais quelque chose de cassé au fond du ventre et que je ne pourrais jamais en avoir. Sachant cela, il m'a répudiée et en a épousé une autre qui lui en a donné deux. Je ne l'ai pas regretté, j'aurais eu des gosses aussi laids que leur père. Toi, tu es différent des autres garçons du camp, tu n'as pas été élevé chez les Gitans. Tu es tendre, tu me caresses, tu sens toujours bon et tu me demandes si j'ai envie de toi avant de me prendre. Pour les hommes d'ici, je ne suis plus bonne à marier, plus bonne à faire d'enfants… plus bonne à rien.

— Ne dis pas ça. Tu es douce, tu apaises mes nuits, tu es belle et je prends comme une chance d'être allongé à côté de toi à cet instant.

18

Vendredi 6 mai 1938

Lucie est devenue *la femme du jardin public*, à l'image de celle qui a brûlé l'âme de Pierre, la femme interdite.

Joachim l'attend deux fois par semaine devant les grilles du portail d'entrée, les soirs où elle finit tard les cours à l'École normale, les soirs où Joachim ne va pas au cinéma. Car c'est à cela que lui servent les économies faites sur son salaire. Il a quelquefois des scrupules, continuer à manger à la soupe populaire, à quémander un morceau de viande aux abattoirs après son service pour pouvoir aller au cinéma. Il a honte mais c'est l'unique plaisir qu'il s'accorde, la seule possibilité de voir des images de son ancien pays, d'acquérir la culture qui lui échappe, qui lui est nécessaire pour combler le fossé entre Lucie et lui. Il lit beaucoup, continue la poésie de Paul Éluard, découvre celle du *Cyrano* d'Edmond Rostand, la prose de Jules Verne, celle d'Alexandre Dumas, des mousquetaires et du comte de Monte-Cristo.

Quand Lucie va au cinéma, c'est pour voir les films de Louis Jouvet, les belles histoires d'amour américaines, mais elle préfère le théâtre. Joachim aime les facéties de Fernandel, la présence de Jean Gabin dans *La Grande Illusion*. Il a essayé le théâtre, mais tout va trop vite, les textes y sont trop importants et il ne les comprend que partiellement. Le cinéma permet l'approximation des mots, de la grammaire, tout est action ou silence, en ça il n'a pas besoin de saisir le sens de chaque parole pour profiter pleinement du spectacle.

Ce soir, dans la file d'attente pour la séance, Joachim se tient tout près de Lucie, comme un rendez-vous entre deux jeunes gens pour ainsi dire du même âge, les années lissant les différences entre eux. Debout l'un à côté de l'autre, il a l'impression de sortir pour quelques instants du schéma de l'élève et de l'institutrice, de ces moments volés à l'entrée d'un jardin public.

— C'est moi qui t'invite !

— Joachim, je peux payer.

— C'est pour te remercier d'être là pour moi, de m'apprendre.

— Bon, c'est d'accord. Qu'est-ce que l'on va voir ?

— *Blanche Neige et les sept nains*.

— Tu plaisantes ? C'est un conte pour enfants ! répond Lucie surprise.

— Nous le sommes encore un peu. C'est le premier long métrage en dessin animé. Tu verras, c'est magnifique.

— Si tu le dis, et puis c'est toi qui invites.

— Fais-moi confiance, moi aussi je peux te faire découvrir des choses.

Lucie plisse les yeux, retrousse son nez, consciente de ses piques. Joachim sait que le feu s'apaise.

Assis à côté d'elle, il l'observe, le visage éclairé par la lumière de l'écran. Il profite de son parfum, toujours le même, celui de fleurs blanches et de fruits qui évoquent la belle saison, l'été où il l'a rencontrée et s'est senti exister dans ses yeux en amande.

Il est surpris par son rire spontané et enfantin quand les nains entrent en action. Il rit de bon cœur avec elle, laissant au vestiaire le costume d'adulte qu'ils revêtent à l'extérieur.

Joachim se force à ne pas fixer Lucie trop longtemps, observe à la dérobée ses réactions, son inquiétude quand la sorcière offre la pomme empoisonnée, la façon dont elle joint ses mains lorsque les nains accourent, ce petit sourire satisfait quand le prince embrasse Blanche Neige et les applaudissements qu'elle ne peut refréner quand le mot « Fin » apparaît.

Joachim fait comme s'il n'avait rien vu d'elle.

— Tu as aimé ?

— Oui, c'était bien, répond-elle timidement.

L'étincelle dans ses yeux ne trompe pas le garçon, il n'en demande pas plus.

Il la regarde simplement marcher, perdu dans ses pensées, n'osant troubler le silence qui vient s'inviter entre eux.

Ils remontent les boulevards jusqu'au Boulingrin, le jardin des rendez-vous clandestins de Pierre. Joachim pense toujours à lui en pénétrant ici. Il les imagine sur le banc en fer forgé, discutant, elle timide et lui sa casquette posée sur son genou, détendu et affable, admirant le bassin central, les pigeons et les enfants les poursuivant.

Lucie devait savoir pour son frère, cette femme mariée, leur amour. Elle devait en être la première confidente, s'émouvoir de la dimension romanesque de cette idylle illégitime.

La regardant marcher la tête enfouie dans le col de son manteau, Joachim pense que toutes les histoires d'amour de la littérature, des films sont toujours tristes. Une passion amoureuse reste à jamais inassouvie, comme celle de Pierre et Henriette, comme celle qu'il entretient avec Lucie.

Il aime la savoir heureuse à cet instant, elle semble ne penser à rien d'autre qu'à ce qu'elle vient de vivre.

Au milieu des arbres encore décharnés, il a l'impression de la voir danser. Le platane, l'érable, le charme... Lui, le spécialiste de la flore des montagnes, a appris à les reconnaître, petit à petit, même les essences exotiques telles que le séquoia ou le ginkgo biloba.

— Je te l'avais dit !

— Quoi ?

— Que nous étions encore un peu des enfants. Avoue ! Tu t'es bien amusée cet après-midi au cinéma.

Elle le regarde. Une fossette se dessine sur sa joue, comme si elle voulait maîtriser une expression de bonheur simple, ne pas la laisser envahir à cet instant son visage mais sans y parvenir vraiment car elle était trop forte. Ses yeux rient, tout son être vibre, Joachim n'est pas dupe, il connaît suffisamment la jeune femme pour savoir qu'elle est heureuse.

— Oui, c'était bien.

Joachim sourit à cette retenue, ne dit rien.

— Moi aussi j'ai un cadeau pour toi, mais d'abord j'aimerais te montrer quelque chose…

Ils traversent la chaussée circulaire, passent devant les Facultés des Sciences, de Médecine et Pharmacie, et pénètrent dans le Jardin des Plantes.

Tandis qu'ils montent les marches du perron du Muséum d'histoire naturelle, le gardien posté à l'entrée les arrête.

— Jeunes gens, nous fermons bientôt !

— Je sais monsieur, je veux juste montrer une chose à mon ami.

Chaque fois qu'il raccompagne Lucie, Joachim passe devant ce bâtiment à l'imposante façade de brique foraine mais ne s'y est jamais aventuré, pensant que les musées étaient réservés aux autres, les intellectuels, les savants, les étudiants. Que serait-il allé faire au milieu de ces linéaires de savoirs encyclopédiques, lui le coureur de montagnes, le chercheur de glace et maintenant le nettoyeur d'abattoirs ?

En franchissant les portes de ce lieu, Joachim a l'impression de pénétrer dans l'histoire du monde, de ce qui le peuple, comme si l'on y avait mis tous les animaux de la création dans une arche et que l'on avait pétrifié la vie.

Il essaie de ne pas perdre Lucie à travers les galeries, les immenses bibliothèques vitrées, les linéaires de roches, de plantes, d'insectes, de poissons, de reptiles, d'oiseaux, de mammifères, tous répertoriés par règne, embranchement, classe, ordre, famille, genre, espèce.

Elle marche vite, trop, Joachim en a la tête qui tourne, comme si son œil attiré par une plume, un bec changeait trop rapidement de cible pour son esprit.

Elle ralentit, s'arrête devant une vitrine d'insectes, pose ses mains sur le verre et regarde fixement une planche.

— Qu'est-ce que tu veux me montrer ?

Il parle doucement, comme si un éclat de voix pouvait réveiller les animaux.

— Tu peux parler normalement, il n'y a plus personne. C'est l'heure à laquelle je préfère parcourir le musée, vidé du bruit, des pas. En hiver, quand il fait nuit tôt et qu'ils allument l'éclairage, c'est magique.

Lucie est devant des planches présentant de magnifiques papillons multicolores du monde entier.

— C'est superbe, comment la nature peut-elle créer autant de couleurs ?

— C'est toi, l'artiste, c'est à toi de me le dire.

Son regard est captivé par un lépidoptère d'un bleu quasi surnaturel. À côté de son nom, *Morpho bleu du Surinam*, il remarque la mention *disparu* comme pour tant d'autres spécimens d'insectes, d'oiseaux et de mammifères autour de lui. Joachim est ému par la fragilité du vivant, comme si la beauté était forcément éphémère.

Il pourrait presque imaginer ce papillon battre des ailes, voleter à travers les plantes, les fleurs, butiner… mais il n'est plus. Il frémit à cette idée, sur le fait que cela peut s'appliquer à toute chose.

— Moi aussi je peux t'émouvoir, lance Lucie espiègle.

Joachim se retourne, la regarde, ne dit rien. Il a envie de lui crier qu'elle l'émeut comme il est difficilement concevable, mais il se gardera de le lui avouer de peur de faire éclater la bulle qui les entoure à cet instant.

— Tiens, c'est pour toi.

Lucie sort une petite boîte en bois de son sac.

— C'est quoi ?

— Ouvre, tu sauras.

Joachim s'exécute. Alignés devant lui, douze tubes de gouache presque neufs.

— C'était à Pierre. Il ne s'en est pratiquement jamais servi, il serait sûrement très heureux de te la donner.

— Je ne peux pas. Je porte ses vêtements, sa famille s'occupe de moi, je mange chez vous régulièrement, je ne peux accepter.

— Le dessin que tu as fait de moi à la soupe populaire est magnifique. Mon visage prend vie sous la mine de tes crayons. Tu ne t'en rends peut-être pas compte mais tu as énormément de talent, utilise-le, ne le gâche pas. Tout n'est pas noir, il y a de la couleur, dans les dessins animés, les papillons, les oiseaux, partout autour de toi.

Face au visage de Lucie, à la fièvre de ses yeux, Joachim sait qu'il l'a aimée dès le premier regard. Et même s'il est bien dans les bras de la douce et voluptueuse Carmen, elle ne sera jamais Lucie.

— Tu m'amènes à la *soupe*, avec toi, ce soir, pour finir ce rendez-vous par un restaurant ?

— Si tu veux, répond timidement Joachim encore ému par la boîte de peinture, par la jeune femme devant lui.

Le gardien du jardin public les suit, les presse, eux qui aimeraient musarder dans les allées désertes, au milieu du parfum des fleurs, des chants des merles.

— J'aime l'odeur des acacias, c'est celle du printemps. Comment ça sent, chez toi, en Espagne ?

— Je ne sais plus.

— Menteur, dis-le-moi.

Joachim réfléchit, hésite car il ne veut plus se souvenir de chez lui, mais Lucie le lui demande.

— Le printemps sent la fleur d'oranger, les amandiers. Le vent est légèrement frais mais moins humide, et il n'y a pas ces effluves d'herbe coupée, d'humus. Chaque senteur s'apprécie une à une, ici c'est un tumulte.

— Je suis fière.

— De quoi ?

— De toi, de ton vocabulaire. Tu emploies des mots comme « effluves » ou « tumulte » dans tes phrases…

En arrivant à la soupe populaire, Joachim salue le personnel et pose deux pièces sur le comptoir.

— Ce soir j'aimerais payer ma part.

— Mais qu'est-ce qui t'arrive ?

— Je tiens à inviter celle qui m'accompagne au restaurant.

L'assemblée applaudit. Lucie rougit.

Ils prennent leur bol, s'asseyent au bout de la table habituelle de Joachim, au milieu de ses dessins.

— Tu sais, Van Gogh payait ses repas avec ses toiles.

Joachim examine les lieux, ses œuvres.

— C'est un peu ce que je fais. Lui allait dans de vrais restaurants, moi je m'achète une conscience, j'atténue mes scrupules de venir ici pour m'offrir le luxe d'un cinéma.

— Joachim, tu y as droit.

Il observe les gens assis aux grandes tables, les murs avec ses dessins et Lucie au milieu de tout cela, mangeant sa soupe avec la grâce dont les femmes imprègnent chacun de leur geste, rendant tout élégant, suspendant à leurs doigts, leurs lèvres la médiocrité du monde. Un instant funambule comme une éternité.

Joachim prend la main de Lucie. Elle le dévisage, frémit ; ou peut-être est-ce lui qui tremble pour deux ?

C'est le moment où se rompent les barrières. Des occasions comme celle-ci, il n'en a pas eu beaucoup et il n'en aura peut-être plus après ce geste.

Lucie laisse sa main dans celle de Joachim et s'avance vers lui. La salle est bruyante et la voix de la jeune fille est à son image, vive mais frêle.

— Joachim, je vais partir. J'ai eu mon examen et j'ai un poste qui m'attend à Paris.

— C'est loin, Paris. Je croyais que les instituteurs restaient plus près de chez eux.

— J'ai demandé à être mutée là-bas. Je voulais connaître la capitale, vivre au milieu de tout, de la culture, de l'effervescence.

— Je ne te verrai plus ?

— Tu n'as plus besoin de moi, ton niveau de français est bon. Lis des livres, des journaux pour le vocabulaire. Je viendrai quelquefois pour les vacances…

À cet instant, il lâche sa main alors qu'il rêverait de la prendre dans ses bras pour l'empêcher de s'envoler.

Il restera fort devant elle, il attendra de l'avoir raccompagnée, de rentrer au camp, d'être contre la peau chaude de Carmen, et là, dans le noir, il se laissera aller à sa tristesse. Carmen comprendra, car les hommes ne pleurent qu'à cause des femmes.

19

Dimanche 6 octobre 2019

— Lucie est partie et je n'ai pas eu de nouvelles d'elle pendant plusieurs semaines. Son père, que je continuais à voir, me dit un jour qu'elle avait trouvé *quelqu'un* là-haut, qu'elle avait l'air heureuse et qu'il était content pour elle.

— Vous ne l'avez plus jamais revue ?

Joachim s'interrompt, détourne son regard vers le hublot.

— Lucie est rentrée deux ans plus tard, fuyant la zone occupée. Mais c'est une femme que j'ai accueillie sur le quai de la gare, une femme qui avait enfermé toute une vie dans une valise en osier.

L'hôtesse s'approche.

— Monsieur, tout est arrangé. Je viens d'avoir le personnel au sol, il y aura une ambulance pour vous à la descente de l'avion.

— Vous vous inquiétez pour rien, mademoiselle.

— C'est la procédure.

— Ah, si c'est la *procédure*…

Je pose mon stylo, Joachim reprend.

— Tu as compris qu'à partir de là, tout nous a échappé : l'Histoire, l'existence. En la voyant s'en aller, je me suis dit que je ne la reverrai plus jamais, qu'il fallait que je fasse ma vie sans elle car elle ferait la sienne sans moi. J'ai continué à vivre ma relation avec Carmen, à me satisfaire de cet amour. Nous nous tenions chaud tous les deux et c'était l'essentiel. L'année 1939 a vu la chute de Barcelone, le 26 janvier, et à partir de là, la *Retirada*. 450 000 réfugiés espagnols vont franchir la frontière, être parqués dans des camps, traités comme du bétail. J'ai vu comment cela se passait en 1937, quand nous étions une dizaine à traverser. Ils ne nous supportaient déjà pas à cette époque ; là, ils se sont mis à nous détester. Je ne les juge pas, nous aurions peut-être fait de même. Nous avons recueilli les Gitans au camp, comme nous le pouvions. J'essayais d'aider les autres, je parlais français ; je m'occupais de la traduction pour les démarches, les papiers, je les guidais dans Toulouse. C'était terrible de voir tous ces gens agglutinés dans les rues, à la gare… Nous n'avions pas le temps de trop réfléchir et cela tombait bien, cela m'évitait de penser à Lucie. Je revois ces enfants couchés sur des malles à Matabiau, désemparés, blottis les uns contre les autres pour se protéger du froid. En arrivant en France, j'avais été perdu moi aussi, pourtant j'étais déjà presque un homme et j'avais vécu la guerre. Eux, ils n'avaient rien demandé, avaient dû quitter la seule chose qu'ils connaissaient pour se retrouver là, étrangers, rejetés sur le trottoir. Moi j'étais pauvre, mais j'avais un toit. Cette période était dure, j'avais beau parler leur langue, je sentais que les Français me considéraient comme un parasite. C'est terrible d'être haï par l'autre alors que vous ne lui aviez rien fait, haï pour ce que vous êtes. J'étais honni car pour certains j'étais un Gitan, pour d'autres un Espagnol et pour d'autres encore un rouge. Je ne leur en voulais pas car j'étais un peu les trois, même si à cette époque je ne fréquentais pas encore les communistes. Nous avions regardé l'Espagne tomber sans rien faire, croyant que les nazis allaient nous épargner si nous ne prenions pas part au conflit. Il n'en a rien été. Ce qui m'a brisé le cœur, par rapport à mon peuple, c'est l'accueil qu'ont réservé les Français aux Belges. Quand leur pays a été envahi par l'Allemagne, ils sont venus en masse se réfugier en France et ils ont été accueillis à bras ouverts alors que certains des miens dormaient encore dans des camps. En la quittant, j'avais honte pour l'Espagne, j'estimais qu'elle ne méritait plus que je me tourne vers elle. À ce moment-là, pour la seule fois, j'ai eu honte de mon nouveau pays.

— Durant cette période, vous continuiez à travailler aux abattoirs ?

— Oui, je vivais au camp, nous nous serrions de plus en plus, nous partagions tout, nous avions toujours plus que ceux qui n'ont rien. Des Français nous aidaient, mais la majeure partie d'entre eux nous ignorait. C'était un contexte particulier, la guerre était aux portes de la France, le pays pris dans un étau. L'Espagne, l'Italie, l'Allemagne étaient unies pour l'effondrement des démocraties, les journaux ne parlaient plus que de ça, du front, de la *Blitzkrieg*… Tu te souviens de tes cours d'Histoire ?

— Oui, la guerre éclair. Le 3 septembre 1939, la France déclare la guerre à l'Allemagne, et en juin 1940, c'est le début de la zone libre.

— Et des emmerdements !

Je souris.

— Je parle pour moi !

— Vous retrouvez Lucie ?

— Oui, entre autres. Je te parle de guerre, de conflit majeur, d'exode, et toi tu me parles de femme…

— Je vous écoute avec l'oreille d'un écrivain, il me faut une histoire d'amour.

C'est au tour de Joachim de sourire.

— Tu es une vraie midinette. Je t'avouerai que Lucie était le cadet de mes soucis à cette époque. Je m'en étais persuadé depuis son départ et l'annonce que son père m'avait faite sur sa relation sérieuse avec un homme. J'étais sûr de cela, jusqu'au jour où Charles m'a demandé d'aller la chercher à la gare. Lucie fuyait Paris, la zone occupée… et un compagnon violent.

20

Mardi 11 juin 1940

Lucie n'a pas attendu le tracé de la ligne de démarcation pour quitter Paris. Toulouse sera libre et elle aussi.

Les wagons sont bondés, les gens fuient, semblent amener toute leur vie dans leurs paquetages. Lucie n'a qu'une petite valise en osier qui lui cisaille l'épaule pour transporter ses deux années parisiennes.

La foule se presse et les trains sont peu nombreux. Elle réussit enfin à quitter la capitale et la gare d'Austerlitz vers dix heures. Il fait chaud, au loin brûlent les docks de Gennevilliers, la fumée donne une couleur brune au bleu du ciel. Ils roulent à travers les champs de la Beauce, longent les colonnes de voitures, de chariots tirés par des chevaux ou des bœufs, la débâcle d'une armée en guenilles, oriflammes en berne et têtes basses des vaincus. Partout le même spectacle. Lucie ne voit rien de la guerre mais elle sait qu'elle est sur ses talons. Elle doit faire vite si elle veut réussir à passer.

Le convoi s'arrête plusieurs fois sur le trajet, repart après quelques minutes, une heure. À Brive, le chef de gare ordonne la descente du train. Lucie suit le troupeau et se retrouve sur le quai au milieu d'un groupe de religieuses en rupture de couvent. Le ballet des cornettes et leur bruit font penser à un attroupement de mouettes sur une plage. Lucie s'approche d'elles, essaie de pêcher des informations, de rassurer ces femmes perdues dans le chaos de l'exode, très loin de la quiétude d'une retraite.

Tout à coup, une rumeur : une micheline partirait en direction de Toulouse sur le quai d'à côté. C'est la ruée. Lucie profite de la descente d'un des cheminots pour se faufiler par la porte de service du dernier wagon. Les gens s'impatientent, pressent les contrôleurs qui sifflent un départ prématuré. Les portes se referment, la locomotive se met en branle et avance. Elle part à moitié vide, laissant des *voyageurs* incrédules sur le quai.

Assise face à la vitre, lisant le désarroi de ces personnes dans leurs yeux, Lucie, même si elle n'est pas sûre de sa destination exacte, s'estime chanceuse. Elle est partie vers le sud, à l'opposé de Paris, et c'est là l'essentiel. Bercée par le roulis du wagon, soulagée, elle s'assoupit, la tête posée sur sa valise.

À Matabiau, le train s'arrête mais les forces de l'ordre empêchent les passagers de descendre. Les quais sont bondés et la gare ne peut plus accueillir personne, de nouveaux arrêts se feront dans d'autres stations. Lucie brave l'interdit, ici c'est chez elle, elle n'ira pas plus loin. Il est six heures du matin, et après avoir justifié d'une adresse auprès des employés de la SNCF, elle réussit enfin à sortir du bâtiment ferroviaire. Le jour se lève à peine et, face à elle, Joachim est là.

Il a passé la nuit à l'attendre. En ne se présentant pas au travail ce matin, il l'a sûrement perdu, mais il ne pouvait pas la laisser arriver seule.

Lucie a quitté un adolescent, elle retrouve un homme. Elle court et lui saute dans les bras. Elle ne peut retenir ses larmes de joie, de fatigue, de soulagement. Ils ne se parlent pas, ce que disent leurs corps suffit.

En la voyant franchir la porte principale de la gare et s'avancer sur le parvis, il a su qu'il n'y avait qu'elle, qu'il n'y avait toujours eu qu'elle. Il sent son cœur taper dans sa poitrine comme s'il voulait s'en échapper. Il caresse ses cheveux pour la réconforter – ils ont poussé –, ses doigts disparaissent à travers une cascade incandescente.

Il prend son visage dans ses mains, scrute chaque détail, chaque trait, la pointe de son nez, les taches de rousseur, le vert de ses yeux, l'amande de ses cils, tout ce qui fait qu'elle est la seule à compter pour lui.

Il retient son baiser, le pose sur son front, repense au poème d'Éluard, celui qui vient à lui à chaque fois qu'il la voit. Peut-être qu'un jour il aura le courage de lui dire ces quelques vers. À cet instant, sentant le regard de

Lucie s'attarder sur lui, il ne sait quoi penser, si dans la lueur du petit matin elle voit en lui un frère ou un amant.

— Je te ramène chez toi ?

— Avec plaisir.

Ils marchent dans la ouate d'une nuit sans sommeil, fatigués mais heureux d'être ensemble, avançant sur les boulevards, regagnant petit à petit leurs territoires perdus. Ils s'arrêtent quelques instants devant le monument aux morts, regardent les tranchées creusées pour la défense passive qui n'aura servi qu'à défigurer la ville, lui donner un inutile air belliqueux.

Le Boulingrin est fermé, ils auraient aimé ouvrir les grilles, s'asseoir sur un banc, écouter le bruit du jet d'eau qui retombe dans le grand bassin, les merles chanter et s'épanouir dans le silence des hommes.

Le retour de Lucie vient de modifier tout un tas de choses. L'Europe est comme le petit monde de Joachim, en ébullition.

Devant chez les Bordes, il pose la valise de Lucie, ne s'attarde pas plus que nécessaire. Elle doit retrouver son père, le rassurer. Ils auront tout le temps de discuter, de se livrer, la guerre n'est pas près de finir, elle vient juste de commencer.

Joachim franchit le Pont-Neuf, regagne son ancien monde lentement. Car c'est bien de cela qu'il s'agit depuis qu'elle est réapparue, *son monde* vient de s'effondrer en un battement de cils.

Le contremaître est là, devant l'entrée principale des abattoirs.

— Le problème avec vous les Gitans, c'est que vous nous faites toujours une entourloupe à un moment donné. Tiens, tu prends ces billets, ça correspond à ta paie du mois de juin et tu t'en vas. La main-d'œuvre, ce n'est pas ce qui manque. Si tu ne veux pas bosser, il y a plein d'Espagnols qui attendent de prendre ta place.

Joachim fourre l'argent dans la poche de son blouson et part sans rien dire, car il ne regrette rien de l'enchaînement d'événements qu'il semble subir et qui l'amène petit à petit à tourner le dos à tout ce qui a fait sa vie jusqu'à ce matin.

Debout dans l'embrasure de la porte, il regarde Carmen allongée. Elle est éveillée. A-t-elle seulement dormi ?

Elle sait qu'*elle* est rentrée cette nuit, qu'il ne s'est rien passé entre eux, sinon il ne serait pas là.

Elle ne pleurera pas, elle se doutait que Joachim partirait comme il est arrivé, par surprise. Même si Lucie n'était pas revenue, il aurait sûrement voulu un enfant et elle n'aurait pas pu le lui offrir. Elle ne pleurera pas car elle avait conscience de la précarité de son bonheur, même si la présence de Joachim le lui avait fait oublier ces derniers temps.

— Carmen, je suis désolé.

— Moi aussi.

— Carmen, écoute-moi s'il te plaît…

La jeune femme se tourne vers lui et le fixe.

— Grâce à toi, je vais mieux, j'ai pu dormir à nouveau, reprendre goût à la vie. Je n'y peux rien, je te respecte trop pour te faire cela. Il ne se passe rien entre elle et moi mais je ne peux pas partager ton lit en pensant à elle, tu es trop importante pour moi.

— Moi aussi je tiens à toi, mais je ne peux pas te retenir. Tu es Gitan, tu es libre. Personne n'y peut rien, c'est la fatalité. Les lignes de la main ne mentent pas, contrairement aux hommes.

Joachim regarde ses mains, passe son doigt sur la ligne du cœur.

— Il y a plus de deux branches sur ta ligne, une de trop pour t'arrêter à moi.

— Merci, Carmen. Merci pour tout.

— À bientôt, Joachim, soit heureux. Moi je l'ai été avec toi.

— Moi aussi Carmen, j'étais bien avec toi. Ne crois pas l'inverse, tu peux faire le bonheur d'un homme.

— Qu'y a-t-il de plus fort qu'un cœur qui se brise encore et encore mais qui continue de battre ?

Carmen se tourne pour masquer ses yeux qui s'embuent. Joachim prend son sac, sa besace avec son carnet de dessin, ses gouaches, son bandonéon, et sort de la pièce. En passant les portes formelles du camp, il serre le pendentif dans le creux de sa main, essuie les larmes qui coulent sur ses joues, prenant soudain conscience qu'il ne reviendra pas.

Comme une tempête, Lucie le laisse sans toit, sans travail, sans famille.

Il fait jour, Joachim marche le long des rues du centre-ville qui s'animent. Toulouse profite encore de l'opulence relative de la zone libre, mais pour combien de temps ? Paris se serre la ceinture. Une fois rincée, les boches demanderont à Vichy de fournir ce qui leur manque.

Joachim s'assied à la terrasse du *Bar du Matin*, à l'angle de la rue des Filatiers et de la place des Carmes, face à la halle octogonale. Il commande un café et deux tartines. Un luxe, surtout pour quelqu'un qui vient de perdre son travail, mais il a envie de profiter un peu de cette innocence subite. Seul, sans ressource, dans la mélancolie d'une histoire d'amour impossible, il a l'impression d'être vraiment ce qu'il est, un jeune adulte, celui des romans de Flaubert ou de Stendhal, où il lui reste tout à apprendre de la vie, des femmes.

Il dessine ce qu'il est en train de vivre pour fixer l'instant avant que tout commence ou ne finisse, son quotidien, ces rues qui lui étaient étrangères il y a quelque temps encore, qu'il a arpentées maintes fois depuis son arrivée et qui transportent désormais ses souvenirs. Il sent que les choses changent, que les digues se rompent, que l'aurore est là comme une naissance.

Il immortalise sa table, sa tasse de café, un pan de ce marché couvert aux accents orientaux, une personne de dos portant une valise qui, sous son crayon, deviendra peut-être Lucie. Il n'a jamais cessé de dessiner en noir et blanc, il garde les peintures que lui a offertes la jeune femme pour donner de l'ampleur à ses œuvres qui en valent la peine. Celle-ci le mérite, elle aura la couleur du sentiment, de son état d'âme. Du bleu. Une gouache bleue pour diluer le trait trop précis, l'envie de la retrouver, que tout aille vite, sans quoi il s'y brûlerait les ailes. Une idée d'amour vaut mieux que pas d'amour du tout.

Il n'a pas de toit, pas de travail mais il sourit à la terrasse de ce café, voyant les étals encore remplis, il se dit qu'il faut profiter des instants, tout passe si vite, s'en va et met longtemps à revenir. Il repense aux mots de Pierre : *L'idéalisme gagne toujours à la fin, cela prend un peu plus de temps, c'est tout.*

Plus tard dans la journée, il ira voir Charles. Il n'aime pas ça mais il lui demandera de l'aide pour trouver une chambre, un travail. Il acceptera sans sourciller, il le lui a toujours proposé. Joachim restera dormir chez les Bordes le temps de gagner sa vie, de pouvoir payer un loyer. Il n'a pas besoin de plus, il ne possède rien qui ne puisse tenir dans sa valise.

21

Mardi 5 novembre 1940

L'Espagne est franquiste, l'Italie mussolinienne, une partie de l'Europe et de la France aux mains des nazis, tandis que la zone dite libre est pétainiste.

Les enfants se lèvent dans les classes en chantant *Maréchal nous voilà !* son portrait est partout, ses légions vous scrutent. Ceux qui ne se réclament pas ouvertement de lui sont des ennemis potentiels, des rouges, des anarchistes. Joachim sait qu'il est surveillé, il n'appartient à aucun mouvement mais il est républicain espagnol et cela suffit à le mettre dans des cases.

Il n'aime pas ce qu'il voit ce matin, rue de Metz. Des gens sont au garde-à-vous devant un vieillard en uniforme. Il ne connaît pas Pétain, ce qu'il a fait auparavant pour la France. La scène a pour lui un relent fasciste, et les hommes qui le saluent seront là quand il demandera de le servir ; les autres baissent déjà la tête.

En attendant Charles, Joachim observe des enfants habillés pour la circonstance offrir des fleurs au chef de l'État. Il se dit qu'il ne retraversera pas la frontière pour se jeter dans la gueule du loup à cause de lui, il restera là quoi qu'il arrive.

— Toi non plus tu n'aimes pas ça ? lui lance Charles qui vient de se porter à son niveau.

— Cela me rappelle certaines choses…

— Viens avec moi.

Charles accompagne le jeune homme chez un ami qui tient un magasin de cycles et de pneus rue de Metz.

— Jacques, je te présente Joachim, tu sais le garçon dont je t'ai parlé.

Le patron s'avance, essuie sa main pleine de cambouis et serre celle de Joachim avec vigueur.

— Bonjour. Tu es disponible pour me donner un coup de main ici ? Je cherche quelqu'un pour rechaper les vieux pneus.

— Tout ce que vous voudrez, monsieur, il faut que je travaille et vu le contexte actuel, c'est difficile de trouver un emploi.

— Qu'est-ce que tu faisais avant ?

— J'étais aux abattoirs. Je nettoyais les sols, transférais les bassines d'abats, déchargeais les carcasses.

— Tu es habitué à forcer avec tes bras, alors ?

— Oui, Monsieur. En Espagne déjà je cherchais de la glace dans la montagne pour la descendre en ville.

L'homme se rapproche, examine Joachim.

— Espagnol *républicain* ?

Joachim ne sait pas s'il doit répondre, il regarde Charles.

— Oui, Jacques, républicain.

— Pourquoi ils ne t'ont pas gardé aux abattoirs ?

Charles devance encore Joachim.

— Il est arrivé en retard un matin de juin. Il était allé à la gare chercher Lucie qui s'enfuyait de Paris. Il l'a attendue toute la nuit pour qu'elle ne rentre pas seule et le train avait beaucoup de retard. Tu sais comment ils sont avec les Espagnols : un de perdu dix de retrouvés. Jacques, tu peux lui faire confiance, c'est un bon gars.

— C'est entendu. Tu commences demain à huit heures précises. Charles, comment va ta fille, au fait ?

— Elle a déniché une place d'aide-bibliothécaire aux Beaux-Arts, ça la dépannera en attendant de retrouver un poste d'enseignante.

Les trois hommes sortent sur le pas-de-porte, assistent silencieux au défilé. Le cortège officiel vient de passer devant eux et des centaines de petits papiers dansent dans le ciel avant de descendre délicatement sur la foule agglutinée. Joachim croit à un envol de confettis pour célébrer le maréchal. Les gens applaudissent. Il regarde ces papiers tomber doucement comme des plumes, mais se rend compte en ramassant l'un d'eux que ce sont des tracts imprimés par les communistes en réponse aux accords de Montoire du 24 octobre, entre le régime qui parade dans Toulouse et l'Allemagne nazie.

Opposons-nous à la « révolution nationale » de ces fascistes déguisés en sauveurs. Opposons-nous aux privations des libertés qu'ils nous imposent, celle de nos droits fondamentaux, celle de la liberté d'opinion, d'expression, de grève, de vote, de manifestation. Ne soyons pas les moutons de Panurge de ce régime.

Indignez-vous !

Joachim parcourt le texte avec attention et fourre le tract dans sa poche.

— Jette-le de suite ! lui intime Jacques à l'oreille. Le lire, l'approuver en silence, tu peux ; mais le garder fait de toi un suspect. À partir de maintenant, méfie-toi, les yeux et les oreilles de ce régime sont partout. Tu es Espagnol et donc pour ces gens tu es un rouge, un communiste, ne leur donne pas des raisons supplémentaires de te surveiller.

Joachim froisse le papier et le lance dans le caniveau.

Jacques acquiesce. Joachim comprend à cet instant, lui qui se retrouve sans le soutien de sa famille gitane, qu'il peut prétendre à faire partie d'une autre.

22

Dimanche 20 avril 1941

Le retour de Lucie l'a rempli de joie… et de frustration. Il a l'impression que rien n'a changé entre eux. Elle lui sourit tendrement, passe ses doigts dans ses cheveux, et quand ils discutent au Boulingrin, elle prend quelquefois sa main mais lui donne l'impression de le considérer comme un petit frère.

Il a quitté la maison des Bordes pour louer une chambre non loin de la place Dupuy. Ce qu'il craignait, le rationnement, les étals qui se vident, les cinémas où les films sont soumis au contrôle du régime, tout cela s'est insidieusement imposé à leur quotidien.

Le travail à l'atelier se passe bien, intense mais moins fatigant que celui aux abattoirs.

Jacques, son patron, parle peu. Il lui fait penser à son père, le recul qu'il a sur les choses, ce côté posé et réfléchi. Il sait qu'il est communiste, ils l'ont évoqué lors d'une conversation à propos de son histoire, de ses parents, mais il ne le montre pas. Des personnes passent à l'atelier, discutent brièvement avec lui. Ils regardent Joachim, Jacques leur fait généralement signe que c'est bon, qu'ils peuvent parler. Le jeune employé ne les écoute pas, ne veut rien savoir, au cas où…

Ce matin, Joachim et Lucie ont remonté le canal du Midi en direction des coteaux de Pech-David. Le ciel est clair et la vue dégagée sur la chaîne des Pyrénées. Joachim regarde les montagnes, baigné des senteurs des seringas et des fenouils sauvages, des odeurs qui lui rappellent son village natal, sa mère.

— Tu penses à eux ?

— À qui ?

— Ceux que tu as laissés là-bas.

— Je me demande ce qu'ils sont devenus, ma mère, mon père, mes cousins, tous. Je ne passe pas un jour sans aller voir les messages du *mur des réfugiés*, au Capitole, essayant de reconnaître un nom, mais rien. Ils me croient peut-être encore à Malaga, ou n'importe où en Espagne, à moins qu'ils ne soient tous disparus, je n'en sais rien et c'est sans doute cela le plus dur. Au départ, je me suis dit qu'ils étaient sûrement tous morts, c'est mieux ainsi, ça évite l'espoir, mais quand je regarde ces montagnes, je me dis que *peut-être*…

— Tu voudras rentrer, un jour ?

— Ce n'est plus mon pays. J'y retournerai quand Franco aura crevé et j'irai pisser sur sa tombe !

— Joachim, tu n'as pas le droit de parler comme ça, et puis ces paroles ne te ressemblent pas.

— Est-ce que tu me connais vraiment ? Est-ce que tu connais mes sentiments ?

Lucie s'approche, prend sa main, Joachim a le cœur qui bat aussi fort que la dernière fois, à la soupe populaire, aussi fort que lorsqu'elle lui a dit qu'elle partait alors qu'il était sur le point de lui avouer qu'il l'aimait.

— Joachim, je suis cassée, tu me répares petit à petit. Toi tu n'as pas changé, tu es toujours le garçon attentionné, doux et qui me fait rire, moi je suis revenue chargée d'une chape de goudron sur mes ailes. En descendant du train, elle a commencé à s'étioler en te voyant sur le parvis mais elle est encore là, lourde et étouffante. Joachim, grâce à toi je pourrai de nouveau voler, j'en suis sûre. Il faut être patient…

Ils marchent tous les deux, le vent d'autan joue avec les mèches rousses de Lucie, avec sa jupe. Joachim pourrait se contenter de cette amitié, de l'espoir qu'elle pourrait l'aimer un jour, prendre cela comme une victoire, mais il n'en est rien. Lucie, il veut l'aimer pleinement et que cela soit réciproque, comme elle le lui a appris à travers les livres, les poèmes. L'amour ne se satisfait d'aucune tiédeur…

Pris au milieu de leurs pensées, ils savent que l'amitié entre un homme et une femme qui se plaisent est difficile, voire impossible. Ils se mentent consciemment, se donnant l'impression d'y croire, avec l'idée de s'être déjà manqués.

Un attelage étrange les croise, trois vélos tirent une remorque avec des poules et une oie, les restrictions obligeant au « système D ». Ils rient de bon cœur. Le malaise s'éloigne. Il reviendra. Pour l'instant, il se noie dans les rires de Lucie, dans son parfum enivrant de fleurs blanches. Joachim se penche, cueille un brin de seringa, le hume, y reconnaît quelques notes de celui-ci. Il le lui tend, elle sourit, replace pour un instant une mèche de cheveux derrière son oreille.

Comme toujours à côté de Lucie, ému, il ne pense qu'aux vers d'Éluard. Un jour il aura enfin le courage de les lui déclamer.

23

Samedi 21 juin 1941

La ville est en ébullition et la police partout. Une grande messe est organisée en l'honneur du Maréchal. Il ne suffit plus de lever les couleurs et que les enfants chantent dans les écoles, il faut des défilés.

La Légion française a décoré le monument aux morts, casque gaulois ailé, drapeaux tricolores.

Jacques souffle à côté de Joachim.

— Dire qu'on n'a pas assez à bouffer et qu'on dépense du pognon pour ces types.

Des policiers patrouillent sur les boulevards depuis la veille, ils surveillent le bon déroulement de la manifestation, qu'il n'y ait pas d'attentats ou d'actes de résistance comme l'an passé avec l'histoire des tracts communistes. Les journaux n'en ont jamais parlé, le commando a été arrêté et incarcéré à la prison Saint-Michel sans la moindre ligne dans les quotidiens. En voyant leurs photos sur les murs de la préfecture, Joachim a reconnu deux habitués de la boutique de Jacques.

Les motos pétaradent, des hommes au béret noir défilent avec des flambeaux, ceux de la *flamme sacrée*. Aujourd'hui la Légion montre ses muscles.

— Les yeux et les oreilles du Maréchal ! lui dit Jacques. Regarde-moi ce défilé de breloques militaires !

— *Breloques* ?

— Les médailles sur leur veste !

— Ah, d'accord. En castillan : *encanto*.

Lucie entre comme une tornade dans l'atelier, cherchant Joachim. Il la voit, pose le pneu qu'il est en train de redessiner sur le côté de l'établi et s'approche d'elle.

— Qu'est-ce qui t'arrive ?

— J'ai parlé de toi au directeur des Beaux-Arts. Je lui ai montré tes dessins, tes gouaches, il est d'accord pour te prendre à l'essai à l'école. Tu pourras intégrer le programme en cours d'année. Il m'a dit qu'il serait dommage de se passer d'un talent comme le tien. Joachim, tu as un don, il faut absolument que tu le mettes à profit.

Jacques, qui a tout entendu, vient vers eux.

— C'est une chance, gamin, il ne faut pas hésiter une seconde. Pour le boulot, tu pourras toujours adapter les horaires.

— Viens avec moi, Joachim, je vais te le présenter. Il est très sympathique, tu vas voir.

— Je ne peux pas y aller comme ça…

— Mais si, ça fait chien battu, au pire il aura pitié de toi ! lui lance Jacques en riant.

Joachim essuie ses mains et quitte son bleu de travail. Laissant le bruit et les fumées du défilé, il suit la silhouette de la petite rouquine devant lui. Elle a mis des talons plus hauts que d'habitude, ce qui lui donne une démarche heurtée mais galbe parfaitement ses mollets. Joachim écoute les pointes piquer le sol avec énergie, marquant la précipitation et l'excitation à l'idée de cette rencontre.

Joachim se met à douter. Un homme qui surgit de nulle part, qui lui redonne le sourire, qui se met en quatre pour un ami à elle… Il a peur de la perdre, de ne plus être le seul nécessaire à son bonheur.

En entrant par le portail principal, Lucie ralentit, se recoiffe, rajuste sa veste et s'arrête devant une porte brune. Elle souffle et frappe deux coups secs.

— Oui, entrez !

— Bonjour, Serge, vous allez bien ? Je vous présente Joachim, la personne qui a fait les dessins que je vous ai montrés. Joachim, je te présente Serge Lassère, le directeur de l'École des beaux-arts et un très grand ami de mon père.

Joachim s'avance, serre la main de l'homme. Il sourit intérieurement, comme s'il se moquait de sa bêtise, de sa jalousie infondée. Serge doit avoir la soixantaine, légèrement dégarni, le visage rond inspirant la sympathie et la confiance. Il regarde Lucie dont les joues rosies trahissent l'effort et la précipitation et se trouve ridicule, cette fille ne lui inspire aucune demi-mesure et en ça il ne la remerciera jamais assez.

Il écoute le directeur lui énoncer le contenu des semaines à venir dans l'établissement, un emploi du temps se résumant à effectuer ce qu'il a toujours fait avec facilité : dessiner. Comme respirer, pour lui la chose est si simple qu'il en est même troublé, il en serait presque triste pour ceux dont le talent se gagne à force de travail.

Au milieu de son monde, il ne voit qu'elle, alterne le sentiment du renoncement à l'amour, de l'acceptation d'une amitié forte et d'une certaine révolte. Il se dit que son éducation sentimentale continue, repense au poème lu avec elle au détour d'un recueil, sur l'étrange bonheur d'être délaissé, ce bien-être ressenti au cœur de l'hiver en songeant à l'été.

Aujourd'hui tes chemins sont noirs et s'enchevêtrent
Mais n'as-tu pas foulé la jeune herbe au printemps
(...)
Seul, vivre sans amour serait un sort néfaste.

À cet instant, devant le dévouement de son amie, il se laisse gagner par la raison.

La conversation terminée, ils sortent. Lucie se tourne vers lui le sourire aux lèvres.

— Tu as l'air heureux.

— Plus que tu le crois. Merci, Lucie, mille fois merci ! Tu es la raison de chacun de mes pas.

— Je suis contente pour toi.

Elle s'approche, embrasse sa joue tendrement.

Joachim ne dit rien, continue à la suivre sur le quai de la Daurade, regarde la Garonne couler dans le flot doux et large d'une fin juin, face au quartier Saint-Cyprien, comme le rappel d'une autre vie, celle de la simplicité des sentiments… et de l'absence.

Il est heureux de la voir ainsi, *comme avant*, essayant de tempérer ses émotions par son éducation. À son retour de Paris, elle était comme ternie. Là, sous les platanes, éclairés par la lumière vive de l'été, le feu aux joues, elle se laisse envahir par le bouillonnement intérieur de la vie.

24

Mardi 12 août 1941

Discours de Pétain sur le *vent mauvais*.

Français,

J'ai des choses graves à vous dire. De plusieurs régions de France, je sens se lever depuis quelques semaines un vent mauvais. L'inquiétude gagne les esprits, le doute s'empare des âmes. L'autorité de mon gouvernement est discutée ; les ordres sont souvent mal exécutés (...) Nos difficultés intérieures sont faites surtout du trouble des esprits, de la pénurie des hommes et de la raréfaction des produits.

Le trouble des esprits n'a pas sa seule origine dans les vicissitudes de notre politique étrangère. Il provient surtout de notre lenteur à reconstruire un ordre nouveau, ou plus exactement à l'imposer. La révolution nationale, dont j'ai, dans mon message du 11 octobre, dessiné les grandes lignes, n'est pas encore entrée dans les faits.

Elle n'y a pas pénétré, parce qu'entre le peuple et moi, qui nous comprenons si bien, s'est dressé le double écran des partisans de l'ancien régime et des serviteurs des trusts.

Les troupes de l'ancien régime sont nombreuses ; j'y range sans exception tous ceux qui ont fait passer leurs intérêts personnels avant les intérêts permanents de l'État : maçonnerie, partis politiques dépourvus de clientèle mais assoiffés de revanche, fonctionnaires attachés à un ordre dont ils étaient les bénéficiaires et les maîtres, ou ceux qui ont subordonné les intérêts de la patrie à ceux de l'étranger.

Un long délai sera nécessaire pour vaincre la résistance de tous ces adversaires de l'ordre nouveau, mais il nous faut, dès à présent, briser leurs entreprises, en décimant les chefs. Si la France ne comprenait pas qu'elle est condamnée, par la force des choses, à changer de régime, elle verrait s'ouvrir devant elle l'abîme où l'Espagne de 1936 a failli disparaître et dont elle ne s'est sauvée que par la foi, la jeunesse et le sacrifice.

Le problème du gouvernement dépasse donc en ampleur le cadre d'un simple remaniement ministériel. Il réclame, avant tout, le maintien rigide de certains principes. L'autorité ne vient plus d'en bas ; elle est proprement celle que je confie, ou que je délègue. Je sais par métier ce qu'est la victoire : je vois aujourd'hui ce qu'est la défaite. J'ai recueilli l'héritage d'une France blessée ; cet héritage, j'ai le devoir de le défendre en maintenant vos aspirations et vos droits. En 1917, j'ai mis fin aux mutineries ; en 1940, j'ai mis un terme à la déroute. Aujourd'hui, c'est de vous-mêmes que je veux vous sauver. À mon âge, lorsqu'on fait à son pays le don de sa personne, il n'est plus de sacrifice auquel l'on veuille se dérober ; il n'est plus d'autre règle que celle du salut public.

Rappelez-vous ceci : un pays battu, s'il se divise, est un pays qui meurt ; un pays battu, s'il sait s'unir, est un pays qui renaît.

Vive la France !

Jacques éteint le poste de radio, regarde Joachim.

— Alors la France ne doit pas devenir l'Espagne, qui ne doit son salut qu'à la foi et au sacrifice ? Qu'est-ce que tu en dis, l'Espagnol ? Foutus fascistes, c'est la gangrène.

25

Septembre 1941

Le Jardin des Plantes, le Muséum d'histoire naturelle.

Joachim a moins l'occasion de venir là depuis qu'il travaille mais les Beaux-Arts l'y encouragent. Il vient chercher quelquefois un support, une couleur, à ses dessins, à ses émotions.

Il est doué mais il faut qu'il progresse, que son poignet se délie, s'assouplisse. Il a besoin de connaître les formes, les textures, se servant comme modèle des rémiges d'un oiseau, du pelage d'un lion, d'un loup. *Le don n'exclut pas le travail* lui a dit le directeur de l'école. Il doit apprendre la rigueur pour dessiner des tableaux classiques et ceci passe par la répétition de gammes, comme en musique.

Lucie continue de l'accompagner à travers les galeries poussiéreuses du Muséum ou le long des allées du jardin public, mais elle est aussi accaparée par son travail à la bibliothèque. C'est donc le plus souvent seul que Joachim vient, sous les séquoias, les cèdres ; qu'il rend visite aux phoques, à l'ours, aux dromadaires, à ceux qui ont été les compagnons de sa solitude pendant les années parisiennes de Lucie, tandis qu'il les observait avec le regard perdu de ceux qui aimeraient être ailleurs, semblables aux leurs, comme s'il était enfermé dehors.

Empruntant la passerelle suspendue pour rejoindre le Boulingrin, Joachim remarque les colchiques qui égaient les pelouses, comme des taches de rousseur sur les parterres vert tendre. Il pense à la récolte du safran en Andalousie. Le colchique est toxique, le safran délicieux et rare, mais leurs fleurs sont semblables et marquent toutes deux la fin de l'été.

Il voudrait ne plus se souvenir, oublier son village natal, l'Espagne, cette cicatrice, mais tout le ramène vers ses racines. L'odeur des fleurs, des marchés, les montagnes que l'on aperçoit au loin quand il fait clair, les conversations en castillan volées au coin des rues. Il sait qu'il ne veut plus de ce pays où des cousins sont partis car ils mourraient de faim. Il se souvient de sa tante qui avait prononcé cette phrase terrible : *Un pays qui ne peut pas nourrir ses enfants ne mérite pas notre amour*.

Et un pays qui tue ses enfants ?

26

Octobre 1941

Jaurès à terre.

La loi du 11 octobre 1941 ordonne la destruction et la fonte des statues en alliage cuivreux. Jean Jaurès au Capitole et Clémence Isaure au Boulingrin n'y ont pas survécu. Comme des symboles, le socialisme et la poésie à terre, les gens pleurent, s'indignent autour de Joachim qui dessine au crayon noir, jugeant toute autre couleur superflue en la circonstance. Pour nourrir l'Allemagne, on déboulonne les statues, on fond les obus de la Grande Guerre, on récolte les instruments des fanfares. Le ciel est gris, le plafond bas. Ces statues mises à terre donnent l'impression que l'on a bombardé le jardin public, une frappe ciblée, chirurgicale.

Il préfèrerait que l'Allemand soit clairement là, l'ennemi identifiable, la privation, le climat de méfiance avéré, compréhensible. Le cinéma ne l'intéresse plus, les films qui passent n'en sont plus vraiment, les actualités sont orientées.

Lucie, malgré une programmation dense ne va plus au théâtre de peur d'une éventuelle propagande pétainiste. Même Louis Jouvet n'a pas réussi à la faire changer d'avis.

Dans la soirée, en rentrant chez lui, Joachim ira à la Halle aux Grains assister au tirage de la Loterie nationale. Il achètera peut-être un ticket. Le travail au magasin, malgré l'augmentation du coût de la vie, lui permet de jouer pour rêver un peu et soutenir le Secours national. La loterie est une source de financement pour cet organisme qui gère la soupe populaire. Joachim n'a plus besoin d'y aller mais la queue devant enfle de jour en jour et il a comme ça l'impression de rembourser son dû.

Il y passe quelques fois pour prendre des nouvelles des habitués, des bénévoles. Lui n'y est plus mais ses dessins restent. Quelquefois il s'imagine un destin à la Van Gogh, en moins tragique, avec des gens découvrant sur les murs d'une soupe populaire une richesse inestimable. Il espère que cet argent servira à ces gens-là, aux habitués. Rêver ne coûte rien.

Il commence tôt tous les matins à l'atelier. Jacques veut bien aménager ses horaires pour qu'il suive en parallèle ses cours aux Beaux-Arts, mais le travail doit se faire. Alors, après avoir sculpté des crampons sur des pneus rechapés, Joachim range son bleu de travail, lave ses mains, prend sa besace et part à l'école pour commencer la deuxième partie de sa journée. Il est neuf heures, l'heure à laquelle Lucie arrive à la bibliothèque.

Marchant dans la rue, il sent ses doigts fourmiller, trembler. L'effort, le froid du petit matin à l'atelier, ce n'est pas bon pour la finesse, la précision. Il est compliqué d'enchaîner le travail physique et le dessin d'art mais il ne peut pas faire autrement.

Il passe devant les vitres du bâtiment principal, secouant ses doigts, assouplissant ses articulations, ses muscles. Lucie le voit, vient vers lui et prend ses mains entre les siennes.

— Tu n'as pas de gants pour travailler ?

— Si mais ils ne sont pas fourrés et Jacques ne chauffe pas encore l'atelier.

Elle approche ses mains, souffle dessus comme une mère ferait à un fils qui vient de jouer dans la neige. L'air chaud et humide réveille ses phalanges, réchauffe son cœur. Il regarde les lèvres roses de la jeune femme, sa bouche, tellement proche de ses doigts. Il sourit timidement, n'ose pas bouger, pas même battre d'un cil.

Elle sent le pain grillé et le café, Joachim craint d'empester le caoutchouc brûlé et la colle.

— Merci Lucie. Il faut que j'y aille, je vais être en retard.

Elle s'interrompt, lâche délicatement ses mains. Il a l'impression par ce geste qu'elle vient de larguer ses amarres et qu'il s'éloigne inexorablement.

— C’est quoi, le programme de la journée ?

— Le nu.

Elle s’étouffe, son œil frise.

— Beau programme. Le modèle ?

— Féminin. C’est Fifi qui pose.

— Belle femme.

Lucie n’attend pas de réponse, elle serait inutile. Joachim la laisse partir vers son bureau, voudrait la retenir, prendre son bras avec la main qu’elle vient de réchauffer, encore entourée de son air suave, mais il ne le fera pas, ne dira rien. Il la regarde disparaître au passage d’une porte, restant le petit garçon que l’on vient de réconforter.

Fifi a déjà posé pour eux, habillée, pour saisir une position, un mouvement, mais son corps ne lui provoque aucune émotion et sa main trahit son détachement. Elle est belle, bien faite, ses formes invitent à la luxure, aux dessins érotiques, mais Joachim la trouve vulgaire et quelconque.

Son trait est lourd, empâté, quand il dessine Fifi, alors qu’il était si naturel de saisir Milena dont les galbes, la grâce tombaient sous le sens du crayon. Le bras, l’épaule, le visage de Lucie sont si faciles à coucher sur le papier, non qu’ils soient simples, banals, au contraire : les traits de Lucie sont si fins qu’une mine même aiguisée les alourdit. Tout lui paraît plus facile que de capter le corps de Fifi. Cela fait partie de l’apprentissage, être capable de tout reproduire pour après choisir ce que l’on veut exécuter.

Il est dix-sept heures.

Joachim a passé la journée assis dans cette salle. Il n'a pas pu représenter correctement ce qu'il avait devant lui. Il se rend compte petit à petit qu'il ne sait pas tout dessiner, qu'il a besoin d'acquérir de la technique pour remédier à un manque d'émotion, d'envie.

Il découvre aujourd'hui le corps féminin à la réalité crue de la lumière du jour, celle des néons sans le filtre d'une nuit d'amour. Il n'avait vu jusqu'ici que des formes brunes, des ombres, celles de Milena, de Carmen, refusant l'éclairage d'une lampe de chevet. Aujourd'hui, dans cette salle, tout est nouveau, le grain, la couleur, la texture du corps nu, celui de Fifi. D'habitude il triche, compense par un souvenir, une sensation. Là, il n'a aucun moyen de la substituer.

Assis face à sa planche à dessin, devant ce nu inerte, Joachim travaille, cherche l'inspiration dans les livres de la renaissance. Mais Fifi n'est en rien une beauté de cette période, elle serait plutôt une muse pour Modigliani, Toulouse-Lautrec. Elle n'est pas dans ces ouvrages, peut-être y sera-t-elle un jour.

— Ça, ce n'est pas toi !

— Je sais mais je n'y arrive pas.

Lucie est penchée au-dessus de lui, son manteau lui effleurant l'épaule.

— Elle est pourtant jolie, la Fifi.

— Oui, mais elle est de ces beautés qui me laissent froid.

— C'est peut-être sa façon de poser qui est froide. C'est un travail, elle ne prend aucun plaisir à le faire. Toi, tu as besoin d'émotion pour peindre les gens, d'affect. Une femme, un homme, ce n'est pas comme représenter un oiseau, un lion, un papillon naturalisé au muséum.

Lucie avance dans la salle, touche le bois des plateaux.

— C'est toi que j'ai envie de peindre, la façon dont tu passes entre ces tables en les effleurant du bout des doigts.

— Mais ça ne va pas ? Je ne vais pas poser nue pour toi !

— Pas nue, juste toi, là au milieu de cette salle, avec ton manteau à la main, comme un prolongement de ton bras. C'est toi *la* femme, pas Fifi ! Aide-moi, Lucie, pose pour moi quelques minutes, le temps que je prenne en modèle ton cou, ton épaule, ton bras. J'imaginerai tes hanches, tes seins, ton ventre.

— Arrête, Joachim !

— Quoi ?

— D'énumérer mon anatomie, de me dire que tu peux m'imaginer nue. Cela me gêne.

— Garde ce regard !

— Lequel ?

— Celui que tu prends quand les choses t'agacent, te troublent. Sois en colère après moi quelques instants.

— Je n'ai pas besoin de me forcer.

Lucie ne dit plus rien, laisse Joachim lui tourner autour avec son esquisse.

— Explique-moi comment tu peux te servir de moi pour dessiner sur le corps de Fifi… je suis en chemisier et en jupe, elle était nue.

— J'ai juste besoin de ta féminité, c'est elle qui m'inspire.

— N'importe quoi ! Il faut que tu distingues au moins mes formes. J'enlève mon chemisier et ma jupe, mais je ne veux entendre aucun commentaire de ta part… et puis tu m'as déjà vue en maillot !

Lucie n'est pas pudique, il le sait, elle a été éduquée au milieu de professeurs prônant une certaine liberté d'expression, de geste. La religion et ses diktats ne définissant en rien sa façon de se vêtir ou de se dévêtir, Lucie a pleinement conscience de son corps, en dispose comme elle veut et fait peu de cas des avis extérieurs.

Elle ôte ses effets, ne conserve que son soutien-gorge et sa culotte.

— Tu peux reprendre ton manteau comme tout à l'heure, s'il te plaît ?

— Comme ça ?

— Oui, laisse-le traîner un peu sur le sol.

Lucie est de trois quarts, n'offrant que son dos et une partie de sa poitrine au regard de Joachim. Elle fixe son reflet dans le miroir situé devant elle, de ceux qui permettent de voir les différentes faces d'un objet, d'un modèle. Elle le regarde comme il le lui a demandé, agacée, troublée, en colère.

Elle joue la comédie car elle n'est plus tout cela, au

contraire, elle apprécie ce moment où elle pose pour lui.

Joachim est concentré sur elle, peut-être qu'il imagine ses fesses, ses seins. Elle aime l'idée que ce garçon derrière elle l'envisage nue.

Il va s'attacher à restituer sa beauté, la sublimer. Sans prévenir, elle dégrafe son soutien-gorge, offrant sa poitrine au peintre.

Joachim ne dit rien, a voulu un moment la reprendre car elle bougeait mais ne l'a pas fait. Ils se regardent par le biais du jeu de miroirs. Il n'aurait pas pu imaginer ses yeux car il ne les avait jamais vus ainsi et encore moins son buste qu'il découvre. Les seins de Lucie sont de petites pommes rose pâle. Il en avait deviné la forme et les savait moins gros que ceux qu'il a déjà tenus dans ses mains. Milena et Carmen possédaient des poitrines généreuses, lourdes, quand celle de Lucie est délicate, blanche, constellée d'éphélides. Ses seins pourraient ressembler à ceux de Fifi par leur taille, mais leur forme diffère, la couleur de leur aréole aussi ; Fifi est brune, son mamelon marqué. Lucie continue à le fixer, le défier, comme si elle voulait capter son attention, tester sa concentration.

Joachim est ému devant le corps de la jeune femme. Beauté juvénile, fière, il pense à la Diane du Jardin des Plantes, celle de Falguière. Elle en a le port de tête hautain, la même poitrine ronde. Elle est peut-être moins trapue que la statue mais tout aussi sensuelle et charnelle. Elle est cette chasseresse, dans son déhanché prononcé, son attitude franche.

Il ne l'a jamais autant désiré qu'à l'instant. Les poètes ont les mots pour décrire cela, l'émotion que procure la beauté au point de vous empêcher de penser, d'agir, subjugué par un spectacle qui vous dépasse.

Lucie en a conscience, elle voulait le surprendre, l'asseoir en se mettant nue face à lui. Elle voulait qu'il la peigne comme il n'avait jamais peint aucune femme, submergé, tremblant presque à l'idée de coucher ses courbes sur le papier.

Joachim n'a pas les mots, il ne les a jamais eus mais il a son art. Et il ne s'y adonne que dans l'émotion. Ce matin il est servi.

Cette fille est un tourbillon. Elle n'a pas posé pour l'exciter, le séduire, mais juste par envie.

— C'est bon, j'ai fini. Tu peux te rhabiller.

— Je peux voir ?

— Oui, si tu veux.

Lucie s'approche en fermant son chemisier. Magnifié par le dessin, par cette prise de risque, son parfum est intense, son visage empourpré par la soudaine timidité de se trouver nue entre les mains de Joachim.

— Ça n'a rien à voir avec la pose de Fifi, ça ne marchera jamais !

— Celui-ci est pour toi. Pour mon exercice, j'imaginerai, tu m'as donné l'inspiration nécessaire.

Lucie regarde le dessin de Joachim, se voit de dos, le manteau prolongeant sa main, le bras légèrement écarté, le miroir renvoyant le reflet de sa poitrine, de ses yeux. Elle ne dit rien, elle savait ce dont il était capable.

— Merci, Joachim, c'est magnifique. Par contre, ça reste entre nous…

— Bien sûr, je t'offre la seule preuve de ce moment d'intimité. Le reste est à jamais gravé dans mon esprit et cela, tu ne peux pas me le reprendre…

27

Mardi 17 février 1942

Joachim avance dans la ville immobile et froide.

Le gel, inattendu et intense, a paralysé Toulouse, blanchi les trottoirs, verglacé la chaussée et emprisonné la Garonne.

En passant le long du quai de la Daurade pour regagner les Beaux-Arts, il observe les bateliers occupés à casser les blocs de glace qui se sont formés autour de leurs embarcations. La Garonne se donne des airs de Neva et Toulouse de Leningrad.

Une carriole de livraison de charbon postée devant l'entrée principale de l'école en empêche l'accès. Les livreurs butent sur le seuil du grand portail, Joachim vient leur prêter main-forte pour pénétrer dans la cour et libérer le passage.

Le gaz de ville a beau alimenter le chauffage et l'éclairage du bâtiment, des poêles à charbon ont été conservés dans les pièces les plus spacieuses pour leur côté pratique et économique – il n'y a pas plus rapide pour dégeler les encres et les doigts.

Comme à chaque fois qu'il vient suivre des cours, Joachim s'arrête à la bibliothèque, officiellement pour ramener des livres et en prendre de nouveaux, officieusement pour apercevoir Lucie. Il aime voir le large sourire de la jeune femme illuminer son visage. Terni lors de son retour de Paris, il est à nouveau là et réchauffe Joachim plus que n'importe quel poêle à charbon.

— Les gants que je t'ai offerts à Noël doivent être appréciables, en ce moment…

— Je ne te remercierai jamais assez. C'est un beau cadeau très utile.

— Ce n'est rien, tu me faisais de la peine quand je te voyais entrer ici les doigts engourdis. Tu es venu rendre des livres ?

— Oui, ceux sur Turner. Tu aurais quelque chose sur Fra Angelico, nous travaillons sur la maîtrise de la lumière chez les grands maîtres.

— Oui, j'ai des documents sur lui et sur les peintres qui l'ont côtoyé, comme Lorenzo Monaco, Masolino, Paolo Uccello et Zanobi Strozzi.

— Parfait.

Lucie part au milieu de ses linéaires, Joachim essaie de deviner où elle se trouve.

— Lucie ? Tu m'entends ?

— Oui, je cherche mais tu peux continuer à me parler.

— Tu serais disponible ce soir pour faire du patin à glace ?

— Quoi, du patin ? Tu sais en faire ?

— Non et toi ?

— Un peu.

— Tu pourrais me montrer, le grand bassin du Boulingrin est complètement gelé et ils en louent dans un kiosque à côté.

— Ça pourrait être chouette. Passe me chercher à la fin des cours.

Joachim s'avance vers les salles de cours, Lucie l'interpelle.

— Tu oublies tes livres !

Elle les lui tend en souriant.

— C'est un rendez-vous que tu me proposes ?

Joachim rougit, hésite à répondre.

— Mais non, c'est juste une sortie entre copains, qu'est-ce qu'il t'arrive de penser ça ?

— Ne rougis pas comme ça, c'est pour plaisanter ! À ce soir, bonne journée !

Joachim s'en veut d'avoir montré que cela pouvait avoir de l'importance pour lui, qu'elle pouvait le désarçonner en deux mots.

Ils marchent, silencieux, l'un contre l'autre, dans l'obscurité naissante d'une fin d'après-midi d'hiver. Elle tient son bras, le serre contre elle pour se rassurer. La neige a fondu laissant place au verglas, et les escarpins de Lucie sont beaucoup plus indiqués sur les parquets cirés de l'École des beaux-arts que sur l'asphalte gelé.

« Tout à l'heure, sur les patins, c'est toi qui me tiendras. »

Il sent les mains de la jeune femme enserrer son biceps, il ne peut s'empêcher de le contracter, de bomber le torse, comme s'il voulait paraître plus fort, tel un roc auquel elle peut s'accrocher. Même si ce n'est que pour l'aider à marcher sans risquer de déraper, il est heureux d'avoir une aussi belle femme à son bras. Les passants les regardent, doivent trouver qu'ils forment un joli couple, il ne les contredira pas. Elle se blottit, cherche en plus d'un point d'ancrage un peu de chaleur. Elle lui parle de si près qu'il sent son souffle chaud contre lui. Il aimerait que cet instant dure une soirée entière, se promener avec Lucie comme s'ils étaient vraiment ce couple.

Sur les allées du Maréchal-Pétain,[2] des enfants jouent à se lancer des boules de neige, à faire des glissades. Encadrant la longue esplanade au bout de laquelle est érigé le monument aux morts, elles sont le théâtre des défilés et de la propagande du gouvernement de Vichy. Ce soir le Secours national, placé depuis la création de

2. Nommées ainsi à l'occasion de la visite à Toulouse du chef du gouvernement de Vichy les 5 et 6 novembre 1940, elles sont baptisées depuis 1944 *Allées Forain-François-Verdier* en hommage au héros de la Résistance.

la zone libre sous l'autorité du chef de l'État, y organise une distribution de soupe et de marrons chauds. L'odeur est agréable et leur fait envie mais ils ne s'arrêtent pas, Lucie fuit tout ce qui cautionne le régime.

— Il serait capable de tous nous vendre et jusqu'à notre âme pour garder la face et son pouvoir.

Joachim pose son doigt sur la bouche de Lucie.

— Chut ! Tu ne sais pas qui peut t'entendre, les oreilles sont partout.

Lucie et Joachim accélèrent le pas pour regagner au plus vite le Boulingrin et sa patinoire improvisée à l'autre extrémité des allées.

— Lucie, il faut que tu apprennes à tempérer tes émotions. Le service d'ordre légionnaire est présent partout, ton voisin, le boulanger, les employés de l'administration. Jacques m'a encouragé à être vigilant.

— Je n'ai pas envie de baisser la tête, de me plier à tout ça.

— J'ai appris à faire profil bas. Laisser dire, ce n'est pas forcément cautionner.

— Prendre cela comme si c'était normal, le tolérer… à force nous allons accepter des choses horribles sans nous en rendre compte.

— Malheureusement, je pense que cela ne fait que commencer. Le plus terrible, comme dans mon pays quand les fascistes ont gagné, ce sont les gens cachés, les invisibles, les insignifiants, ce sont ceux-là les pires, ceux qui cherchent à exister. Lucie, je suis Espagnol, à moitié Gitan et communiste, ils n'attendent qu'un faux pas de ma part pour me sauter dessus. Je ne peux pas risquer de compromettre les personnes auxquelles je tiens. S'il t'arrivait quelque chose à cause de moi, je m'en voudrais à jamais.

Lucie prend sa main, la caresse par-dessus la laine de son gant.

— Nous prendrons soin l'un de l'autre, comme nous l'avons toujours fait.

— J'espère que ça suffira.

28

14 juin 1942

Pétain, devant un parterre d'hommes en noir, remet solennellement le drapeau de la Légion à la section de Toulouse-Pyrénées.

Légionnaires,

Vous allez recevoir le drapeau de la Légion.

François Valentin parlait de vous avec fierté et vous aviez pour lui le même sentiment.

Si je suis venu aujourd'hui vers vous, c'est pour vous redire que je reste votre chef, le président effectif de la Légion, et que je veux être en contact plus étroit avec vous que je ne l'ai été dans le passé.

Je désire, en outre, que partout où je me rendrai en France le chef de la Légion le plus proche se présente à moi d'autorité.

Chaque légionnaire doit savoir qu'il a en moi un père, un ami.

En revanche, vous m'aiderez à faire accepter par tous les principes de la Révolution nationale, sans lesquels on ne peut attendre nul relèvement spirituel ou matériel de la France.

Lorsque je parle de l'union entre tous les Français, faites que mes paroles ne tombent pas dans le vide.

Aidez-moi à réaliser cette union si nécessaire au salut de la France.

— Regarde-moi tous ces cons qui l'applaudissent ! Comme s'ils croyaient sauver leur cul de collabos en paradant devant lui. Les *chiens* des Allemands, voilà ce qu'ils sont. Avec son discours, il donne les pleins pouvoirs à ces fascistes de la Légion.

Jacques regarde un énième défilé du service d'ordre légionnaire.

Pétain et Bousquet sont de la fête.

— C'est la deuxième fois qu'il vient, ce vieillard, et sûrement la dernière.

— Pourquoi tu dis ça ?

— Qu'est-ce que tu crois ? Que les Allemands vont laisser à ces cons une partie de leur empire ?

— Mais…

— Ils ont récupéré notre métal pour fabriquer les bombes destinées à nous asservir, ils réquisitionnent la nourriture, et on doit leur fournir des travailleurs. Les gars du parti ont eu des informations sur des rafles organisées dans certains pays.

— Des *rafles*, c'est quoi ?

— Les nazis rassemblent des gens qu'ils considèrent comme inférieurs à eux et les internent dans des camps pour les faire travailler, comme des esclaves.

Joachim repense aux camps dont lui ont parlé les réfugiés républicains qu'il a pu croiser dans les rues. Ces baraquements en bois où les individus sont entassés, parqués comme des bêtes.

— Qui sont ces gens ?

— Des prisonniers de guerre, des Tziganes, des Juifs.

Joachim se glace, essaie de ne pas le montrer.

— Des *Juifs* ?

— Oui tu ne sais pas ce que c'est ?

— Non, il n'y en avait pas là d'où je viens. J'ai entendu parler de quartier juif dans certaines villes mais je ne savais pas que cela désignait des personnes. Qu'est-ce qu'ils ont de particulier ?

— Je n'en sais rien, le nom peut être, le nez…

— Le nez ?

— Oui, il paraît qu'il est différent.

— Et moi, Jacques, tu trouves que je suis différent ?

— Pourquoi, tu es Juif ?

— Non.

— Toi, tu es Espagnol. Ça ne se voit pas sur ta trombine, il ne faut pas que tu parles, et encore, quelquefois tu pourrais passer pour un Français.

Joachim pense à cet instant à ses origines gitanes. Celles-ci lui ont sauvé la vie, à Malaga, à son arrivée à Toulouse, elles lui ont permis de manger, d'avoir un toit.

— Regarde-moi ces fils de putes avec leur béret noir de guingois et leur uniforme, aujourd'hui ils défilent pour Pétain, soi-disant pour la grandeur de la patrie. Demain, si les boches arrivent, ils retourneront leur veste et feront la même chose, et ceux qui les applaudissent sur les trottoirs les suivront.

— Jacques, je peux m'absenter ? J'ai une course urgente à faire.

— Si tu veux. Qu'est-ce qu'il t'arrive ?

— J'ai des gens à voir.

La circulation est interdite, la population s'est massée sur les boulevards pour voir Pétain et Bousquet, laissant les autres voies désertes. Joachim court au milieu de la chaussée, remonte la rue de Metz, le Pont-Neuf jusqu'aux deux piliers marquant l'entrée du camp à Saint-Cyprien. Il s'arrête, hésite et entre.

Il n'est pas revenu ici depuis qu'il a quitté Carmen. Il ne sera pas le bienvenu, le chef va le chasser, mais il doit les prévenir, faire fi des crachats, des quolibets.

Il passe le portail, des enfants le reconnaissent, l'appellent, lui disent qu'il leur a manqué, lui demandent pourquoi il est parti. Il ne répond rien, leur sourit, leur serre la main, soulève l'un d'eux, s'étonne de voir à quel point il a grandi depuis son départ. Pour ces gamins il est toujours un des leurs, il n'en va pas de même pour les adultes.

Carmen est là, le laisse avancer, assombrit ses yeux pour lui montrer qu'elle lui en veut encore cruellement. Joachim sait que ce regard est plein d'esbroufe et qu'elle ne pourra jamais le haïr complètement.

— Qu'est-ce que tu fais ici, *gadjo* ?

— Carmen, ne m'appelle pas comme ça, tu sais que c'est faux. Je suis venu pour vous prévenir. J'ai eu des informations sur des rafles dans la zone occupée et dans d'autres pays. Les Allemands enferment les Tziganes dans des camps.

— Qu'est-ce que tu veux que l'on fasse ? Partir ? Pour aller où ? En Espagne, en Italie c'est la même chose, ici tant qu'il y a Pétain, il ne se passera rien.

— Tu te trompes, il doit rendre des comptes aux nazis et il vous vendra, comme le métal, comme les Juifs, pour gagner du temps.

— J'en parlerai au chef.

— Carmen, quitte le camp, cache-toi. Viens chez moi le temps que tout cela se calme.

— Je ne peux pas abandonner les miens. Je ne suis pas comme toi, je ne suis pas *à moitié* Gitane…

— Carmen, ne me juge pas comme ça, je ne vous ai pas abandonnés ! Ni toi ni les autres. Je ne t'ai jamais trompée, il ne s'est jamais rien passé avec *elle*. Je te respecte trop pour te mentir. Tu as été importante pour moi mais les sentiments nous échappent, c'est comme ça.

— Joachim…

Carmen hésite, une petite fille tire son bras pour qu'elle avance.

— Quoi ?

— Non, rien. Merci d'être venu.

— Carmen… Partez ! Personne ne viendra vous sauver.

29

Dimanche 30 août 1942

Les bicyclettes de Lucie et Joachim sont posées à la va-vite au bord du chemin qui mène à la plage, comme si la fraîcheur du fleuve ne pouvait attendre.

Il fait déjà chaud, de ces journées où l'air est rare et le soleil tape fort dès les premières heures.

Ils ont décidé de passer ce dimanche ensemble, aux abords de la guinguette *Le Bellevue*.

Ce matin, les cheveux encore humides d'une douche rapide, portant une robe bleue avec des petites dentelles, Lucie est simplement belle, comme peuvent l'être les femmes en été, légères, futiles, détachées de la lourdeur du monde.

Joachim l'avait suivie le long du chemin des Étroits, baigné de son rire tandis qu'elle affichait le petit air espiègle qu'elle a quand elle fait du vélo, comme si elle retrouvait l'espace d'un instant un jeu d'enfant.

Il connaît la capacité de son amie à s'embraser d'un rien, à bousculer les choses. Ces derniers temps, le climat de la France l'a pourtant contrainte à plus de modération et de sobriété.

Là, les pieds dans l'eau, appuyée à la branche basse et polie d'un saule, elle retrouve cette joie qui est la sienne depuis toujours.

La plage est bondée de familles, de jeunes qui pique-niquent, jouent dans l'eau. Les plus intrépides sautent du pont de chemin de fer qui les surplombe.

Tout paraît si loin, l'oppression de la ville, l'Occupation, le quotidien. Les nouvelles sont mauvaises et les hommes de Pétain de plus en plus zélés.

Lucie a retrouvé des amies de l'École normale, des collègues des Beaux-Arts avec qui elle discute. Joachim ne connaît pour ainsi dire personne, quelques visages du magasin, peut-être des membres du parti. Il ne s'est jamais vraiment demandé qui sont ces gens qui viennent régulièrement voir Jacques sans rien acheter. On lui a appris à ne pas poser de questions et à répondre de façon concise.

Il reconnaît toutefois un peu plus loin des élèves de l'école, il les salue. Ils l'ont sans doute vu arriver avec Lucie, *la bibliothécaire des Beaux-Arts*. Ils doivent déjà en faire des gorges chaudes et il n'a aucune envie d'alimenter leurs ragots.

Il installe leurs serviettes et le panier de pique-nique sous un aulne, assez près de l'eau pour en sentir la fraîcheur et les effluves légers de vase.

Lucie a ôté sa robe, l'a étendue sur un rocher rond à côté d'elle. En la rejoignant, voyant les épaules nues de la jeune femme, ses jambes, il repense au dessin, au miroir.

— Qu'est-ce qu'il y a ?

— Non, rien.

— Tu as un sourire de débile sur le visage… Tu m'as déjà vue en soutien-gorge, et même plus, imbécile.

— Nous, les garçons, il nous en faut peu pour nous faire tourner la tête.

— Pff, si j'avais su je ne serais pas venue. Je vais me rhabiller.

Joachim attrape la main de Lucie.

— Non ! Tu as raison, je suis un imbécile. Reste…

La jeune femme en se retournant glisse sur les cailloux et entraîne Joachim. Il manque de tomber et vient s'agenouiller près d'elle.

Les yeux dans les yeux, assis dans l'eau cristalline de la Garonne, ils se croient ailleurs, loin du quotidien où ils ne sont que des amis. Là, accompagnés des cris des autres jeunes, de la musique, ils sont deux adultes profitant de la vie, exerçant leur pouvoir de séduction l'un sur l'autre.

— Comment tu fais ?

— Comment je fais *quoi* ?

— Pour me regarder comme ça…

— C'est-à-dire ?

— Quand tu me regardes, j'ai l'impression que c'est toujours comme une première fois, comme le jour où tu as posé les yeux sur moi à la maison, quand en ouvrant la porte je t'ai vu avec les affaires de mon frère.

— Tu t'en souviens ? Tu m'as troublé, ce jour-là…

Joachim la fixe, de cette habitude qu'ont les Gitans de sonder l'âme des personnes. Elle soutient son regard un instant et soudain baisse les yeux.

— Tu viens te baigner ?

— Non, je nage comme une pierre. Vas-y, je reste au bord.

À l'instar des filles des villes, Lucie a appris à la piscine municipale toutes les nages de façon académique. Joachim arrive tout juste à ne pas couler à pic et ne s'éloigne que rarement de l'endroit où il a pied. En Espagne, les filets d'eau où il se rafraîchissait avaient très peu de débit et les vasques n'excédaient jamais un mètre de profondeur.

Assis sur un rocher, il observe les autres se baigner, s'accrocher à des pneus pour flotter, passer des rapides. Le vol lourd d'un héron que l'on vient de déranger rappelle que les lieux sont en temps normal le domaine des échassiers et des ragondins.

Il sort de l'eau, s'allonge, ferme les yeux. La guinguette commence à passer de la musique pour danser, les gens ont fini de manger, le vin les a rendus moins timides. Du tango, du swing, du Charles Trenet.

Il ne peut s'empêcher de battre la mesure de ses doigts. La musique lui manque, l'instrument lui manque, il n'a pas ouvert son bandonéon depuis longtemps et se dit qu'en rentrant ce soir il en jouera quelques notes.

L'entendre à nouveau, ressentir ses vibrations…

Lucie est venue s'allonger sur sa serviette. Il sent la fraîcheur de son corps, entend sa respiration. Elle est légèrement essoufflée.

Il regarde le fleuve, celui-ci l'impressionne, le subjugue, inspirant tour à tour la quiétude et la puissance. Joachim est bien sous l'ombre protectrice des aulnes et des peupliers, goûtant aux fruits sucrés de l'été, l'insouciance, la légèreté.

Lucie entortille ses cheveux, essayant de les attacher avec un morceau de bois.

— On ne peut pas maîtriser le feu, lui dit Joachim.

— Je n'ai jamais aimé leur couleur, j'aurais voulu les avoir noirs, comme les autres.

— Mais justement, tu n'es pas *les autres*. Il te fallait une chevelure différente.

— Mais là, c'est roux.

— Il n'y a pas de doute, c'est roux.

— Quand j'étais petite, je croyais que ça m'empêcherait d'être vraiment heureuse. En plus j'étais la seule rousse de la famille, mes parents sont bruns, Pierre l'était aussi. Je pouvais imaginer mes autres défauts différemment, teinter mes yeux de noisette, faire disparaître mes taches de rousseur, les atténuer.

— J'adore tes défauts. J'aime suivre les constellations de ta peau, me perdre dans tes yeux verts se teintant parfois de gris, suivant les variations de la lumière et de tes humeurs. Tu me parles de *défauts*, je ne vois que de merveilleux détails.

Lucie ne dit rien, Joachim sait qu'elle vient de rougir sous son chapeau de paille.

— Tu veux que nous rentrions ?

— Quelle heure est-il ?

— Vingt heures.

— Il fait encore chaud et j'ai envie de profiter de cette belle journée jusqu'au bout.

Joachim regarde les vélos posés l'un sur l'autre.

— Viens, je vais te montrer un endroit d'où on pourra voir un coucher de soleil magnifique.

Joachim et Lucie laissent l'agitation de la guinguette pour regagner les coteaux de Garonne.

— Attache ton vélo au mien, il faut descendre un peu dans la pente mais ce n'est pas loin.

Le sentier est légèrement tracé comme celui d'un lieu secret qui ne l'est plus vraiment. Ils arrivent après quelques minutes de marche sur le tertre d'une conduite forcée, celui du captage des eaux pour la commune de Goyrans. La vue est imprenable sur la plaine de Garonne, les Pyrénées.

— Tu as raison, l'endroit mérite le détour. Qui te l'a fait découvrir ?

— Un client de l'atelier qui est employé à la ville. Il me dit qu'il vient souvent ici avec sa famille pour faire des grillades. Il n'y a jamais personne à part des amoureux qui connaissent le coin.

— Comme nous, susurre Lucie en posant sa tête furtivement sur l'épaule de Joachim.

Joachim rougit, ne dit rien. Assis tous les deux face au soleil qui décline, silencieux, émus par ce qu'ils sont en train de vivre.

Joachim profite de cette parenthèse qui semble vouloir s'étirer.

Viennent à lui les odeurs de fenouil sauvage, de thym, de figuier qui se mélangent le soir venu à celles de la journée, du fleuve, de la jeune femme à ses côtés.

La main posée sur l'herbe rêche de la fin de l'été, Joachim sent celle de son amie toute proche. Il hésite, sait qu'ils se sont touchés, effleurés toute la journée, depuis des mois même, mais que si ses doigts viennent prendre ceux de Lucie à cet instant, cela changera à jamais leur relation. Son cœur frappe sa poitrine comme s'il voulait en sortir, comme un décompte dans sa tête, un, deux, trois… leurs doigts se frôlent, se caressent, s'enserrent, comme s'ils se trouvaient pour la première fois.

Lucie pose tendrement sa tête sur l'épaule de Joachim mais cette fois-ci s'attarde.

Joachim ne dit rien, continue de serrer les doigts de Lucie entre les siens.

Lucie tourne le visage de Joachim vers elle…

— Tu recommences à le faire.

— Quoi ?

— À me regarder comme si c'était la première fois, comme si tu avais peur que ce soit la dernière.

— C'est dans mes gènes, dans mon cœur. Lucie, depuis le jour où tu m'as ouvert la porte, que tes yeux en amande se sont posés sur moi, j'ai pensé aux vers d'Éluard que m'avait appris ton frère, les plus merveilleux que j'aie jamais lus :

La courbe de tes yeux fait le tour de mon cœur,
Un rond de danse et de douceur,
Auréole du temps, berceau nocturne et sûr,
Et si je ne sais plus tout ce que j'ai vécu
C'est que tes yeux ne m'ont pas toujours vu.

J'ai l'impression d'avoir attendu une éternité avant de pouvoir te les dire alors qu'ils me brûlent les lèvres à chaque fois que je te vois.

— Tu as bien fait d'attendre, ils n'auraient pas eu la même saveur.

Lucie s'approche, embrasse Joachim, un simple baiser, presque sur la pointe des pieds, le plus petit baiser qu'il ait jamais reçu, peut-être le plus petit baiser du monde, mais celui-ci a le goût sucré de l'attente que l'on vient enfin de combler, du melon qu'elle vient de manger à l'instant.

L'aube s'est levée sur leurs corps nus, blottis l'un contre l'autre, entourés d'une légère rosée, celle qui se dépose au petit matin dans les derniers jours du mois d'août.

Joachim n'ose pas bouger, son bras autour de la poitrine de Lucie, le torse contre son dos. Il ne veut pas la déranger, la sortir de ses rêves. Il respire ses cheveux encore une fois, le parfum de sa nuque, celui de ses aisselles, il se gorge d'elle comme si elle risquait de disparaître.

Trop tard, elle s'étire, se réveille. Elle se tourne vers lui, offrant ses seins, blottissant son visage contre sa poitrine. Ils semblent chercher le corps de l'autre sans trop y croire, tous deux s'extirpant doucement d'une nuit sans sommeil, une véritable nuit d'amour, à s'étreindre, à se confier.

Tendres, feutrés au départ, comme leur premier baiser, ils avaient laissé parler leur désir de se prendre, de posséder leurs corps à coups de langue, à coups de reins.

Seuls, ils avaient passé leur première nuit là, aux portes de leur monde et n'avaient aucune envie d'y retourner.

Joachim regarde à cet instant Lucie, les yeux encore ensommeillés, sa bouche où il s'était perdu dessinant un large sourire de bien-être.

— As-tu bien dormi ? Tu n'as pas eu froid ? lui susurre-t-il.

— Oui, j'étais bien dans tes bras, en sécurité. Mais pourquoi parles-tu si doucement ?

— Je ne sais pas, j'ai peur de réveiller les choses, que tout se disperse d'un coup sur une intonation trop forte. Il y a des moments, comme l'amour, que l'on murmure.

Lucie l'embrasse à nouveau, Joachim la prend dans ses bras.

— Il faut que nous rentrions, ton père va s'inquiéter.

— Tu as raison, répond Lucie la voix éraillée d'une nuit à la belle étoile.

Elle se lève, regarde poindre l'aurore comme une naissance.

Joachim l'observe marcher sur le tertre, le fleuve, la ville à ses pieds.

Il la rejoint, la prend dans ses bras, l'embrasse à nouveau, par envie, pour vérifier si elle ne regrette rien de cet abandon.

— Tu ne peux savoir combien de fois j'ai désiré poser mes lèvres sur les tiennes, te tenir la main, plonger ma tête dans le creux de ton cou.

Lucie met son index sur la bouche de Joachim, sourit.

— Il me fallait le temps, celui de te voir comme l'homme que tu es. Il te fallait la clé.

Pendant que Lucie se rhabille, Joachim admire la plaine, les méandres de la Garonne, la rive sablonneuse. À cette heure, l'endroit est désert, les échassiers blancs ont repris possession des lieux. Il imagine des sangliers, des lapins profitant de l'absence des baigneurs pour venir s'abreuver. Au milieu de la nature, seul, n'entendant rien de l'activité humaine, il a l'impression d'être au premier matin du monde. Il lève les bras au ciel, s'étire, inspire l'air doux. Il aimerait fuir, emmener Lucie dans un endroit où il n'y aurait qu'eux deux, un endroit pour les femmes et les poètes. Ce lieu doit exister quelque part dans le monde, mais il est loin, très loin.

Les hommes ont décidé d'armer tous les pays, de mondialiser les conflits, les drames. Regardant Lucie, il essaie de se satisfaire du plaisir de l'instant, de ne pas penser à autre chose car la recherche d'un bonheur plus grand serait un leurre.

— Qu'est-ce qui t'arrive ? Tu as l'air songeur…

— Non, ce n'est rien. J'étais ému par le paysage.

— C'est vrai que c'est magnifique. Et puis maintenant, c'est un peu *notre endroit*.

Joachim et Lucie commencent à marcher sur le sentier. Le jeune homme se retourne, observe le tertre, s'attarde sur l'emplacement où ils étaient couchés, leurs formes sur l'herbe tendre encore visibles comme un souvenir, une preuve qu'il n'a pas rêvé l'instant, qu'ils étaient bien là, seuls, blottis l'un contre l'autre.

— Où étiez-vous ? Nous vous avons cherchés partout. Joachim, je te faisais confiance pour ramener ma fille !

La voix, l'intonation de Charles n'est pas celle de l'inquiétude d'un père pour l'innocence de sa fille. Non, il est à bout, paniqué, comme s'il avait eu peur, cette nuit, de la perdre complètement.

— Papa, je suis grande, et puis j'étais avec Joachim, tu le connais. Nous nous sommes fait surprendre par la nuit alors que nous regardions le coucher du soleil et, n'ayant plus d'éclairage et la soirée étant chaude, nous avons préféré dormir à la belle étoile, loin de la ville.

Joachim laisse son amie mentir, elle le fait si bien, et lui en est incapable.

— Joachim, il y a eu une rafle cette nuit dans le camp gitan, ils ont embarqué tout le monde, j'avais peur que tu sois là-bas avec ma fille, c'est pour cela que j'ai paniqué.

Il s'arrête, comme s'il voulait laisser le temps à Joachim de comprendre le sens de ses mots.

— Je suis désolé, Joachim.

— Vous savez où ils les ont emmenés ?

— D'après les informations que l'on a, ils les parquent dans des camps mais je ne sais pas ce qu'ils font d'eux ensuite. Ils doivent les envoyer aux travaux forcés en Allemagne.

— Les femmes, les gosses, les vieillards ? Tu crois vraiment que tous partent travailler ?

Joachim ouvre la porte.

— N'y va pas, ils doivent être encore là-bas à guetter ceux qui reviennent au camp.

— Je me cacherai, mais il faut que j'aille voir.

— Je viens avec toi, Joachim, lui dit Lucie en prenant sa main.

Charles essaie de la retenir, Joachim de la dissuader. Mais ils savent que la jeune femme a pris sa décision et qu'elle fera, comme toujours, ce qu'elle veut.

Debout, au milieu de la foule des badauds, Joachim reste anonyme, la casquette vissée sur la tête, cachant ses yeux humides. Lucie tient sa main, pour le soutenir, le retenir, éviter qu'il entre dans le camp, se jette dans la gueule du loup.

Tout est resté, les jeux des enfants, les malles. Ils n'ont rien emporté, comme s'ils allaient revenir dans quelques heures, de retour d'une balade. Au milieu des roulottes, des tentes, le temps est comme suspendu. Il ne reste que les chiens et les chats.

— Il faudrait libérer ces pauvres bêtes de leurs chaînes, s'émeut un individu à côté de lui.

— J'y vais.

Joachim regarde Lucie, c'est plus fort que lui et le prétexte est tout trouvé. Il entre avec deux autres hommes dans le camp et s'approche d'une des niches. Le bâtard qui garde l'accès le reconnaît, lui saute dessus. Joachim le caresse, le rassure, fait comme s'il était normal que la bête soit aussi affectueuse avec lui.

Il le détache, pose le collier au sol et continue à marcher dans le camp.

Tout le monde a disparu, emporté. Ce qui choque Joachim n'est pas tant l'absence, mais le silence. Un silence assourdissant dans ce lieu habituellement en proie à l'agitation, aux cris, aux chants, où les enfants sont rois et les gens ne peuvent se parler sans se hurler dessus. Les Gitans ne font rien sans bruit, sans excès. Ils s'aiment, se haïssent, vivent, meurent dans le tumulte.

Il pénètre dans le bâtiment principal, le seul en dur, inamovible, celui du chef où il dormait avec Carmen. À part des chaises renversées, une assiette brisée, aucun signe de lutte, de fureur. Des verres presque pleins sur les tables, des braises qui rougissent encore au milieu des cendres témoignent de l'effet de surprise, comme s'ils avaient été sidérés par la venue des légionnaires de Pétain, qu'ils n'avaient cru ou voulu croire à cela.

Il avance, rejoint ce qui était sa chambre avec Carmen. Rien n'a changé, c'est la même petite pièce qu'au temps de leur idylle. Les dessins de Joachim ornent encore les murs gris, celui de Carmen avec son ours, des enfants du camp, du chef à table près du feu. Ils sont tous là.

Par terre, Carmen a laissé ses affaires, elle n'en avait pas beaucoup mais n'en a emporté aucune. À côté de ses robes, celles d'une petite fille, peut-être celle qui lui tirait le bras quand elle lui parlait la dernière fois.

Joachim s'assied sur le matelas, se remémore la douceur de Carmen, son regard bienveillant, sa façon de faire l'amour. Il palpe son pendentif, l'enlève de son cou et l'accroche à la poignée de la fenêtre avec cette envie de laisser là une partie de lui, avec le reste, les effets de Carmen, le lit, leurs visages et leurs rires.

Il entend du bruit dans la pièce voisine. Il se lève d'un coup, se fige. Il écoute. On pousse les assiettes, fait tinter les verres. Il passe la tête à la porte et voit le chien en train de lécher les restes. Il l'a suivi jusqu'ici comme un ultime espoir. Il a dû tous les voir partir, s'éloigner, le laissant au bout de cette corde, espérant que quelqu'un le détache, ne sachant pas qu'elle lui sauvait la vie. Joachim décroche le dessin de Carmen et de son ours et le fourre dans sa poche.

— Qu'est-ce que tu fais ici, toi ?

Un membre de la Légion française le menace avec une matraque. Joachim lève les mains en l'air, baisse la tête.

— Je suis venu avec deux autres gars libérer les chiens qui étaient attachés. On ne pouvait les laisser crever de faim, celui-ci a dû vouloir rentrer voir ses anciens maîtres dans cette maison et je suis venu le récupérer.

— Qui me dit que tu n'es pas l'un des leurs ?

— Je suis Espagnol, pas Gitan. Je travaille dans un magasin de cycles rue de Metz, vous pouvez vérifier.

— Laisse tomber. T'entends son accent ? C'est un putain d'*Espingouin*. Allez, dégage ! s'écrie un de ses acolytes qui vient de le rejoindre.

— Vous serez peut-être les prochains à partir ! renchérit le premier.

Joachim passe devant eux sans rien dire, continue à baisser la tête. Le légionnaire fait mine de le frapper avec sa matraque. Joachim accélère le pas, ils éclatent de rire devant cet homme qui fuit.

— Appelle ce sac à puces ou on lui file une raclée !

Joachim siffle le chien et sort du camp.

Lucie vient vers lui. Il a le cœur qui bat, de peur, de rage. Elle sent son désarroi, se serre contre lui. Joachim continue à avancer comme si les deux combattants l'observaient encore.

Des larmes coulent sur ses joues, il les laisse creuser des sillons. Il se dit que ces hommes, comme ceux qui l'ont insulté au port de Vénasque, ne méritent pas sa haine, ce serait leur donner trop d'importance.

Lucie marche à côté de lui, respecte son silence. Joachim regarde le chien les devancer d'un mètre, se retourner vers eux pour vérifier s'ils sont bien là.

— Je crois que j'ai hérité d'un colocataire.

— Comment vas-tu l'appeler ?

— Je n'en sais rien, tu as une idée ?

— *Chance*, en espagnol, ça se dit comment ?

— *Suerte*.

— C'est pas mal…

— Si tu veux.

Joachim se perd à nouveau dans les méandres de ses pensées. Lucie se souvient de ce regard, il avait le même en arrivant à Toulouse, un voile de mélancolie recouvrant la noirceur de ses yeux de Gitan.

— Tu penses à elle ?

— Oui, je me demande où elle peut être, si elle est en vie, ce qu'elle va devenir. Elle a été importante pour moi. Grâce à elle, je peux dormir, je ne fais plus de cauchemars.

Assis sur les marches de l'Hôtel-Dieu, face aux Beaux-Arts, son bandonéon entre les mains, le quartier gitan dans son dos, Joachim ne pouvait pas être à un autre endroit ce soir.

Spontanément les premières notes de *Por une cabeza* viennent à lui.

Lucie et Suerte sont là aussi, quelques marches au-dessus, silencieux et attentifs. Elle a conscience de son trouble, de sa mélancolie mais n'intervient pas, le laisse avec ses fantômes. Elle est le présent de Joachim, pas son passé.

Il y a vingt-quatre heures, elle l'avait uniquement pour elle. Voilà qu'elle le partage, le laisse à une autre, sans jalousie aucune. Comment pourrait-elle l'être d'un souvenir, d'une disparue ?

De l'entendre jouer, chanter cette chanson gitane, elle sent les larmes monter. Elle ne connaît pas Carmen. Elle l'a croisée une fois tout au plus mais elle lui est reconnaissante pour ce qu'elle a fait. Si elle aime Joachim aujourd'hui, plus que lors de leur première rencontre, elle le lui doit. Son destin tragique, sa vie, sa disparition, tout cela transpire dans le flamenco de Joachim, dans sa complainte.

Il chante à mi-voix pour ne pas risquer de se faire dénoncer. Il serait arrêté et rejoindrait forcément Carmen, mais il ne pourrait pas la sauver.

— C'est magnifique.

— C'est une chanson gitane que chantait mon père. Elle parle du langage des yeux. C'est la première que j'ai appris à jouer.

Lucie descend les quelques marches qui le séparent de Joachim.

— Tu en connais d'autres ?

— Mon père adorait Carlos Gardel. Je prenais le bandonéon, lui se mettait à sa guitare et nous chantions, sous la pergola de vigne vierge à la maison, ou avec les autres autour du feu quand nous cherchions de la glace. Mon père ne parlait pas beaucoup, ne montrait jamais vraiment ses sentiments, *les hommes ne pleurent pas, ne parlent pas pour rien*. C'est pour cela que le regard est important, il permet de dire les choses sans utiliser les mots. Pour la musique, le tango, le flamenco c'est pareil, on a les paroles et les notes des autres pour exprimer un sentiment personnel.

Les accords de *Por una cabeza* s'enchaînent, glissent, les doigts de Joachim jouent comme un souvenir.

Les paroles lui font du bien, sa langue maternelle lui manque quelquefois. Cela a beau être celle d'un pays qu'il a quitté, qu'il veut oublier, c'est la langue de son père, de sa mère. Elle le rattache au souvenir de Maria, à la douceur de l'enfance. Le temps de ces quelques notes, Joachim n'est plus là, sur les marches de l'Hôtel-Dieu, il est sous la pergola, sentant l'odeur des vignes, des figuiers, de la terre de la Sierra.

Il entend des applaudissements. Deux spectateurs appuyés sur le parapet du pont lui crient *¡Gracias!* Il soulève sa casquette, eux lèvent le poing.

Les regardant, il commence à jouer quelques notes, les applaudissements redoublent, un troisième badaud se joint à eux.

Un instant retrouver la fierté. Ils chantent sur la musique de Joachim, appuient sur les mots *¡No Pasaran!* Pour une fois, lever la tête, arrêter de baisser les yeux, de porter comme une croix la défaite, l'exil. Joachim sait qu'un jour viendra où l'idéalisme vaincra, quelqu'un le lui a dit, cela prendra plus de temps, c'est tout.

Les trois hommes sur le Pont-Neuf agitent leur casquette, crient une dernière fois *¡No Pasaran!* et s'en vont. Le service d'ordre légionnaire est plein de zèle et il ne faut pas lui donner trop d'arguments. Donnez du pouvoir à un lâche, un pleutre, il deviendra un tyran.

Il s'arrête de jouer, pose le bandonéon sur ses genoux. Lucie prend son bras, le serre contre elle, pose sa tête sur son épaule.

Joachim prend une grande inspiration, sent les effluves de Lucie, de la ville, du fleuve. Ces odeurs de fin de journée d'été, encore emplies de bouffées chaudes mais dont la disparition du soleil de plomb a libéré la nature.

30

Mercredi 20 janvier 1943

Les troupes allemandes ont passé la ligne de démarcation le 11 novembre, comme un symbole. La défaite, l'humiliation jusqu'à la lie.

L'ordre légionnaire dissout, les mêmes personnes, les mêmes uniformes, les mêmes bérets noirs constituent les francs-gardes de la Milice.

Joachim regarde ces hommes, pense que l'on peut défendre la France de Pétain et l'Allemagne nazie sans changer de tenue.

Il vit dans un monde où l'on manque de tout. Les panneaux en allemand, la suspicion sont partout et la liberté réduite comme peau de chagrin, mais il n'en a cure car il est avec Lucie, et leur petite chambre est comme une bulle suspendue au-dessus de tout cela.

Ce matin, se rendant à l'atelier après l'avoir accompagnée aux Beaux-Arts, il remarque l'installation progressive des Allemands : la *Wehrmacht* au Grand Hôtel de la Poste rue d'Alsace-Lorraine ; la *Luftwaffe* à l'hôtel – cher à Saint-Exupéry – du Grand Balcon donnant sur le Capitole ; la *Feldgendarmerie* dans celui du Progrès rue de Rémusat ; le Consulat général au Grand-Hôtel rue de Metz, non loin de l'atelier de Jacques ; et la Gestapo rue Maignac, à deux pas de la maison de Charles.

Tous les matins, des dizaines de soldats passent devant la vitrine de l'atelier, marchant au pas de l'oie. Contrairement à la France de Pétain, à l'Espagne, ici l'ennemi est clairement identifiable.

Curieusement, le fait d'avoir les Allemands aux portes de sa boutique rassure Jacques : *Plus tu es près, moins ils te voient, et moins ils t'emmerdent*.

Mais aujourd'hui, le magasin est vide, pas de va-et-vient, des amis de Jacques sont passés et les ont avertis d'une visite prochaine. De part et d'autre des taupes creusent des galeries. Les trois quarts des commerces du centre-ville se sont déjà fait contrôler, il fallait s'attendre à ce qu'ils y passent aussi.

Il a prévenu Joachim : ils ne cherchent rien en particulier, juste à montrer qu'ils sont là ; les laisser faire, être aimable, coopérant.

Même s'il n'a rien à se reprocher, il n'est jamais agréable de se faire contrôler par des hommes armés.

Sculptant le caoutchouc usé des pneus, redessinant les crampons, il pense à Lucie, à leur rendez-vous de ce soir à la salle Henri-Martin du Capitole.

Sa carte d'étudiant lui permet encore de pénétrer dans ce bâtiment, d'en analyser les œuvres. Il aime cette salle qui jouxte celle des Illustres, les grands tableaux qui la caractérisent ; ceux des saisons lui font du bien, quelque chose d'immuable, de suranné peut-être s'en dégage, comme si cette peinture arrivait à le consoler, à le rassurer. Au cours du cycle d'apprentissage de ce trimestre, il doit étudier l'École toulousaine : Jean-Paul Laurens, Benjamin Constant, Jean-André Rixens, Paul Gervais, Édouard Debat-Ponsan, Henri Rachou, Paul Pujol et Henri Martin, tous ayant œuvré au Capitole.

Ensuite, il l'emmènera picorer quelques marrons grillés et ils s'arrêteront boire un verre de vin chaud dans un café du centre-ville, l'un des rares pouvant servir les Toulousains, les belles brasseries et les terrasses étant réservées aux Allemands.

Il est difficile de dire que l'on est heureux quand les gens autour de soi souffrent, que l'on manque de tout, mais Joachim l'est et ne l'a jamais été autant. Peu lui importe de ne pas manger à sa faim s'il peut avoir le bonheur d'être assis à table avec Lucie, peu lui importe d'avoir froid dans l'appartement s'il peut se réchauffer contre le corps de Lucie, peu lui importe de croiser des Allemands dans la rue s'il est au bras de Lucie. Il ne le dira pas, car les autres ne le comprendraient pas, mais Joachim est heureux, simplement, pleinement.

La clochette retentit à l'entrée du magasin. Les amis

de Jacques étaient bien informés. Ils sont trois, en uniforme. Le casque, la couleur, l'arme, tout impressionne.

Jacques glisse à l'oreille de Joachim en passant :

— Je préfère ceux-là à ces fils de putes de miliciens.

Jacques s'avance, il connaît la procédure.

— Bonjour Messieurs.

— *Hallo, papiere bitte !*

Joachim sait que les soldats gradés connaissent la langue française, celui-ci le fait simplement exprès pour marquer la domination.

Debout, au garde-à-vous, Jacques à ses côtes, Joachim les observe.

— Bonjour, je suis le *oberleutnant* Müller. Qui est Jacques Toutain ?

— C'est moi. Le magasin m'appartient et le jeune homme à côté est Joachim Gimenez, c'est mon employé. J'en ai deux autres mais ils ne sont pas là aujourd'hui.

— Vous leur direz de se présenter dans les locaux de la Wehrmacht au plus tard demain.

En ouvrant le portefeuille de Joachim, une feuille pliée en quatre tombe sur le sol.

Jacques regarde le jeune homme, espère que ce n'est pas un tract ramassé dans la rue par hasard. Il connaît l'étourderie du garçon et l'en sait capable.

Le lieutenant allemand la prend, la déplie.

— C'est vous qui avez fait cela ?

Il montre la réplique de *Guernica* que Joachim avait réalisée en partant de Luchon, avant de prendre le train qui l'amènerait à Toulouse.

— Non, c'est vous et votre armée, Monsieur.

Jacques n'ose plus bouger. Le lieutenant fait un pas vers Joachim, lui tend le dessin.

— Vous savez, Monsieur Gimenez, nous ne sommes pas tous pareils. J'ai eu la chance de voir l'original de Picasso à Paris, il est prenant, magnifique. Le vôtre est tout aussi remarquable, moins imposant peut-être.

Il se tourne vers les deux soldats qui l'accompagnent.

— *Sie sind in Ordnung, lass uns gehen !* Au revoir, messieurs, bonne journée.

La porte se referme. Le silence dure le temps de les voir disparaître de la vitrine.

— Tu as décidé de tous nous faire descendre ? C'est quoi cet héroïsme absurde ? Les cimetières sont remplis de héros aux actes inutiles.

— Quand j'ai vu le dessin, j'ai paniqué et je n'ai pas réfléchi.

— Nous avons eu de la chance de tomber sur un boche intelligent.

Jacques passe le reste de la journée à éviter de lui adresser la parole, comme s'il lui en voulait de les avoir mis en danger. Joachim sait que le lendemain, il lui reparlera et que cet épisode du dessin de *Guernica* aura alimenté des conversations avec les gars du parti, le rendant presque fier de son employé.

En longeant les murs de la mairie, Joachim regarde l'emplacement où l'on accrochait les noms des réfugiés, des familles espagnoles. Il n'y a plus rien. Il a espéré les premiers temps de la *Retirada* voir arriver les siens, comme son père le lui avait promis, mais rapidement il s'était fait une raison. Ils ne viendraient pas, ils n'avaient pas pu, pas voulu venir. Il peut comprendre cela. Il pense à eux, les imagine vivant à Maria, se posant la même question sur son compte, sa mère assise sous la pergola de vigne vierge, son père au bout de la table en bois de la cuisine, devant la porte ouverte sur la rue, guettant le passage d'un ami pour discuter, boire un coup, parler des récoltes, des troupeaux de chèvres, de la montagne. Cette vie qu'il avait toujours connue et qu'il avait dû fuir un matin pour se jeter dans le monde. De Maria il n'a gardé que des souvenirs et des dessins qu'il regarde de temps en temps, des dessins d'enfants, imparfaits par rapport à ce qu'il est capable de faire maintenant. Mais pour lui, ces paysages de papier sont *devenus* Maria, il en vient même à se demander s'ils n'influencent pas ses propres souvenirs, comme ces images de la petite enfance que l'on croit sorties de la mémoire mais qui en fait sont des photos aperçues au détour d'un album de famille ou des histoires d'adultes maintes fois entendues.

Lucie l'attend, deux soldats gardent l'entrée principale du bâtiment, comme si ce trésor était le leur. Pour combien de temps encore *CAPITOLIUM* restera-t-il gravé en latin sur le fronton ? Ils montrent leur carte des Beaux-Arts, les militaires les saluent et les laissent passer.

Profitant de l'obscurité du porche, Joachim prend la main de Lucie, l'embrasse.

— Nous pouvons, maintenant. J'ai l'impression d'être ton amoureux secret.

— Je préfère ne pas montrer aux Allemands que l'on est ensemble, on ne sait jamais.

Joachim avance à pas feutrés. Il vient là souvent mais, comme dans une cathédrale, il se recueille, contemple. Les peintures, les sculptures qui ornent les escaliers, les salles, il les connaît presque par cœur, il les a étudiées à l'École, une à une, mais toutes ensemble, face à lui, elles l'oppressent presque.

Il suit Lucie à travers la salle des Illustres. Elle a beau être la plus luxueuse, la plus riche de tableaux, de dorures et de marbre, il lui préfère la sobriété des boiseries de sa voisine décorée des toiles d'Henri Martin.

— Petite, quand je venais ici avec ma mère, j'adorais me projeter dans les tableaux, passant comme Alice de l'autre côté du miroir. Tu connais *Alice au pays des merveilles* ?

— Vaguement, je ne l'ai jamais lu.

— Je m'imaginais au milieu des danseuses dans celui intitulé *L'été*, avec l'ombre des peupliers sur moi, l'odeur du foin que coupent les faucheurs, ma robe blanche se gonflant avec le vent tandis que je virevolte. Ces œuvres sont comme des univers dans lesquels tu peux plonger pour être ailleurs l'espace d'un instant, comme avec les livres ou les films, même mieux que ces derniers car ils ne t'imposent pas un temps, une action, tu peux rester autant que tu le souhaites sur cette prairie à danser, rire. Regarde ce couple en train de discuter main dans la main sur les bords de la Garonne. Je me disais que c'étaient mes parents qui, nous ayant emmenés ici pour nous divertir, profitaient de ce moment d'intimité.

Lucie s'approche, examine la femme représentée sur la toile.

— Tu l'imagines encore avec les traits de ta mère ?

— Oui, leurs visages se mêlent parfois. Maman est morte quand j'avais dix ans, elle était institutrice. Quand elle m'emmenait ici, elle était déjà malade. Elle voulait passer le plus de temps possible avec ses enfants, son mari quand il le pouvait. Je ne savais pas qu'elle allait mourir, nous laisser. Je leur en ai voulu à tous les deux de nous l'avoir caché. J'aurais aimé lui dire au revoir, me préparer à sa mort.

— Cela n'aurait servi à rien. Sachant que c'étaient ses derniers instants, tu n'en aurais pas autant profité. Elle t'a permis de les vivre comme il le fallait, comme une enfant, innocemment. Elle t'a permis de danser dans ces tableaux, d'être en été et pas en automne, de revenir ici quelques années après et de penser à elle et à ces bons moments.

31

Vendredi 19 février 1943

Tout manque en ville. La pénurie, le rationnement ce sont les Allemands. C'est à cause d'eux, tout ça. Personne ne leur parle, personne ne *doit* leur parler. Joachim lit de la détresse dans les yeux de certains d'entre eux. Celle d'hommes que l'on a envoyés loin de chez eux faire un boulot qui n'est pas le leur, qui font face à la haine de gens qu'ils ne connaissent même pas. Il ne leur en veut pas vraiment, ils font ce qu'on leur demande, les rôles pourraient être inversés. Ceux qu'il exècre, ce sont les miliciens, les collabos, ceux qui vendent leurs frères croyant sauver leur peau, ceux qui agissent avec zèle pour communiquer des informations.

Joachim se contente d'essayer de vivre dans ce monde, ni collabo ni résistant, se nourrir, protéger le plus possible Lucie. La vie l'a forcé à porter les armes une fois, il espère ne jamais plus vivre cela.

Ce matin, il est parti à Cazères, une petite ville au sud de Toulouse. Un agriculteur, ami de Jacques, avait besoin de pneus de tracteur.

Joachim aime effectuer des livraisons en campagne, cela le change de son cadre habituel. Il peut faire courir son chien dans les champs et il ramène toujours des denrées alimentaires. Les paysans paient souvent une partie des transactions en nature, le tout est de savoir le cacher lors des contrôles pour éviter de se faire attraper pour fraudes.

Les Allemands ont forcé les gens à la débrouille et cela fonctionne. Joachim est devenu un expert en camouflage de nourriture. Il aime voir le visage de Lucie s'illuminer quand il extrait d'improbables cachettes des saucisses, des pâtés, des confits de canards gras.

L'avantage du rugby, c'est que les Allemands n'y connaissent rien, jusqu'au poids du ballon. Il lui suffit de défaire le laçage en cuir, d'insérer la charcuterie dans la chambre à air ouverte, de remplir le vide avec de la paille et de refermer. Les cachettes de la camionnette sont pour la contrebande de Jacques, les pneus sont d'excellentes niches pour les pots de rillettes, de pâtés. Joachim, lui, se sert de son ballon et de vieilles batteries de tracteur dont il a uniquement conservé les boîtiers en Bakélite. Extérieurement, cela ressemble à un accu avec ses bornes, mais l'intérieur est rempli de bocaux de toute sorte.

Le brouillard suit la Garonne, nimbe tout dans la ouate, une fine gelée recouvre les champs de ce bout de Comminges. Il décide de prendre un peu de hauteur, quitte la vallée, monte sur les coteaux. Là-haut, le blanc se disloque, laisse le pâle soleil de février s'exprimer. De cette position, il a la même vue sur les Pyrénées qu'à Pech-David, depuis leur belvédère de Goyrans, celui de leur première nuit avec Lucie. Mais là ce n'est pas la ville qui est à ses pieds, c'est la campagne, immuable, peu préoccupée de cette guerre qui, dans les champs, les vergers, les vignes, semble loin. Certes l'Allemand est là, même dans des villages comme Cazères, mais moins oppressant.

Assis sur le capot de la fourgonnette, il regarde Suerte courir à travers les terres sombres, respire à pleins poumons l'air frais. Il aime l'effet du froid sec sur ses joues, sur son corps tout entier, il se sent plus vivant que jamais à cet instant, chaque partie de lui réagissant, comme si le gel les prenait une par une pour les lui rappeler.

Cela lui évoque les petits matins au camp, dans la Sierra avec son père, marchant dans la neige, le soleil caché de l'autre côté de la montagne, ne les réchauffant pas encore. Il sent presque l'odeur du tabac roulé que celui-ci allumait en lui parlant. Il le revoit la cigarette au coin des lèvres, faisant plisser ses yeux face à la fumée. Il aimait cette odeur, celle de la première bouffée, quand le tabac s'embrase et qu'il envoie sa première volute. Les suivantes sont âcres, piquent les yeux, étouffent, mais la première sent le caramel, le pain grillé. Cette odeur le personnifiait. Il n'a pas trop de souvenirs de lui. Lorsqu'il est rentré, c'est lui qui a dû partir tandis qu'il lui expliquait comment devenir un homme. Son père était silence, absence… et fumée. Il parlait, riait, le regardait toujours les yeux dans la brume.

Il souffle doucement l'air chaud de ses poumons, s'amuse à produire un nuage de vapeur, de ce geste qui paraît magique quand on est enfant, comme si l'on expulsait de la fumée.

Après quelques allers-retours dans les champs, le chien est venu se coucher près du véhicule. Il ne s'éloigne jamais trop de Joachim, la crainte de l'abandon, il doit se dire que les humains ont tendance à disparaître rapidement, sans prévenir.

32

Jeudi 22 avril 1943

Des milliers de bouts de papier sont parachutés au-dessus des maquis, des villes.

Un poème de vingt et une strophes tombe du ciel, un poème sobrement intitulé *Liberté*.

Un poème comme un souffle, une envie.

33

Vendredi 14 mai 1943

Sortant des bains-douches de la place Dupuy, Joachim traverse la rue pour s'asseoir à la terrasse d'un café.

Lucie prend plus de temps que lui dans les bains, mais il ne lui en veut pas, cette attente n'en est pas une, elle est un moment pour lui, elle prépare son arrivée.

Il aime son odeur quand elle le rejoint après leur rituel du vendredi soir avant leurs sorties en ville, une senteur de fleur d'oranger, de bergamote. Elle utilise un savon spécial, différent de celui de tous les jours quand elle fait sa toilette à la bassine.

Il n'y a rien de plus intime et d'érotique dans l'esprit de Joachim que de voir une femme se laver et s'habiller. Tous les matins, Lucie se lève avant lui et procède à ses ablutions. Depuis son lit, il la regarde faire telle une chatte, se servant de son gant comme d'une patte. Il aime la voir se caresser les seins, les hanches, les fesses, entre les cuisses. L'observant remonter ses bas lentement le long de ses jambes, il pense aux gravures de Toulouse-Lautrec, celle montrant cette femme dans l'intimité d'une chambre de maison close. Il se souvient d'avoir dessiné Milena au lever, à la suite de sa première nuit d'amour, dans cette position, dans l'urgence de l'instant, sachant qu'il ne verrait plus cela de sa vie.

Le geste de Lucie, il le voit tous les matins, ne le peint pas non par lassitude, mais car il se dit qu'il est de plus en plus beau chaque jour et qu'il veut vraiment en saisir l'acmé. Lucie a déjà posé pour lui, un nu qui n'en était pas réellement un, mais qui l'électrise encore. Ici, sortant du bain, son modèle serait parfait, un nu pur, en mouvement, pas le nu académique des poses d'atelier. Toulouse Lautrec allait les chercher dans les maisons closes, celui de Joachim est dans l'intimité de leur logement, de leur vie, d'une minuscule chambre dans un immeuble vieillot du centre-ville. Il aime le charme de ce geste familier et extrêmement féminin, ce geste qui est le seul à voir.

Il aperçoit Lucie traverser la rue, des soldats se retournent sur son passage, elle les a remarqués mais ne dit rien, surtout ne pas faire de vague. Joachim a parfois peur que des militaires, des miliciens profitent de leur pouvoir, d'un contrôle poussé pour abuser d'elle. D'y penser lui provoque une nausée, un relent de dégoût envers ces hommes. Il s'est toujours tenu, a su faire profil bas quand on l'insultait, le molestait mais il en serait incapable si l'on touchait à Lucie, il la vengerait. Cela ne servirait à rien, ne lui rendrait pas son honneur et elle le perdrait à lui aussi, mais il ne pourrait viscéralement pas se retenir, il se jetterait droit dans la gueule du loup, en tuerait le plus possible avant de succomber sous leurs coups.

— Qu'est-ce qu'il t'arrive ? Tu as les poings crispés.

— Non, rien de particulier.

— On y va ?

— Oui, je règle et on va se promener.

Lucie, assise sur le cadre du vélo, les cheveux séchant à l'air brassé par la vitesse, sourit de bien-être. Elle les a coupés plus court, rappelant la première fois où ils se sont vus. Une main autour du cou de Joachim, l'autre sur la potence, ils remontent les boulevards, passent devant *Les Variétés*, une salle réservée aux films de propagande allemande. Depuis l'Occupation, ils ne vont presque plus au cinéma mais se laissent parfois tenter par la programmation du *Cinéo*, rue du Faubourg-Bonnefoy. Le vent joue avec la robe blanche et légère de Lucie, Joachim a l'impression de transporter un ange.

En prenant le square Wilson, ils croisent des passants hilares, montrant des pancartes sur les grilles des terrasses de cafés. Les Allemands en ont interdit l'accès aux Français. Ils ont installé des barrières pour parer à d'éventuelles attaques terroristes, et des plaisantins y ont accroché des panneaux « Défense d'exciter les animaux » qu'ils ont dérobés aux cages du Jardin des Plantes.

Joachim et Lucie éclatent de rire en même temps et c'est avec un large sourire qu'ils prennent la rue Lafayette pour rejoindre la place du Capitole. Sur le trottoir en bordure du square arboré, ils reconnaissent Charles en discussion avec deux autres personnes.

— Papa, comment ça va ?

— Bien, ma fille.

Joachim stoppe le vélo et le pose contre le mur pour venir les saluer.

— Joachim, Lucie, je vous présente monsieur Paul Dottin, doyen de la Faculté de Lettres et monsieur Raymond Naves, qui y enseigne. Messieurs, ma fille Lucie, bibliothécaire à l'École des Beaux-Arts, et Joachim Gimenez, son compagnon qui en est un brillant élève. Nous discutions justement de peinture.

— Ah bon, de quelle sorte ?

— De celle qui orne les murs de nos musées.

Raymond Naves prend l'épaule de Charles.

— Charles, je vois cela avec Jean et nous en reparlons lundi, c'est d'accord ?

— Oui, très bien, Raymond. Passez une bonne fin de semaine.

Charles prend congé de ses amis, se retourne vers Lucie et Joachim.

— Vous alliez où, comme ça, tout sourire ?

— Nous nous promenions. Papa, tu devrais aller voir place Wilson, les barrières des Allemands ont été décorées.

— J'y vais de ce pas, vous venez manger dimanche à la maison ?

— Oui, nous serons là vers midi.

34

Lundi 6 septembre 1943

Ce matin à la cathédrale Saint-Étienne, ce sont les obsèques d'un milicien.

Les autorités et les partis collaborationnistes ont décidé de faire de ce franc-garde un martyr victime de la barbarie des *terroristes*.

Il a été abattu par la Résistance, la 35e brigade FTP-MOI[3] Marcel Langer. Cette division porte le nom d'un militant communiste d'origine polonaise qui, après s'être battu en Espagne avec les Brigades internationales, a rejoint Toulouse pour continuer la lutte.

Son procès avait fait grand bruit à Toulouse, Jacques et les gars du parti l'avaient suivi pas à pas. Il s'était fait

3. Composée de membres des *Francs-Tireurs et Partisans* et de la *Main-d'Œuvre Immigrée*, la 35e brigade FTP-MOI mène une guérilla urbaine contre l'armée allemande et ses collaborateurs trop zélés.

arrêter le 5 février avec une valise remplie d'explosif. Torturé, il n'avait jamais parlé.

Je meurs pour la France et pour une humanité meilleure, avait-il déclaré avant d'être guillotiné le 23 juillet à cinq heures quarante. Jacques, en le racontant à Joachim, en avait les larmes aux yeux. Ils ont baptisé la 35e brigade en mémoire de cet homme qui symbolise le courage et le sacrifice inconditionnel de la Résistance.

« Lui n'aura pas eu les hommages des autorités et l'ouverture du grand portail de la cathédrale ! » lui avait dit Jacques la veille en ouvrant le journal.

Comme chaque jour, le marché Cristal se tient le long du boulevard de Strasbourg.

Quand Joachim est arrivé à Toulouse, les étals s'étendaient jusqu'à Arnaud Bernard. Avec les restrictions, la peur, seuls des primeurs, un rémouleur et quelques bouchers sont rassemblés aux abords de la place Jeanne-d'Arc.

Il est tôt et Lucie est restée au lit. Elle aime se rendormir une fois que son homme est parti flâner au petit matin dans la quiétude de la ville.

Joachim ne se lasse pas d'observer les garçons de café installer les tables sur les terrasses, les balayeurs œuvrer sur la voirie, le marché Victor Hugo s'animer sous la grande halle de métal et de verre, les rideaux de fer des magasins grincer le long des trottoirs. Comme si tous se préparaient à jouer une scène à partir d'une certaine heure, quand il y aurait suffisamment de public.

Ce matin, Joachim doit passer voir un primeur qu'il connaît bien, officiellement pour lui livrer des pneus et des chambres à air, officieusement pour récupérer des denrées qu'il distribue ensuite aux gars de l'atelier. Il vient d'Aucamville avec sa charrette tirée par un cheval mais n'envisage pas d'investir dans un camion. L'essence est introuvable depuis l'occupation allemande et aucun de ses fils ne veut reprendre l'exploitation maraîchère.

— Tu vas bien, Maurice ?

— Et toi, Joachim ?

— Comme tu vois, je me balade !

Joachim aime bien l'accent rocailleux de Maurice, celui des vieux du coin qu'il avait découvert en allant se frotter à la campagne toulousaine et le long des mains courantes des stades de rugby.

Il a tout de suite aimé ce sport, ses joutes viriles, ses empoignades. Il ne comprend toujours pas certaines règles, même si Charles lui en a expliqué quelques rudiments.

Il allait voir le Stade toulousain avec lui avant l'Occupation mais, la tribune officielle des Ponts-Jumeaux étant décorée de médailles allemandes, il est devenu difficile de profiter de l'insouciance d'un sport en sentant autour de soi le poids de l'ennemi. Il préfère les travées champêtres du stade Georges Aybram, là où joue le TOEC, dans le quartier de la Cartoucherie. Un joueur l'impressionne en ce début de saison, par son aisance, son style, Yves Bergougnan, le demi de mêlée.

Le sport permet de penser à autre chose qu'à la faim, l'Occupation. Il meuble les conversations des cafés, des usines. Du lundi au mercredi, on parle du dernier match et du jeudi au dimanche de celui à venir.

Joachim caresse la crinière du cheval de trait de Maurice, regarde le tombereau à moitié vidé.

— Si je t'aide à décharger ta cargaison de légumes, tu me prêterais ta charrette pour la matinée ?

— Si tu veux. Tu as des choses à transporter ?

— Quelqu'un…

— Tu as un cadavre à faire disparaître dans la nature ? dit en riant Maurice.

— Non, un vœu à exaucer.

Les sabots du cheval rythment l'avancée de Joachim le long des boulevards, les gens se retournent, sourient, le bruit des chevaux est de plus en plus rare en ville. Il les salue en levant sa casquette. Une petite fille le montre du doigt comme si c'était un carrosse qui s'avançait vers elle. Même si sa monture a fière allure, avec ses fanons blonds sur les sabots lui faisant des pattes énormes et sa robe palomino de cheval de trait comtois, la charrette ne ressemble pas vraiment à un coche.

La lucarne de leur appartement est ouverte. Il siffle trois fois, son signal personnel, leur ritournelle avec Lucie, celle qu'il utilise quand il la cherche au milieu de la foule, un sifflement pas forcément sonore mais précis, caractéristique.

Un soldat se retourne, regarde l'homme, l'attelage.

Lucie passe la tête à la fenêtre.

— Qu'est-ce que tu fais avec ce cheval ?

— Tu voulais faire une balade en calèche l'autre soir, la voilà !

— Vous êtes un imbécile, Joachim Gimenez, mais je vous aime comme une folle !

— Viens pour qu'on en profite un peu avant qu'elle se transforme en citrouille !

Lucie descend en trombe les escaliers de l'immeuble et saute sur la banquette à côté de Joachim.

— Tu es fou ! dit-elle en lui embrassant la joue.

— C'est la carriole de Maurice, du marché Cristal. Il me l'a prêtée pour la matinée.

— Où est-ce que tu m'emmènes ?

— Je n'en sais rien, tu as un souhait particulier ?

— Fais-moi découvrir la ville différemment.

Joachim passe par les rues, les allées et boulevards qu'ils empruntent habituellement à pied, en tramway. La Halle aux Grains, la place Dupuy, le Boulingrin, les abords des Facultés des Sciences, de Médecine et Pharmacie, le Jardin des Plantes. Remontant la rue Ozenne, Lucie ne dit rien, profite, la tête posée sur l'épaule de Joachim, secouée par les vibrations des pavés sur les roues en bois, bercée par le bruit métallique des fers, Joachim aime la sentir heureuse à son bras. Le manque d'argent, le rationnement quelquefois pénible, il aimerait pouvoir lui offrir autre chose que cette vie de petits riens et espère qu'ils suffisent pour l'instant à son bonheur.

En arrivant sur la rue d'Alsace-Lorraine, un attroupement le force à ralentir le cheval, à l'arrêter.

— Qu'est-ce qu'il se passe ?

— C'est un défilé de la Milice pour rendre hommage à l'un des leurs qui s'est fait descendre par la Résistance. Il a eu droit à des obsèques en grande pompe à Saint-Étienne.

Il sent Lucie se blottir contre lui et se tourne vers elle. Elle le regarde de la façon qu'il apprécie, avec ce qu'il faut de fierté et d'envie pour se sentir désirable et essentiel.

— Merci, Joachim ! Je t'aime.

— Si je pouvais, j'en ferais encore plus pour toi, mon amour.

— Tu en fais déjà beaucoup, tu sais. Toutes tes petites attentions, les fleurs des champs, les poèmes, tes gestes, tu me rends cent fois, mille fois heureuse.

Joachim l'embrasse, ils ont oublié un instant où ils sont, au milieu de la rue, la Milice défilant devant les naseaux de leur cheval.

Le bruit sourd d'un coup de bâton sur la ridelle de la charrette les replace dans la réalité. Un franc-garde les toise, béret noir vissé en oblique sur la tête.

— Toi là, tu te crois où avec ta carriole ? Tu dégages !

— Pardon, monsieur, je repartais vers la place Jeanne-d'Arc pour charger l'étal que j'ai sur le marché.

— Nous ne sommes pas en Espagne, ici il y a des règles.

L'homme dévisage la jeune femme.

— Lucie ?

Elle se penche, le regarde avec plus d'attention. Elle comprend qu'il s'agit du fils d'un voisin de son père.

— François ! Je ne t'avais pas reconnu habillé comme cela. Nous sommes désolés, Joachim voulait me faire une surprise, nous ne nous sommes plus souvenus que vous aviez une cérémonie.

— Il n'y a pas de mal pour toi. Vous avez vos papiers, monsieur ?

— Bien sûr.

Joachim cherche dans sa poche mais ne les trouve pas. Il se souvient d'avoir laissé sa veste à Maurice en déchargeant sa cargaison et l'explique au milicien.

— François, il est avec moi. C'est bon, il est en règle.

— Lucie, j'obéis aux ordres. Ton père sait que tu sors avec un rouge ?

— Mon père n'a rien à dire sur mes fréquentations. Et en ce qui concerne Joachim, il est très heureux pour moi.

— Très bien, toi tu peux partir. Par contre ton ami va nous suivre.

— Mais François, je te dis qu'il est en règle. Pour les papiers, il vient de t'expliquer qu'il les a laissés à Jeanne-d'Arc au propriétaire de la charrette.

— On vérifiera. Monsieur, veuillez descendre, vous êtes en état d'arrestation. Lucie, estime-toi heureuse que l'on ne t'embarque pas toi aussi.

— Pourquoi ? Qu'est-ce que tu me reproches ? De sortir avec un Espagnol à la place d'un bon Français serviable comme toi ?

Joachim prend le bras de Lucie, le serre pour lui signifier qu'elle doit se taire au risque d'envenimer la situation.

— Il faut savoir choisir tes relations.

— Lucie, ramène le cheval à Maurice et prends ma veste, s'il te plaît. Mes papiers sont dans la poche intérieure, apporte-les-moi au siège de la Milice, rue Alexandre Fourtanier.

Joachim descend de la banquette, passe les rênes à Lucie. Il se penche vers elle et lui parle à l'oreille, il sent qu'elle tremble.

— Ne t'inquiète pas, fais ce que je t'ai demandé. Tout va bien se passer…

Tandis qu'il les suit, Joachim se dit qu'il ne lui arrivera rien, qu'ils n'ont pas grand-chose à lui reprocher, mis à part d'être espagnol et l'amant de Lucie, et ça, il ne peut le changer. François veut certainement l'humilier et faire peur à Lucie.

Descendant la rue de Metz jusqu'à la rue Boulbonne entre trois miliciens, Joachim a conscience que les choses peuvent vite basculer, pour lui, pour elle. Lui revient à l'esprit cette crainte si Lucie venait à être contrôlée par des soldats voyous. À cela s'ajoute maintenant ce François dont il comprend qu'elle avait dû un jour refuser les avances, qui pourrait être tenté de profiter de son statut, de la conduire au poste et perpétrer l'innommable en toute impunité, à l'abri des regards...

Il l'observe, insignifiant, marcher à côté de lui. Cet homme, que l'on ne remarquerait même pas sans sa tenue de milicien, qui lui a gâché la fin de sa balade avec Lucie, il se dit qu'il serait capable de lui éclater le crâne à mains nues, sans ressentir la moindre pitié ni le moindre remords. À cet instant, il est brusquement parcouru d'un frisson de lucidité, il se rend compte qu'il est en train de devenir comme eux, que la haine peut engendrer la haine, qu'un acte peut avoir des répercussions irréversibles sur certains destins.

En levant la tête, il voit Jacques face à lui, prêt à intervenir.

— Pourquoi vous emmenez cet homme ?

— Il n'a pas ses papiers, nous allons le contrôler.

— Vous savez que vous n'avez pas le droit, vous n'avez rien contre lui. Vous n'êtes pas la police. Vous n'êtes *rien*. – François s'avance vers Jacques, comme pour l'intimider. – Qu'est-ce que tu comptes faire ? Tu crois que la Milice me fait peur ? Joachim est mon employé, je le connais, tu n'as aucun grief contre lui.

— On l'emmène, que cela vous plaise ou non. Et si vous continuez, vous allez l'accompagner.

— Il y a des témoins partout qui vous ont vus arrêter cet homme pour un simple contrôle d'identité. Si ça se passe mal à votre bureau, ça se saura, vous m'avez entendu ? Joachim, ne t'inquiète pas. J'appelle Charles, il a des relations, il va remuer quelques postérieurs. Ils vont comprendre qu'il ne faut pas qu'ils te touchent ne serait-ce qu'une oreille.

Joachim pense que son ami bluffe, qu'il fait du vent pour éviter que leur vienne l'idée de le passer à tabac pour l'exemple.

En arrivant aux locaux de la Milice, un homme l'attend sur le pas de la porte.

— J'ignore qui tu es, fils de pute d'espagnol, mais il y a déjà eu un coup de fil d'un avocat important du barreau de Toulouse pour qu'on te laisse partir.

— Qu'est-ce qu'on fait de lui, alors ?

— Tu n'as pas compris ce que je viens de dire, François, ton béret te serre trop la tête ? *On le laisse partir*. Qu'il vienne juste à se tordre la cheville sur le seuil et cela me retombera dessus.

François s'approche de Joachim, le prend par le col. En voyant ses yeux noirs, le milicien a un mouvement de recul. Il sait à cet instant que Joachim ne le craint pas, qu'il ne lui a jamais fait peur.

— Tu as intérêt à te tenir à carreau, on va te surveiller. Dès que tu bouges un peu trop, on te choppe et crois-moi, la prochaine fois il y aura moins de témoins pour sauver ta petite gueule.

Derrière lui quelqu'un court, c'est Lucie, sa veste à la main. Il l'entend crier au loin :

— J'ai ses papiers !

Joachim avance vers elle, la prend dans ses bras. Lucie éclate en sanglots contre lui.

— Ils me laissent partir, ne t'en fais pas.

— J'ai eu tellement peur…
— Lucie, c'est fini, ne pleure plus.
— Ce sont les nerfs qui lâchent.

Alors qu'ils débouchent sur la rue de Metz, il sent que Lucie ne veut pas lâcher sa main, comme si les rôles s'étaient tout à coup inversés, qu'elle était plus à même de le protéger.

Il porte ses doigts à ses lèvres, les embrasse.

— Je te laisse rentrer à l'appartement. Promis, je te rejoins juste après.

— Joachim…

— Lucie, ne t'inquiète pas, ils vont me laisser tranquille un petit moment, après ça.

Il l'accompagne du regard jusqu'au bas de la grande artère, attendant qu'elle traverse le carrefour pour rejoindre la place Dupuy, avant de pousser la porte de l'atelier. La clochette retentit, Jacques lève la tête du comptoir.

— Ça a été rapide.

— Ils ont dû recevoir un coup de fil de Pétain en personne pour me libérer aussi vite.

— Je t'en foutrais, du Pétain. Toi, l'espagnol, si t'attends après lui, t'es mal barré.

— Merci, Jacques ! Sans toi j'aurais passé un mauvais quart d'heure.

— Qu'est-ce qu'ils te reprochaient ?

— Le gars que tu as pris à partie, c'est un voisin de Charles, un amoureux éconduit de Lucie.

Jacques sourit.

— Ah les femmes, elles nous mettent toujours dans les ennuis. Et pourquoi il en est venu à t'arrêter ?

Joachim lui explique, la charrette, le marché, les papiers. Quand il a fini, Jacques passe sa main épaisse sur les cheveux du jeune homme, d'un geste trahissant le soulagement et l'amitié.

— Ils t'ont dans le collimateur, maintenant. Tu ne peux pas rester seul face à eux.

— Je sais, Jacques, j'y réfléchis. Je viendrai vous voir au parti un de ces jours. Quitte à passer pour un rouge, autant que j'en sois vraiment un.

Joachim pense à Éluard, à son poème *Liberté*, sur le fait que lui aussi soit redevenu communiste.

35

Mardi 19 octobre 1943

Souricière de la police française contre l'AS[4] à Saint-Aubin.

Comme un coup de pied dans une fourmilière, tous les réseaux sont en effervescence, la peur d'être trahis, découverts, démantelés.

Joachim assiste aux réunions du parti, suit Jacques comme son ombre. L'idée, la conception du communisme plaît au jeune homme, l'appareil politique beaucoup moins. Il sait qu'une légère divergence naissante qui se gangrène peut mener à une purge, comme entre trotskistes et staliniens à Barcelone.

Il n'est là que parce que Jacques le lui a demandé, qu'Éluard est revenu et qu'il a découvert Aragon grâce

---

4. Armée secrète.

à eux. Le mouvement lui aura pris son père, valu l'exil, mais apporté deux poètes extraordinaires.

Assis dans le brouhaha d'une réunion, le journal clandestin du parti entre les mains, il se régale des derniers vers du poème *Les yeux d'Elsa* qui, à l'instar de ceux de Lucie, sont des merveilles capables de retourner son âme.

Jacques est rassuré de savoir Joachim au parti. Ils sont nombreux, implantés un peu partout et solidaires. Joachim se satisfait de cette communauté de circonstance, lui apportant un réseau de connaissances, une assise dans la rue, les transports.

36

Lundi 20 décembre 1943

La 35e brigade FTP-MOI a exécuté l'abbé Louis Sorel, collaborationniste antisémite.

Les FTP-MOI ce sont des gars des Brigades internationales, des républicains espagnols, des résistants. Contrairement à celles qu'a connues Joachim, ce ne sont pas des poètes-guerriers mais des combattants ayant les deux pieds dans la réalité puissante de la guerre, les yeux et le cœur asséchés par les défaites de l'Èbre, de Barcelone, la main volontaire et les idées claires.

Pierre serait devenu l'un d'eux s'il n'était tombé aux portes de Malaga. Il aurait rejoint la Résistance en rentrant à Toulouse. Joachim aurait suivi la même trajectoire s'il était resté en Espagne jusqu'à la défaite et la *Retirada*.

Conrad et Damien auraient quant à eux intégré le

maquis de Rieumes, le trouvant assez semblable aux landes irlandaises la pluie en moins, le vent en plus, comme ils n'avaient pas trouvé si différente la Sierra de Malaga des monts du Wicklow à l'ouest de Dublin.

Andrei aussi aurait été de ceux-là, continuant le combat à leurs côtés, il ne savait rien faire d'autre qu'embrasser des révoltes perdues d'avance. Ce chien de guerre, qui avait tué des amis à lui mais pensait que l'on ne devait pas s'en prendre aux religieux – même s'ils avaient collaboré avec l'ennemi –, n'aurait-il pas changé d'avis dans le cas de Sorel ?

Ces hommes étaient des funambules cherchant leurs limites au-dessus du gouffre de l'absurdité du monde. Si elles n'avaient pas été dans ce village aux avant-postes de Malaga, ils seraient venus les chercher ici. À force de s'y frotter, Joachim commence à réellement comprendre ce qui les animait tous.

En ce mois de décembre, le vent s'était levé, plus violent, les attentats succédant aux rafles et les représailles aux attentats.

Tout avait commencé en novembre, le 5, avec un attentat contre le siège de la Milice, comme un pétard dans un essaim de guêpes. En réponse, ils avaient arrêté et exécuté des hommes à Bordelongue. Le 20 novembre, une bombe avait éclaté à la *Feldpost* ; le 2 décembre, la Milice exécutait Maurice Sarraut, directeur de *La Dépêche* ; le 5, treize locomotives avaient été détruites en gare de Matabiau.

Depuis le 10 décembre, le lieutenant-colonel Suhr est à la tête de la Gestapo locale. Il a la réputation d'être un fanatique nazi et en cela agit avec beaucoup de zèle dans la traque des résistants et des Juifs. L'entourage de Joachim, que ce soient les amis de Jacques ou Charles, a réagi avec inquiétude à son arrivée.

En réponse à cette nomination, la Résistance a fait sauter une bombe aux *Variétés*, cinéma spécialisé dans la projection de films nazis, comme des chiens pissant chacun sur le mur de l'autre pour marquer son territoire.

L'affectation de Suhr a vite porté ses fruits et ses méthodes de tortures s'avèrent efficaces. Dans la nuit du 13 au 14 décembre, lors de l'opération *Minuit*, ils ont arrêté François Verdier dit *Forain*. C'est la plus grande action de répression déclenchée contre la Résistance toulousaine et régionale. Cent dix personnes sont interpellées dans le département, cinquante-deux responsables sont arrêtés à Toulouse.

C'est Charles qui est venu délivrer l'information à Jacques. Joachim était dans l'arrière-boutique, c'était la première fois qu'il le voyait aussi soucieux.

Habituellement, après chaque arrestation, il protestait, pestait contre cette Milice, contre ces Français qui devraient un jour répondre de leurs actes, pas ce matin-là, pas à l'annonce de cette terrible nouvelle. Les paroles de Charles l'avaient assis et rendu muet. Il avait fermé l'atelier pour la journée et ils étaient partis ensemble.

Joachim n'a pas su où ils étaient allés et avait profité

de ce temps libre pour continuer la reproduction d'un tableau de Debat-Ponsan, *Le Massage*, que lui avait personnellement demandé le directeur des Beaux-Arts.

Depuis un mois, il a accès à une salle privée du musée des Augustins pour exécuter la copie de cette toile. Le dessin est simple, la palette belle, Joachim prend du plaisir sur cette œuvre représentant une scène de hammam. Une baigneuse à la peau blanche, allongée sur une table de marbre gris, une femme noire à demi vêtue, tenant son bras, la massant. Contrastes entre les couleurs, les matières et les corps, celui de la masseuse, aux bras rudes, musculeux, tendus et celui de la baigneuse à la peau laiteuse, douce, charnelle, alanguie.

Pendant ces heures face aux toiles, celle de Debat-Ponsan, la sienne, dans l'isolement d'une ancienne cellule de moine, il ne pense à rien d'autre qu'au tableau, son contexte. Il est projeté au milieu de ces deux femmes, témoin d'une scène interdite aux hommes. Imaginant comment le peintre a pu capter l'instant, à travers le judas d'une porte, un moucharabieh, espionnant, volant un moment d'intimité et le transmettant pour l'éternité. Des corps à jamais jeunes, désirables et lascifs.

37

Vendredi 24 décembre 1943

Un détour de quelques dizaines de mètres et la vie de Joachim a complètement changé.

C'est pour cela qu'il marche ce soir avec à son bras Lucie, emmitouflée dans un épais manteau. C'est à cause de ce crochet effectué un mois plus tôt qu'il en fait un beaucoup plus grand avant d'aller dîner chez Charles en cette veillée de Noël.

— Tu sais que mon père n'a pas déménagé, il habite toujours à Monplaisir. De chez nous, on a juste besoin de remonter le long du canal et on y est. Pourquoi passes-tu ce soir par Saint-Étienne ?

— J'ai quelque chose à te montrer.

— J'espère que tu n'as pas prévu de me faire faire le tour de la ville, je ne suis pas du tout chaussée pour ça.

Joachim regarde les talons hauts de Lucie, lui sourit.

— Ne t'inquiète pas, juste un détour rue Croix-Baragnon et nous allons chez ton père.

Joachim sait qu'il doit se rendre à l'angle de cette rue, au bas de cette maison à une certaine heure. Depuis qu'il a découvert l'endroit, il y vient presque tous les soirs. Ce petit cérémonial a occupé ses fins de journées de décembre. Il serait capable d'énumérer chaque jour en fonction des attentats de la Résistance, des représailles de la Milice… et des morceaux de musique qu'il a entendus s'évader de cette fenêtre éclairée rue Croix-Baragnon. Car c'est pour cela qu'il vient ici, pour écouter les notes s'échappant d'un gramophone.

La musique est interdite dans les rues, c'est peut-être la raison pour laquelle Joachim a prêté plus d'attention à celle-ci le 30 novembre, la première fois qu'il est passé par là pour rentrer chez lui depuis le Capitole.

Joachim finit plus tard que Lucie depuis quelque temps car il travaille sur les œuvres de Paul Gervais, celles de la salle qui lui est consacrée, avec ses allégories sur l'amour, ainsi que *La Fontaine de Jouvence* dans la salle des Illustres. Le directeur de l'École lui a demandé de travailler sur les nus féminins, leurs postures, d'étudier les femmes de ces tableaux afin de découvrir ce qu'elles peuvent penser tandis qu'elles posent face au peintre.

Pour peindre une femme, il faut la comprendre, lui avait dit son professeur. Tout cela il le savait, il n'avait pas pu représenter correctement Fifi la première fois, alors que dessiner Milena sur l'instant, ou Carmen et même Lucie, ne lui avait jamais posé de problème.

Ce soir-là, dans le froid humide d'une fin novembre, il avait entendu les notes de *La Paloma*, un tango que sifflait son père en partant dans les champs, aux vendanges. Il l'avait perçu à travers la sourdine d'une vitre mais il avait arrêté net ses pas sous cette fenêtre, regardant la petite lampe posée sur le bureau. Il était resté là le temps de la chanson. Le morceau achevé, personne n'était venu changer le disque, en tourner la face, comme si l'on avait voulu uniquement écouter cette musique et pas une de plus.

Joachim s'était rendu compte que tous les soirs, sous la fenêtre de cet hôtel particulier en briques et colombages à l'angle des rues des Arts et Croix-Baragnon, il assistait à la même scène, un morceau différent à chaque fois, du tango, des valses, des opéras. Des mélodies comme des chants d'oiseaux, beaux, simples, volés, à écouter presque caché pour ne pas les effrayer.

Le premier soir, ce morceau, *La Paloma,* avait modifié plus que son chemin de retour et ceux qui allaient suivre. Il l'avait fait entrer en Résistance.

En descendant la rue jusqu'à la place Saint-Étienne puis au monument aux morts, sifflant cet air si familier, repensant à l'Andalousie, presque ailleurs si ce n'était le froid vif sur ses joues, il était passé devant une affiche de propagande de la Milice, laquelle se targuait de protéger le pays contre le bolchevisme et le capitalisme. Il s'était arrêté, continuant à siffler et, regardant l'aplat blanc de celle-ci, sortit un épais crayon noir et dessina les traits d'une colombe, une esquisse rapide comme une signature. Ce serait la première à se poser sur les placards de la Milice mais pas la dernière.

Il se souvient de Lucie, partant le matin à son bras, passant devant l'affiche et découvrant l'oiseau. Elle s'était arrêtée, avait touché le papier.

— Joachim, ce dessin… c'est toi ?

Elle lui avait posé deux fois la question et il n'avait pas répondu. Joachim avait compris que c'était inutile.

Au fil de ce mois de décembre, il avait apposé des colombes à chaque action de la Milice à l'encontre de la Résistance, autant dire qu'il en avait griffonné un peu partout.

En cette veille de Noël, il n'a pas pris de crayon. L'un contre l'autre, emmitouflés et silencieux, ils attendent sous les fenêtres de l'immeuble.

La lumière est allumée, mais la musique ne vient pas.

— Que veux-tu me montrer ?

— Lucie, attends-moi ici.

Joachim traverse la rue, frappe trois coups à la porte qui s'ouvre après un temps. Le mystère sur l'identité du mélomane est levé, c'est une femme, une Allemande tenant un enfant dans les bras. Joachim tremble à l'idée de demander à l'occupant de passer un peu de musique afin qu'il puisse l'entendre de la rue et esquisser quelques pas de tango avec celle qu'il aime, pour commencer la veillée de Noël.

La dame le dévisage, sourit à ses paroles. À cet instant, il ne la voit plus comme une Allemande mais comme une femme, tout simplement, une mère portant son enfant dans les bras, comprenant ce que ce jeune homme veut : écouter de la musique, faire danser sa fiancée, comme on le fait partout dans le monde quand il n'est pas en guerre. Elle lui dit de rejoindre son amie, qu'elle s'occupe du reste.

Malgré la sourdine de la fenêtre, aux premières notes de *La Paloma*, Joachim prend les mains de Lucie et amorce des pas, une danse feutrée comme cette mélodie dans la rue. De loin, si l'on ne prête pas l'oreille, que l'on n'entend pas la musique, on pourrait croire à l'étreinte de deux amants.

38

Lundi 3 janvier 1944

Joachim et trois autres élèves de l'École des beaux-arts ont été choisis pour effectuer des travaux spécifiques sur des œuvres, des détails de tableaux, chacun sur une période précise.

Joachim étudie la peinture italienne du XVIIe siècle et plus particulièrement celle du Caravage qui a révolutionné son temps et influencé des générations de peintres par son caractère naturaliste, son réalisme brutal et ses techniques du clair-obscur.

Il a l'impression qu'on les a testés, évalués, en fonction de leur façon de peindre, de se fondre dans une époque, un style, de leur capacité à comprendre les œuvres pour pouvoir en réaliser une copie fidèle. Il a pris cela avec enthousiasme, comme un défi après avoir fini le Debat-Ponsan.

La reproduction du *Massage* l'avait passionné, accaparé même pendant un mois, faisant naître en lui un besoin d'émulation.

Un soir, alors qu'il était face à l'original dans une petite salle du musée des Augustins, apportant quelques touches finales aux traits, aux couleurs à son travail, le conservateur était venu le voir en compagnie du directeur de l'École et d'un individu qu'il ne connaissait pas. Ils avaient regardé le tableau de Joachim, avaient eu l'air satisfaits de l'ensemble, parlaient de glacis, de patine pour le faire vieillir, le rendre encore plus crédible. Joachim n'avait posé aucune question, comme on lui avait toujours dit de faire tant que l'on ne l'y invitait pas.

Une fois les autres partis, le conservateur était revenu lui parler.

— Félicitations, Joachim, ton tableau est très fidèle à l'original.

— Merci. Vous allez en faire quoi ?

— Je vais le garder dans les réserves du musée, au cas où.

Au cas où quoi ? Il n'avait pas osé poser la question, cela ne le regardait pas. On lui demandait de peindre, comme il aimait le faire et c'était là l'essentiel.

Face aux toiles du Caravage, Joachim doit maîtriser les techniques de clair-obscur, celles des contrastes entre ombre et lumière, travailler sur les mains, les visages, les drapés, en étudiant les détails de *Saint Matthieu et l'Ange*, ou ceux du visage du Christ dans *La Vocation de saint Matthieu*.

Il doit apprendre en peu de temps la gradation de la lumière, la façon dont elle pénètre ses tableaux, en rayons obliques. Il doit découvrir, malgré une palette limitée, comment le Caravage a réussi à réformer le maniérisme, à effectuer des dégradés de chaque ton et à juxtaposer les couleurs saturées sans charger ses tableaux. Il doit acquérir en un mois ce que le peintre italien a mis des années à maîtriser.

J'ai conscience que je t'en demande beaucoup, Joachim, mais tu es extrêmement doué et s'il y en a un qui peut le faire, c'est toi, l'avait encouragé le conservateur.

Le professeur lui donne également beaucoup de travail mais, en parallèle, Jacques lui laisse de plus en plus de temps, lui expliquant que les Beaux-Arts lui serviront certainement davantage pour sa vie future que le travail à l'atelier. Il sait que le conservateur du musée est venu un jour parler avec Jacques et que depuis il avait, en plus de tous ses après-midi, le mercredi matin.

À l'École il travaille sur la palette et la technique du Caravage, et chaque soir il amène le détail d'un tableau, un drapé, une main, un regard qu'il doit reproduire pour le lendemain.

39

Mardi 25 janvier 1944

Il fait froid, il pleut, il vente et Joachim est d'humeur maussade.

Il ne voit presque pas Lucie, même s'il la croise au quotidien. Il la rejoint tard le soir dans le lit. Quand leurs corps se manquent, ils font l'amour mais il n'a plus assez de temps pour elle, et elle ne dit rien, comme si cet éloignement ne la gênait nullement. C'est peut-être cela qui le fait le plus souffrir. Il préfèrerait qu'elle crie, qu'elle pleure, qu'elle vienne frapper sa poitrine pour lui hurler : *Mets ces fichus pinceaux aux ordures, occupe-toi de moi avant que je ne te quitte ! J'ai l'impression que tu tiens plus à ce visage, à ces mains sur cette toile qu'aux parties de mon corps.* Elle saurait que cela n'est pas vrai mais elle le dirait quand même. Joachim l'embrasserait en la serrant contre lui pour la retenir et ils partiraient ensemble sur les quais de Garonne. Ils iraient observer les étoiles, ils vivraient tout simplement avec fougue, envie. L'inverse de la tiédeur dans laquelle ils semblent baigner.

Marchant rapidement, son carton à dessin sous le bras, il croise ses colombes. Certaines ont disparu, recouvertes de peinture. Au changement d'affiches, il en crayonne d'autres, des gens l'ont imité et des petites colombes se sont posées à d'autres endroits dans la ville.

Il aime voir les passants montrer du doigt ses oiseaux, les enfants rire à la stupéfaction et la moue d'approbation des vieux qui voudraient avoir encore la force de combattre et qui subissent silencieusement les derniers mois écoulés.

Ce matin, Joachim a rendez-vous avec Maurice Goguet, le conservateur du musée des Augustins.

Il traverse le hall d'entrée, passe dans l'aile D'Arcy, monte l'escalier voûté de Viollet-le-Duc. Ses pas résonnent sur le marbre, il est tôt et il est seul à arpenter les coursives de l'ancien couvent.

Pendant ses heures en tête à tête avec le tableau de Debat-Ponsan, il a pu apprécier le silence particulier des lieux une fois vidés du public. Cette paix qui n'est jamais aussi profonde que lorsqu'elle suit l'agitation. Profitant de la quiétude, observant les personnages de stuc, de marbre et d'argile autour de lui, Joachim a vécu des soirées à essayer de vaincre la solitude en conversant avec les dames de Falguières, un faune, un dieu.

Il a rendez-vous dans la cellule de moine où il avait passé de longues heures à peindre le *Massage*. Le bâtiment principal du musée correspond à l'ancienne bâtisse des ermites de l'ordre de Saint Augustin, laquelle comptait à l'origine de nombreuses cellules identiques démolies lors de la rénovation de l'édifice. Cette pièce avait été conservée pour stocker du matériel, des œuvres secondaires.

Il soulève l'épais rideau de velours vert qui dissimule la porte et frappe. Le conservateur est debout à côté d'un chevalet où est posé un cadre recouvert d'un drap blanc. Il l'accueille d'un air jovial.

— Entre Joachim, cet endroit n'a plus de secret pour toi !

Effectivement Joachim ne connaît peut-être pas parfaitement chaque brique, chaque tomette mais pendant le mois passé ici à reproduire le tableau, il a eu le temps d'apprivoiser l'espace et le son qui s'y propageait, la lumière entrant par la petite fenêtre et variant chaque heure de la journée, d'ailleurs l'unique présence de Goguet modifie tous ses repères, la pièce en est presque différente.

En se présentant face à cet homme, Joachim se doute qu'il aura à refaire la copie d'une œuvre. Pourquoi l'aurait-il fait venir si ce n'était pour lui proposer un nouveau défi ?

Ce matin, face à l'inconnue de la toile, il est différent du jeune homme quelque peu arrogant de sa première reproduction. Les essais, l'apprentissage de la peinture du Caravage l'ont rendu humble.

— Nous t'attendions.

— *Nous* ?

Joachim est surpris, l'homme est seul et la pièce exiguë.

— *Elle* et moi. Approche…

Il fait deux pas vers le chevalet, devine l'encadrement du tableau sous le drap, soigné, ancien.

— Joachim, avant d'être uniquement un musée, il y avait ici l'École des beaux-arts et les élèves venaient directement s'exercer dans les salles d'exposition. L'École était installée dans les ailes sud et est du grand cloître ainsi que dans le petit cloître, la chapelle Saint-Gabriel servant de latrines, tu imagines ? Au fil du temps, il y a eu des élèves très doués qui s'y sont succédé, tu en connais, tu les as étudiés pour certains. Si tu es ici ce matin avec moi, c'est que je pense que tu es de cette veine, celle des grands. Tu as encore beaucoup à apprendre mais tu es doué, *très doué* même.

— Merci, vos compliments me touchent.

— Ce ne sont pas des compliments, je n'en fais jamais. C'est la vérité, Joachim. Tu as remarqué qu'avec deux de tes camarades nous vous avions sélectionnés et fait travailler chacun une période, un style, un peintre. Vous êtes les trois meilleurs de l'École et nous souhaitions avec le directeur vous lancer un défi. Vous vous êtes préparés pour cela, avec des détails, des palettes précises de chaque artiste.

En disant ceci, Goguet lève le drap blanc, découvrant le tableau dont Joachim reconnaît le style, l'époque.

— Un Caravage ?

— Exact. C'est *Judith décapitant Holopherne*. Une huile sur toile peinte en 1607.

— C'est l'original ?

— Oui. Enfin, je l'espère.

Joachim retrouve des détails que les professeurs des Beaux-Arts lui ont fait peindre, des mains, des visages, les couleurs, les glacis, la lumière même lui paraissent familiers.

— Ainsi, pendant toutes ces semaines, vous m'avez préparé à peindre cette œuvre… D'où provient-elle ? Elle ne fait pas partie de la collection du musée, je ne l'avais jamais vue auparavant.

— C'est un trésor que m'a confié un ami. Il y tient beaucoup et je le comprends.

Regardant la toile face à lui, éclairée par un faisceau de lumière naturelle provenant de la fenêtre, il saisit pour la première fois l'orientation de l'éclairage des toiles du Caravage. Cette lumière oblique semblant venir du côté gauche de l'œuvre, formant comme un projecteur sur les personnages… c'est celle d'une petite fenêtre.

— Tirée de l'Ancien Testament, l'histoire raconte que Nabuchodonosor II a envoyé Holopherne châtier les peuples de l'ouest parce qu'ils avaient refusé de le soutenir dans la guerre qu'il avait menée contre le roi perse Arphaxad. Après avoir pillé, tué et ravagé dans tout le Proche-Orient, Holopherne assiège Béthulie, une ville juive qui barre un passage dans les montagnes de Judée. Comme l'eau vient à manquer, les habitants sont sur le point de se rendre, mais une jeune veuve, Judith, d'une extraordinaire beauté et d'une richesse considérable, prend la décision de sauver la ville. Avec sa servante et des cruches de vin, elle pénètre dans le camp d'Holopherne. Ce dernier est tout de suite ensorcelé par la beauté et l'intelligence de cette femme. Il organise en son honneur un grand banquet à la fin duquel ses domestiques se retirent discrètement pour ne pas troubler la nuit d'amour qui, pensent-ils, attend leur maître. Mais Judith continue à l'enivrer et, lorsqu'il est hors d'état de se défendre, elle le décapite avec l'aide de sa servante et revient à Béthulie avec la tête d'Holopherne qu'elle suspend aux murailles de la ville. Quand les soldats découvrent au matin leur chef assassiné, ils sont pris de panique, certains s'enfuient et les Juifs vainquent facilement le reste des troupes.

Joachim écoute l'histoire, comprend, avec le récit qu'en fait le conservateur du musée, l'origine de son regard intense, de son geste précis. C'est celui d'une femme sûre d'elle, de sa force, décidée à vaincre.

— Je dois donc peindre un Caravage ?

— Oui. Je sais que c'est difficile mais tu en es capable. Comme tes deux collègues, tu as été entraîné pour cela depuis des mois. Vous avez tous les trois des défis importants à relever mais vous vous en acquitterez. Nous procéderons comme la première fois avec le Debat-Ponsan : tu viendras tous les jours à quatorze heures précises, je t'amènerai personnellement le tableau ici et le soir je le récupérerai quand tu auras fini ta journée.

Joachim observe Judith, son visage, son allure, comme il regarderait une femme, une nouvelle amante. Il connaît déjà chacun de ses détails, il les a parcourus avec minutie. Il sait que Lucie n'est pas jalouse, elle s'accommode sans mal d'être délaissée, et cela le désespère. Mais il pourra ainsi se consacrer pleinement à son travail sur Judith sans penser Lucie affectée par son absence.

40

Vendredi 4 février 1944.

Joachim entend frapper à la porte de la chambre.

Il ne sait pas si cela vient de son rêve ou de la réalité, il ne réagit pas, serre Lucie contre lui, remonte la couverture, sent la fraîcheur de la pièce sur son épaule, sur la partie du lit où ils ne sont pas.

On frappe à nouveau, le chien aboie brièvement comme pour prévenir son maître, il n'y plus de doute.

— Qui est-ce ?

— Joachim, c'est Charles, ouvre !

Lucie se redresse d'un coup en entendant la voix de son père. Joachim se dirige vers la porte, jette un œil vers sa compagne avant d'ouvrir. Elle a l'air inquiète. Il est à peine six heures du matin, beaucoup trop tôt pour qu'il soit porteur de bonnes nouvelles.

Joachim ouvre. Charles est là, légèrement essoufflé

par la montée des escaliers jusqu'à leur chambre de bonne et il tient dans ses bras un paquet imposant.

— Qu'est-ce qui se passe ?

— Je peux entrer, Joachim ? Les murs ont des oreilles affûtées ces temps-ci.

— Oui, bien sûr.

— Bonjour Lucie, désolé de te réveiller si brusquement mais je devais parler sans tarder à Joachim.

— Je vais faire du café, installez-vous à table.

Charles pose le colis qu'il avait dans les bras sur le lit, soulève la chaise délicatement pour ne pas faire de bruit et s'assied calmement.

— Il y a eu un coup de filet à l'imprimerie, cette nuit, et Goguet a été arrêté.

Lucie se retourne vers son père, semble deviner ce qu'il vient faire de si bonne heure chez eux.

— Joachim, l'*imprimerie des frères Lion* est un lieu important de la Résistance, de plusieurs réseaux, dont le nôtre.

Joachim regarde Lucie, puis son père, essaie de comprendre.

— Elle sert à éditer la presse clandestine, les faux papiers, les certificats de baptêmes, et pour nous c'est là que transitent nos copies.

— Vous êtes dans la Résistance ? Tous les deux ? Et ces copies, c'est quoi ?

— Lucie est au courant de nos agissements mais n'intervient pas. Je fais partie du réseau Constant. Nous récupérons certaines toiles des musées, de particuliers qui pourraient être arrêtés par la Milice, la Gestapo, nous les répertorions avant de les cacher, pour que les Allemands ne mettent pas la main dessus… et les remplaçons par des répliques, des faux, des œuvres secondaires.

— Le Debat-Ponsan que j'ai réalisé, il sert à ça ?

— Oui. Nous avons demandé aux élèves des Beaux-Arts d'effectuer des copies, en prétextant des exercices, des épreuves, afin de sélectionner les meilleurs d'entre vous. Ce faisant, nous disposions d'une petite armée de faussaires. Nous ne pouvions pas vous mettre au courant, c'était trop risqué, et puis pour vous c'était normal, cela faisait partie de votre formation. Ces derniers temps, avec tes deux collègues, vous avez travaillé sur les tableaux les plus complexes car vous êtes les plus doués, c'est pour cela que nous vous avons choisis. Quant au Caravage, c'est énorme, il n'y a que toi qui sois capable de le reproduire.

— Je suppose que c'est *Judith*, dans le colis ?

— Oui, il faut que tu la gardes ici, personne ne viendra la chercher dans une chambre de bonne. Ce tableau appartient à un ami de Maurice qui a été déporté. Il lui a promis de le protéger, d'empêcher les boches de s'en emparer. Nous avions commencé à mettre en place ce réseau quand des conservateurs de musées de la zone occupée nous ont alertés sur le pillage de certaines toiles par les Allemands. Nous en avons caché beaucoup et remplacé les plus célèbres par des copies. Avec Serge Lassère, des Beaux-Arts, et Maurice Goguet, il nous est venu l'idée de nous lancer dans une vaste opération clandestine de faux tableaux afin de sauvegarder notre patrimoine artistique.

C'est Jean Cassou qui le premier a eu cette idée avec son réseau du musée de l'Homme. J'ai contacté ensuite Paul Dottin et Raymond Naves – que vous avez rencontrés en mai dernier quand nous nous sommes croisés en bordure du square du Capitole –, puis d'autres professeurs de Faculté déjà actifs dans d'autres réseaux, comme Raymond Badiou, Albert Lautmann, auxquels il faut ajouter Maurice et Serge. Avec l'arrivée de Suhr à la tête de la Gestapo, il fallait accélérer les échanges mais nous étions conscients que cela devenait de plus en plus risqué. Hier soir, Maurice est allé remettre des toiles à l'imprimerie pour nos contacts extérieurs afin qu'ils les amènent en lieu sûr. La Gestapo les attendait là-bas. Ils l'ont arrêté avec d'autres résistants, dont Maurice Fonvieille. Nous avions prévu les risques d'arrestations comme celle-là. Pour conserver le réseau, nous allons nous adapter rapidement, fermer d'éventuelles vannes d'informations qui se seraient ouvertes.

— Jacques, c'est un résistant lui aussi ?

— Oui, nous sommes amis d'enfance. Lui est dans un réseau de communistes, je ne t'apprends rien en te disant cela. Joachim, il faut que tu continues ce tableau. Fais-le pour Maurice, pour ceux qui lui ont confié *Judith*. Fais-le pour tous ces gens.

Charles finit sa tasse, se lève, remet son chapeau, son écharpe.

— Tu as la palette de peinture dans le colis, pour le reste Lucie t'apportera les couleurs manquantes. Jacques est au courant, il me fait dire qu'il n'a plus besoin de toi à l'atelier. Encore merci, mon jeune ami, et bon courage.

Joachim ferme la porte et prend Lucie dans ses bras.

— Tu savais tout ça et tu ne m'en as jamais parlé ?

— C'était mieux pour toi.

Regardant les traits francs du visage de Lucie, Joachim sourit. Lui qui s'est toujours évertué à la protéger, à ne pas faire de vague, hésitant à intégrer un mouvement de résistance quel qu'il soit, ou même à adhérer au parti communiste pour ne pas la mettre en danger, il ne s'était jamais douté à quel point elle était forte. Il l'embrasse, la serre contre lui.

— C'est pour ça que tu n'étais pas jalouse du temps passé avec *Judith* ?

— Oh, je l'étais mais je savais que c'était pour la bonne cause. C'est pour cela que je ne disais rien.

— Je croyais que tu ne m'aimais plus, que tu te fichais bien de ne plus passer du temps avec moi.

— Imbécile, je t'aime et tu me manques, mais c'est ma croix de vivre au côté d'un génie de la peinture.

41

Samedi 12 février 1944

Joachim et Lucie sortent du *Cinéo*, le cinéma du faubourg Bonnefoy.

Le film qu'ils viennent de voir a enthousiasmé Lucie. *La symphonie fantastique*, avec Jean-Louis Barrault, sur la vie très romancée de Berlioz.

Elle avait besoin de romantisme, de légèreté après avoir vu le corps d'un soldat allemand abattu par la Résistance sur un trottoir de la rue de Metz, non loin de l'atelier de Jacques. C'était la première fois qu'elle voyait un homme tué par arme à feu. De l'apercevoir face contre le goudron, gisant dans son uniforme, elle avait pris conscience que le pays était réellement en guerre, que les combats, les explosions, les tirs, les morts seraient de plus en plus monnaie courante.

Tout cela, elle n'en parlera pas à Joachim, elle veut le laisser créer l'esprit apaisé, ne pas le troubler. Il est dans sa bulle de peinture, d'images, il essaie de dompter la lumière, il est inutile d'obscurcir ses pensées.

Joachim ne sort pour ainsi dire plus si ce n'est pour venir chercher Lucie quand elle quitte son travail tard le soir et qu'il fait presque nuit, pour aller au cinéma, promener le chien. Il passe le reste du temps dans leur chambre de bonne à faire les cent pas autour d'un tableau en compagnie de Judith et d'un fantôme du XVIIe siècle.

Il parle à Suerte, aux murs, à la toile, à la lumière ; et le soir, quand Lucie le rejoint, il ne lui adresse presque pas la parole, hormis des banalités car son esprit est ailleurs.

Descendant le faubourg Bonnefoy jusqu'au canal du Midi, ils marchent, silencieux, l'un contre l'autre. Deux amants que le poids de l'époque commence à serrer, oppresser, sachant que quelque chose se joue, qu'ils en sont plus que des témoins. Ils en sont acteurs mais ils craignent que tout leur échappe et que, dépassés par cette machine, ils ne se retrouvent broyés.

Entre eux, ils n'évoquent jamais la Résistance, le réseau. Ce que *Constant* leur demande, c'est tout simplement de continuer ce qu'ils ont toujours fait : peindre, classer, informer.

C'est le contexte qui a changé, évolué, obligeant à prendre davantage de risques. Un réseau est comme un arbre. Si l'une de ses branches est sciée, cassée, ce n'est pas grave, l'important c'est qu'il conserve ses ramifications, qu'il continue à produire des fruits, faire de l'ombre. Mais que le tronc soit coupé ou déraciné, et c'est l'ensemble qui est en péril. Les arbres de la Résistance sont en première ligne, cachent la forêt derrière eux, mais à moins d'avoir des œillères, l'innocence n'est plus là depuis longtemps. Lucie et Joachim n'étaient que des enfants au début de la guerre, ils sont maintenant des adultes qui essaient de continuer de vivre.

42

Jeudi 17 février 1944

Tous les matins ou presque, Joachim se lève sans bruit, laissant Lucie profiter des dernières heures de sommeil. Suerte prend sa place sur le lit, comme un relais.

La pièce est calme, encore enveloppée de la ouate de la nuit finissante, quelquefois troublée par le passage des éboueurs, des livreurs.

Il prépare le café, sort deux tasses, s'en sert une, allume le chauffage.

Ensuite, il s'approche de la table à dessin, touche délicatement les pinceaux, la toile, les couleurs. La palette qu'il utilise est, à l'identique, celle du Caravage au XVIIe siècle, dans la composition de ses huiles raffinées, de ses pigments, de ses essences, de ses liants.

Joachim éveille ses sens calmement, un à un, comme s'il se trouvait au seuil d'un autre monde, celui d'un passage entre lui et le maître, prêt à voyager dans le temps.

Les premières lueurs du jour entrent dans la pièce, éclairant exactement le tableau comme ceux du peintre, d'un point haut à gauche vers le bas à droite. Il regarde sa toile, respire amplement sans bouger, entre concentration et abandon, entre apprentissage et instinct, le pinceau devenant le prolongement de sa main, de son esprit.

Le dessin est instinctif pour Joachim, il lui avait fallu apprendre la patience de la peinture, la palette de l'artiste car le plus important n'est pas l'esquisse mais la couleur.

Il est loin de maîtriser cet art pour le créer complètement mais il peut le copier. L'objectif étant de s'approcher le plus possible d'un tableau du Caravage pour pouvoir berner les collectionneurs d'art.

Il regarde le verre d'eau dans lequel il vient de plonger le pinceau dont la botte lui évoque la chevelure de Lucie, une flamme orangée. Ce matin, elle est partie presque sans bruit. Il n'y a pas prêté attention et se souvient à peine de son baiser posé sur ses lèvres.

La peinture le préoccupe, le fatigue, il perd en spontanéité et cela le ronge. Il a besoin d'aller prendre l'air en bas de l'immeuble avec Suerte, d'aller boire un verre au *Café Authié*, comme il le fait régulièrement pour se changer les idées.

En sortant, il entend des cris, des insultes dans la rue Riquet. Il prend le chien par le collier, s'avance. La Milice bloque le passage.

Joachim voit un homme que l'on amène, les mains attachées dans le dos. Il s'approche d'un des habitants du quartier qu'il croise souvent.

— C'est un résistant ?

— Non, un Juif.

Joachim voit cet homme semblable pour lui à n'importe quel autre. Il n'a jamais su ce que ces gens avaient de significatif permettant de les différencier. Il se dit qu'il ne doit pas être le seul dans ce cas car on les a forcés à porter une étoile jaune brodée sur leurs vêtements pour les reconnaître.

— Vous savez où on l'emmène ?

— Aucune idée. Il paraît que les boches les mettent dans des camps au Récébédou, à Noé et que certains sont envoyés en Allemagne par trains spéciaux pour aller travailler.

Joachim regarde cet homme partir entre les bérets des francs-gardes.

— Il n'a pas d'étoile, lui.

— Il devait se cacher quelque part, il a dû être dénoncé par des voisins, des gens du quartier.

Joachim ressent soudain une pression contre sa poitrine, l'envie de crier, de se jeter sur la Milice, de frapper à s'en faire saigner les phalanges. Il regarde le ciel, prend une grande inspiration et part marcher vers les boulevards. Il ne sait pas où il va mais il doit évacuer cette boule de suie au fond de lui. Il regarde le chien courir, il aimerait être comme lui, uniquement préoccupé par sa foulée, le monde comme terrain de jeu.

Quelquefois, à force de retenir sa haine, celle de certains hommes, de choses qui l'entourent, il a l'impression qu'il ne peut pas tout contenir, que ça va exploser. Il n'est pas le seul à ressentir cela, la population bout sous le couvercle des injustices, des répressions et lorsque cela sautera, elle libérera une énergie prodigieuse, salutaire autant que vengeresse. Les franquistes n'ont pas eu sa haine, les miliciens non plus. Les traîtres, les délateurs ne l'auront pas davantage, mais à cet instant il a simplement besoin de marcher pour éviter que cela ne déborde.

Il fourre ses mains dans les poches, il fait frais et il a oublié ses gants dans la chambre, ceux qui lui tiennent si chaud, ceux que lui a offerts Lucie deux Noëls plus tôt.

Ses doigts touchent un papier plié. Sans le sortir, il se souvient d'où il provient. C'est le poème d'Aragon qu'il a récupéré un soir à la réunion du parti, *Les yeux d'Elsa*, celui qui lui fait penser à Lucie. Il le triture en marchant sur le boulevard et l'allée qui mènent au Boulingrin. De réciter ces vers apaise légèrement sa colère.

Il fait beau et froid, les arbres décharnés agitent leur silhouette fragile sous l'effet de la bise qui glace jusqu'aux entrailles. Il s'assied, regarde autour de lui, songe qu'il y avait là, avant cette guerre, la statue de Clémence Isaure, fondue pour être vendue à l'Allemagne, pour faire des armes. Ils se sont servis d'une poétesse, d'une muse pour distiller la mort… Assis, seul sur le banc, il observe une de ses colombes que les effaceurs à la solde de la collaboration n'ont pas encore vue. Il se dit que pendant que ses dessins les occupent ils ont moins de temps pour la délation.

Il déplie son papier et se met à lire à voix haute, pour meubler cet espace silencieux, mort, sans les amoureux, sans les cris d'enfants. Ils ont tout vidé, jusqu'à la vie même de ces lieux. Joachim ne les supporte plus, ces fades, ces pleutres, ces petits qui n'existent qu'aux mépris des autres. Ce ne sont plus des hommes, ce sont des doryphores, des parasites suçant la moelle vitale d'autrui pour donner une insignifiante direction à leur minable existence. Il repense au milicien, l'ancien voisin de Lucie qui voulait lui faire du mal, qui, jaloux de lui, de sa vie, voulant exister aux yeux de la jeune femme, l'avait emmené pour l'humilier, uniquement *l'humilier*. Mais les yeux de Lucie ne voient que les flammes, le panache, la beauté des âmes. L'imbécile ne se doute pas que si elle le regardait, il brûlerait vif comme un impie voulant boire au calice sacré.

Les vers d'Aragon le transportent, libèrent l'étau qui enserrait sa poitrine.

Tes yeux sont si profonds qu'en me penchant pour boire
J'ai vu tous les soleils y venir se mirer
S'y jeter à mourir tous les désespérés
Tes yeux sont si profonds que j'y perds la mémoire.

Ce quatrain, il le copie, le couche sur un morceau de papier où il appose les initiales de Lucie, *L.B.*

En regagnant son appartement pour retrouver cette *Judith* qui dévore en ce moment ses mains et son esprit, il cherche un endroit où il pourrait laisser son extrait de poème pour l'offrir à la vue de Lucie. Voyant le tramway passer, il a trouvé. Elle a pour habitude, en descendant du wagon, de s'arrêter devant la vitrine du chapelier, rue du Faubourg-Saint-Étienne. Elle fait mine de regarder des chapeaux mais en fait c'est elle qu'elle observe, un col remonté, une mèche mal mise. Elle verra le mot laissé dans le rail du rideau de fer.

43

Mardi 29 février 1944

C'est une année bissextile, comme si les années d'occupation n'étaient pas assez longues.

Lucie sait qu'il y a un billet pour elle. Cette balade en ville est un prétexte à la recherche d'une deuxième strophe du poème d'Aragon. La première, celle du chapelier, s'était perdue. Ou plutôt *avait disparu* et sans doute trouvé d'autres mains, d'autres yeux que les siens. Tant pis pour Lucie, et tant mieux pour celle ou celui qui l'avait découverte avant elle. Il avait réécrit le quatrain mais cette fois il l'avait caché sur la grille d'entrée du Boulingrin, entre deux barreaux, s'arrangeant pour que Lucie voie le papier en arrivant.

Les initiales, l'écriture, Lucie avait compris pour qui était ce billet. Sans l'ouvrir, elle l'avait fourré dans la poche de son manteau. Sa joue avait dessiné une fossette de satisfaction, une virgule au milieu du teint rose que prennent ses pommettes en restant trop longtemps au froid. Elle avait attendu de s'asseoir sur un banc pour lire les vers d'Aragon.

Pour la deuxième partie du poème, il avait décidé de lui faire deviner l'endroit. Un arbre. Celui du jardin du donjon du Capitole, un marronnier avec un trou dans le tronc assez gros pour y glisser un papier.

— Tu brûles, tu y es presque.

— Je ne vois rien, tu ne l'as pas mis dans un arbre, au moins ?

Joachim regarde le marronnier autour duquel il tourne depuis cinq minutes.

— Dans le creux, il est dans le creux ! Je ne pourrai jamais l'attraper, et puis tu ne me feras pas mettre ma main là-dedans, je ne sais pas ce qu'il peut y avoir.

— Il n'y a rien dans ce trou, il est minuscule.

Les passants rient en voyant Lucie grimper sur les épaules de Joachim. Elle s'accroche à sa tête et tend son bras pour l'atteindre. Ces doigts fouillent, elle tressaille, affiche une mine dégoûtée et finalement saisit, entre l'index et le majeur, le morceau de papier. Observant leur manège, deux policiers s'approchent d'eux. Ils sont nombreux ce soir-là au centre-ville, une programmation spéciale est organisée par la Milice aux *Variétés* où ils projettent un film de propagande antisémite, *Le Juif Süss*.

— Qu'est-ce que vous fabriquez tous les deux ?

— Rien, je voulais toucher une branche haute, lui répond Lucie encore hilare.

— C'est stupide, descendez tout de suite de ses épaules.

— Nous ne faisons rien de mal. Vous avez pris un arrêté préfectoral interdisant de rire sur la voie publique ?

— Toi, l'espagnol, ne fais pas le malin ! Si cela te pose un problème, on peut demander aux miliciens de venir faire un tour ici.

— C'est bon, monsieur l'agent, nous partions justement. Bonne soirée.

— Bonne soirée mademoiselle, monsieur.

Les policiers tournent les talons, laissant Lucie et Joachim regagner le Capitole.

— J'ai de plus en plus de mal à me taire, à faire profil bas. La coupe est de plus en plus pleine.

— Joachim, regarde-moi ! Ne leur donne pas ce plaisir, ni à eux ni à la Milice.

Les murs latéraux du Capitole sont recouverts d'avis d'exécutions, de prises d'otages, de menaces de représailles par l'armée allemande. Les noms des morts, des condamnés ont remplacé ceux des réfugiés, des survivants cherchant leurs familles.

Ces affiches jaunes, rouges, bordées de noir sont là pour effrayer la population, dissuader d'éventuels actes de résistance. Ils n'ont eu qu'un effet : faire des résistants fusillés des martyrs.

Lucie les parcourt du regard, essaie dans un élan morbide de reconnaître des noms, ceux d'amis partis dans le maquis, celui de Maurice Goguet pris dans la souricière de l'imprimerie des frères Lion et incarcéré à la prison Saint-Michel.

Soudain elle s'arrête. Joachim tenant son bras la tire mais sent qu'elle résiste. Il se tourne et sourit car il sait ce qu'elle a vu.

— C'est cela que tu appelles faire profil bas ? !

— Lucie, ce sont juste des dessins.

— Tes colombes sur les affiches allemandes… *juste des dessins* ? Joachim, ils vont t'arrêter, ils n'attendent que ça, faire des exemples. Nous avons besoin de toi libre pour finir ce tableau.

Elle s'approche, se blottit contre lui.

— *J'ai* besoin de toi pour moi, tout simplement. J'ai eu tellement peur quand la milice t'a arrêté.

— Ils m'ont relâché.

— Pas deux fois, Joachim, pas deux fois.

— Promis, je ferai attention.

— Plus jamais ces affiches, même si le symbole est fort et tentant.

— Promis, plus jamais ces affiches.

— Les autres non plus !

— Lucie, tu ne peux pas emprisonner mes mains…

44

Jeudi 16 mars 1944

Il fait enfin beau, un temps magnifique même. Le printemps pointe le bout de son nez après trois mois de froid, les gens ont des envies de promenades dans les parcs, les rues. En regardant les premières fleurs de seringa, de forsythias et le bleu du ciel, ils en oublieraient les drapeaux nazis qui flottent sur les bâtiments publics.

Joachim n'est pas sorti de la journée pour profiter de tout cela, il butte, n'arrive pas à saisir l'expression du regard de Judith. Celui du Caravage est intense, à la fois volontaire et absent, comme si la jeune femme décapitait le général assyrien sans le moindre remords, comme si la haine de l'ennemi ressentie sur l'instant lui enlevait tout affect.

Le sien est tout simplement vide, inexpressif. Là où le Caravage semble contenir toute la complexité d'un esprit humain, celui de Joachim n'exprime rien.

La lumière pénétrant le petit appartement diminue, la fraîcheur des fins d'après-midi de printemps se fait sentir. Lucie ne va pas tarder et il n'a pas avancé.

Il sait que c'est une course contre le temps qu'on lui demande, une prouesse technique, copier un tableau de maître en quelques semaines. Il devrait finir la toile pour la fin du mois, y appliquer ensuite les glacis, les patines lui conférant ainsi l'apparence du vieux, celle d'un tableau du XVIIe siècle.

Il fait une pause à la lucarne de la chambre, regarde la place Dupuy en bas, écoute le brouhaha qui monte jusqu'à lui. Un merle sur la branche d'un platane se risque à un chant que ses congénères ne peuvent entendre. Il essaiera au petit matin, quand les hommes dorment, lorsqu'ils mettent leur vacarme perpétuel en suspens.

Le tympan de la cloche de Saint-Aubin vient de sonner le quart de six heures quand la silhouette de Lucie se découpe dans le soleil d'ouest.

Il attend, essaie de reconnaître ses bruits, celui de ses pas dans les escaliers, du souffle qu'elle reprend sur la dernière marche, des clés avant d'ouvrir. Le chien s'est posté devant la porte, il écoute lui aussi.

— Bonjour, mon amour, la journée s'est bien passée ?

— Oui, si on veut.

Elle quitte son manteau qu'elle portait largement ouvert, le pose sur le lit, s'assied face à lui.

— Qu'est-ce qui t'arrive ? Tu as l'air contrariée.

— Mon père est passé ce matin à l'école.

Joachim ferme la petite fenêtre, s'avance vers elle.

— Il y a un problème avec le réseau ?

— Non, avec toi.

— Quoi, qu'est-ce qu'il y a avec moi ?

— Son voisin est venu le voir hier après-midi.

— Et quel rapport avec moi ?

— C'est le père de François, le milicien qui t'a arrêté l'an dernier.

— Oui, je sais qui est cet enfoiré, qu'est-ce qu'il a dit à Charles ? Il ne l'a pas menacé, au moins ?

— Non, il est venu le voir et lui a demandé si le fait que sa fille fréquente un Espagnol ne le gênait pas. Ce à quoi mon père a répondu qu'il valait mieux un Espagnol qu'un peigne-cul de milicien.

Joachim éclate de rire.

— Bon sang, c'est tout ce que ça te fait ? Il ne va rien lâcher. François voudra se venger. Il t'a dans le collimateur.

— Je veux juste que tu arrêtes d'appeler ce type par son prénom. La personne que tu as un jour connue n'existe plus. C'est un milicien, il fait partie des gens qui livrent les autres à la Gestapo, de ces raclures de bidet qui gonflent les rangs des francs-gardes.

— Ils vont finir par t'arrêter !

— Ils n'ont rien contre moi, à part d'être avec toi.

Ça ne suffit pas pour coffrer un individu, même si je comprends les hommes qui sont jaloux de nous deux.

Lucie, assise, pense à François, à ce dont il serait capable.

— Quand nous étions petits, un jour au bord du canal, il avait attrapé un chat. Après lui avoir donné à manger pour l'amadouer, il lui avait attaché les pattes et l'avait jeté dans l'eau verte du bassin de radoub. Un batelier l'avait vu et avait sauté pour le récupérer. Une fois l'animal sauvé, l'homme avait attrapé François par l'oreille et lui avait collé une trempe dont il a dû se souvenir longtemps. Pour te dire s'il est vicieux : déjà petit il faisait du mal aux autres.

— Tu t'es renseignée s'il n'avait pas fait déporter ce batelier quand il a rejoint la Milice ? Il a l'air assez rancunier, ton ancien voisin.

— Joachim, tu n'as pas l'air de te rendre compte, tout cela est très sérieux.

— Je plaisante mon amour, mais nous ne pouvons faire autrement. Nous prenons des risques tous les jours, par nos activités mais aussi en continuant de vivre.

Joachim se tait subitement, dévisage Lucie.

— Quoi ? Qu'est-ce qu'il t'arrive ? J'ai un truc sur le bout du nez ?

— Non. Ton regard… il est parfait ! Ne bouge plus. Je ne sais pas à quoi tu penses mais ne t'arrête pas, ça te donne des airs de Judith.

— Heureusement que je sais qui est cette femme, autrement j'en serais jalouse. Tu en parles même la nuit.

— Reste comme tu es, j'ignore ce qui occupe ton esprit mais continue.

— Je me dis que je serais capable de tuer un homme comme lui s'il venait à te faire du mal.

Joachim retouche le regard sur son tableau, le noircit... Il le tient, il l'a désormais face à lui. Observant sa Judith, puis Lucie, il sait à présent à quoi pensent ces femmes, ce dont elles sont capables par détermination.

— Je peux voir ?

— Oui, viens.

— Je ne sais pas si c'est mon regard qu'elle a, ta Judith, mais il est identique à l'autre.

Lucie penchée sur lui, son chemisier légèrement échancré, Joachim contemple sa peau, les éphélides qui lui font comme des petites pâquerettes sur un champ.

— Tu veux que je t'aide à te rincer l'œil ?

— Laisse-moi ajouter un petit secret à notre copie. Comme ce regard est le tien, ma Judith aura aussi de tes délicieuses taches de rousseur dans son décolleté.

Lucie ne l'avoue pas mais elle rougit de s'imaginer en personnage de tableau de maître.

— Le glacis les atténuera, il n'y aura que toi et moi pour les deviner. Tu sais, elle te ressemble drôlement. Elle a des cheveux roux, une peau laiteuse comme la tienne, le même regard.

— Mais pas les mêmes yeux.

— C'est vrai, les tiens sont verts, magnifiques. Ils sont si profonds que j'y perdrais presque la mémoire et l'amande de tes paupières cajole mon cœur.

Lucie passe sa jambe à califourchon sur Joachim, elle l'embrasse, sent son cou.

— Tu es belle mon amour. Je veux bien prendre le risque de t'aimer même si pour cela je finis fusillé.

— Tu es un idiot, Joachim Gimenez, mais je t'aime. J'ai mis du temps à me décider, mais maintenant que je t'ai je te garde, et gare à celui qui voudrait t'arracher à moi.

45

Samedi 1er avril 1944

Le tableau est fini.

Il reste maintenant à en faire un faux, le vieillir, le patiner, lui donner l'apparence d'un vieillard de plus de trois cents ans.

Ce matin, Joachim a rendez-vous avec l'homme qu'il avait croisé au musée des Augustins en compagnie du conservateur lorsque, à l'époque, il apportait la touche finale à sa reproduction du Debat-Ponsan. Pour l'heure, il n'est plus question de transporter les œuvres, ce sont les hommes qui se déplacent, c'est moins risqué.

Joachim guette son arrivée par la fenêtre. Dehors, c'est une véritable fourmilière, il y a des soldats partout. Au matin, un tramway réservé aux Allemands a été attaqué. D'après ce que disent les gens, il y aurait une quarantaine de victimes. Entre ça et le passage des avions alliés au-dessus de la région, la *Wehrmacht* est sur les dents. Joachim repense à la phrase de Jacques, sur la proximité de l'ennemi : *Plus tu es près, moins ils te voient*.

Le bruit des avions la nuit lui rappelle les semaines d'attente au village, en Espagne. Il était capable de distinguer ceux des fascistes et ceux de la République. À la fin, il n'y avait plus que des appareils allemands et italiens. Ceux qui passent dans le ciel, il ne les connaît pas, les gars du parti lui ont dit que c'étaient des Anglais et des Américains en reconnaissance et qu'un de ces quatre matins, les bombes devraient *tomber comme à Gravelotte*. On lui avait expliqué l'expression, cela voulait dire qu'il fallait s'attendre à une intense pluie d'acier.

Il espérait, en imaginant cela, que Toulouse serait épargnée et que les bombardements se concentreraient sur des objectifs militaires.

En travaillant sur la toile, il avait remarqué que celle-ci avait déjà subi un traitement pour en vieillir la trame, ce qui d'ailleurs l'avait gêné lors des premiers coups de crayon, le carbone accrochant davantage le support qu'à l'accoutumée. Il ne savait pas comment ils avaient procédé pour donner cette impression de fibre ancienne mais le résultat était bluffant. Joachim était un dessinateur hors norme et un bon peintre, mais pour réussir la copie parfaite d'un tableau comme celui du Caravage, il fallait un maître illusionniste et l'homme qui traversait la place d'un pas pressé en était un.

— Bonjour. Monsieur Gimenez ?

— Oui.

— Enchanté. Je me présente : André Lafforgue.

— Bonjour, nous nous sommes déjà rencontrés au musée des Augustins. C'est moi qui ai réalisé la copie du *Massage* de Debat-Ponsan.

L'homme le dévisage, visiblement il n'avait pas prêté attention à lui ce jour-là, uniquement intéressé par la toile.

— Certes, très belle reproduction, mais ce tableau-ci a dû vous donner plus de fil à retordre.

— Effectivement, la peinture était beaucoup plus difficile à maîtriser.

— Il est très beau, monsieur Gimenez, et il le sera encore davantage quand vous aurez appliqué la patine dessus.

Il extrait trois fioles de son sac.

— Ce sont des vernis anciens. Vous les appliquerez en couches successives dans cet ordre-là, en attendant un parfait séchage entre chacune d'elles.

— C'est entendu, vous pouvez compter sur moi.

— Bon, maintenant passons à l'encadrement. Maurice Goguet m'en avait parlé avant qu'il ne se fasse arrêter et je vois que je ne me suis pas trompé en choisissant ce modèle.

Connaissant parfaitement les dimensions, il avait pris avec lui quatre tronçons d'un cadre appartenant à un tableau contemporain de celui du Caravage et n'avait plus qu'à les assembler directement sur celui de Joachim.

— Je peux vous offrir un café, monsieur Lafforgue ?

— Avec plaisir. Vous pouvez m'appeler André. Joachim, vous avez vraiment effectué un travail remarquable.

— Je vous remercie.

— Avec la patine ancienne, je défie quiconque de différencier le vrai du faux.

— L'important, c'est que cela trompe assez longtemps le lieutenant-colonel Suhr.

46

Jeudi 6 avril 1944

Toulouse se réveille après sa première vraie nuit de bombardements.

Les alliés ont détruit les usines aéronautiques de Saint-Martin-du-Touch et de Montaudran, faisant soixante-quinze morts, dont vingt-deux civils.

Joachim a fini la première couche de vernis et doit attendre qu'elle sèche complètement avant d'appliquer la suivante.

Il vient de rentrer du magasin général de Borderouge. Il y avait une distribution de pommes de terre et, depuis que Jacques l'a libéré de son travail à l'atelier, il ne fait plus les livraisons et doit recourir à la débrouille pour se procurer des denrées.

Il a attaché son vélo à un poteau face aux bains-douches, à la même place que d'habitude. Lucie pourra y attacher le sien en arrivant. Elle a prévu de le rejoindre là ce soir, après ils iront au cinéma, rue du Faubourg-Bonnefoy, peut-être manger un morceau à la brasserie du boulevard de Strasbourg, une folie mais cela fait si longtemps. En attendant, Joachim se lave, profite de l'eau chaude, de l'odeur du savon. À chaque fois il se souvient de son arrivée à Toulouse et de cette découverte. Les douches à l'abattoir étaient pratiques mais beaucoup plus rudimentaires.

En regardant l'heure dans les vestiaires, il se dit que Lucie doit déjà être arrivée. Il imagine l'atmosphère de l'autre côté du mur, celle du tableau de Debat-Ponsan, des boudoirs des hôtels de Toulouse-Lautrec, peuplés de femmes discutant en se déshabillant, leur langueur dans l'atmosphère humide, dans la vapeur des douches chaudes. Il n'a jamais posé la question à Lucie, comme s'il préférait fantasmer les lieux. Joachim finit de se rhabiller, remet sa casquette sur la tête, celle de Pierre qu'il porte toujours. Il s'arrête devant le comptoir, sourit à la jeune femme de l'accueil, lui demande si elle a un crayon à lui prêter. Elle lui en tend un, Joachim écrit sur un morceau de papier blanc la dernière strophe du poème d'Aragon qu'il a prévu d'attacher à la bicyclette de Lucie, ainsi elle le verra tout de suite. Il regardera la scène depuis le petit bar où il a l'habitude de boire un verre en l'attendant.

Après avoir posé le crayon sur le comptoir de l'accueil, il sort et se dirige vers le vélo de Lucie. Il y glisse le mot et commence à marcher vers le café. La rue est suffisamment silencieuse pour qu'il entende des pas rapides qui se dirigent vers lui. Il sent une main lui saisir le bras.

— Toi, qu'est-ce que tu viens de laisser sur ce vélo ?

Joachim reconnaît François. Son cœur bat, il comprend ce qui est en train de se passer.

— C'est l'extrait d'un poème pour Lucie.

— Ce n'est pas plutôt un message codé pour tes amis résistants communistes ?

Joachim ne répond pas, tout ce qu'il dirait ne servirait à rien. Les gens l'ont vu mettre ce papier sous la selle, il sait que ce n'est qu'un quatrain pour Lucie, il pourrait tout aussi bien être adressé à l'armée de l'ombre, il ne peut pas prouver le contraire.

— Les gars, on l'amène directement rue Fourtanier, j'appellerai la Gestapo pour qu'ils l'interrogent. Tu leur expliqueras, à *eux*, que ce texte est simplement un poème et non un message codé.

François parle fort pour que les gens l'entendent, comme s'il venait d'arrêter un des chefs de la Résistance locale. Il s'approche de lui et, penché sur son oreille, lui glisse :

— Je t'avais dit, l'Espagnol, que je t'aurais un jour.

Paradoxalement, Joachim n'a pas peur, comme si tout devait se finir ainsi à un moment. Il avait joué avec la mort depuis qu'il était parti de Maria, l'avait fuie mais avait couru aussi vers elle comme un poulet sans tête. Il n'avait jamais pris les armes mais avait résisté à sa manière, en voulant vivre, aimer comme avant, marquant son désaccord, continuant à écouter de la musique, lire de la poésie, certes interdite, celle de la *Liberté* d'Éluard, d'Aragon, dessinant sur les affiches de la Milice, des exécutions, réalisant des copies de tableaux pour éviter que les nazis ne les fassent disparaître.

Croisant une de ses colombes au détour d'une rue, il pense à Lucie, à ses yeux, à ces vers qu'elle ne verra pas, à ces mots qui résonnent soudain comme la vérité de l'instant.

Il advint qu'un beau soir l'univers se brisa
Sur des récifs que les naufrageurs enflammèrent
Moi je voyais briller au-dessus de la mer
Les yeux de Lucie les yeux de Lucie les yeux de Lucie.

Elle l'attendra scrutant vainement le bar où il est censé se trouver, vérifiant encore et encore qu'elle a bien posé son vélo sur le sien. Elle l'attendra jusqu'à ce que quelqu'un ait le courage de venir annoncer à cette si jolie femme que celui qu'elle espère a été emmené par la Milice. Elle l'attendra tant qu'une âme compatissante n'aura pas le cran de lui apprendre la triste vérité, au risque de la faire fondre en larmes. Comprenant que les médiocres ont gagné, alors seulement elle partira.

Franchissant la porte de l'immeuble au numéro 3 de la rue Alexandre Fourtanier, il se dit que cette fois il n'y aura personne pour le sauver *in extremis*, qu'il devra s'asseoir là et assister au déroulement inéluctable des choses.

Joachim ne répond pas aux questions du milicien face à lui, il s'imagine ailleurs, peut-être toujours devant les bains en train d'attendre Lucie. L'homme s'énerve, se lève, le frappe sur la pommette. Il ne dit toujours rien, ne le regarde toujours pas, tant qu'il ne pose pas son regard sur lui, il n'existe pas.

François entre dans la pièce, un sourire satisfait sur son visage.

— Ils arrivent, mon gars. Ils avaient l'air contents d'avoir un peu d'occupation, j'ai l'impression qu'ils s'ennuyaient ce soir.

Il se retourne vers l'autre franc-garde.

— On a quelques minutes pour s'amuser avec lui avant qu'ils ne l'emmènent.

À peine a-t-il terminé sa phrase qu'il lui assène un coup de poing à la mâchoire. Joachim sent un goût ferreux dans sa bouche. Il se retient de riposter, vient toucher sa lèvre inférieure, découvre le sang sur ses doigts.

Dans un élan de sadisme, le milicien prend sa matraque et frappe violemment la main que Joachim avait posée sur le bord du bureau. Plus que la douleur, c'est le bruit, un craquement sourd, interne, celui de ses os qui se cassent, qui le fait hurler. D'un geste réflexe, il la saisit et la ramène contre lui. Il ne peut plus bouger ses doigts, ils sont comme éteints à sa volonté.

Joachim examine sa main gonflée, le milicien vient sûrement de lui briser les phalanges. Il ne survivra peut-être pas à cette nuit, mais sur l'instant sa première pensée va au tableau dont il ne pourra finir la patine.

Des hommes viennent d'entrer dans le bâtiment, des Allemands. Ils parlent fort, donnent des ordres. Tout s'agite.

— Dis-moi, ils ont fait vite. Dommage, nous commencions juste à faire connaissance. Yves, emmène-le, il appartient à la Gestapo.

Joachim repousse l'homme qui s'approche de lui et se lève seul de sa chaise. Il sent son cœur battre dans sa main. Dans le couloir c'est l'effervescence. Ce sont des soldats de la *Wehrmacht* et non la police secrète du Troisième Reich qui ont fait irruption dans les locaux de la Milice.

François s'avance vers le gradé.

— Bonsoir *oberleutnant* !

Le milicien le salue comme s'il faisait partie lui aussi de l'armée allemande.

— Que faites-vous ici ?

— Nous venons chercher des prisonniers pour effectuer une corvée sur une route endommagée par les bombardements. Vous avez des hommes à me livrer ?

— Dans ces locaux ?

— Oui, c'est urgent.

Il se tourne alors vers Joachim, le dévisage. Les deux hommes se reconnaissent, ne disent rien. L'*oberleutnant* Müller remarque la main tuméfiée de Joachim, la touche, s'approche de François.

— Je fais quoi avec les prisonniers si vous leur cassez les mains ?

— Celui-ci est pour la Gestapo.

— De quoi s'est-il rendu coupable ? C'est un résistant ? Il a posé une bombe ? Tué un soldat allemand ?

— Non, *oberleutnant*. Nous le soupçonnons de divulguer des messages secrets. Regardez…

François lui tant le poème. Müller le lit.

— C'est vrai jeune homme ? Ce sont des informations codées destinées à la Résistance ?

— Non, monsieur, c'est un poème pour ma fiancée.

Müller se retourne vers les miliciens.

— Vous arrêtez des hommes, vous les frappez parce qu'ils ont écrit des vers sur un bout de papier ? Il y a quelque chose qui ne tourne pas rond dans votre tête de Français ?

— Mais nous l'avons pris en flagrant délit.

— De quoi ? De romantisme ? Je prends cet individu. Vous n'avez rien contre lui et moi j'ai besoin d'hommes.

— Mais il a la main brisée !

— Il en a une deuxième. Comme c'est vous qui la lui avez cassée, vous préférez peut-être venir à sa place ?

— Non, *oberleutnant*.

Müller prend Joachim par l'épaule et l'emmène.

— Et je leur dis quoi, à la Gestapo ?

— Ça, c'est votre problème.

Joachim sort du bâtiment de la Milice aux mains des Allemands mais échappant, au moins pour un temps, aux griffes de la police nazie.

— Elle est cassée ? demande Müller.

— Oui, je pense. J'ai entendu comme le bruit de

petits branchages qui craquent sous les pieds.

— C'est la main avec laquelle vous dessinez ?

— Oui, malheureusement.

— *Scheisse !*

— *Oberleutnant* Müller ?

— *Ya ?*

— Merci de m'avoir sorti de là.

— Monsieur Gimenez, je vous l'ai déjà dit, nous ne sommes pas tous pareils.

Joachim sourit, repense à leur première rencontre à l'atelier. Sa lèvre se remet à saigner, il l'essuie avec sa manche et monte à l'arrière du camion qui les attend devant l'immeuble.

Ils sont six, silencieux sous des bâches épaisses, à partir effectuer la corvée pour les Allemands, des hommes pris au hasard, esclaves d'un empire aux abois. Joachim regarde par le laçage distendu de la toile le paysage urbain défiler à contresens, rejoignant la rue de Metz, le monument aux morts, la place Dupuy, longeant ensuite le canal du Midi jusqu'au Pont des Demoiselles avant de bifurquer vers Montaudran.

La zone est dévastée. Les alliés n'ont pas fait dans la dentelle. En visant les usines aéronautiques, ils ont aussi détruit des habitations, une école, des commerces. Il croise la silhouette de gens qui ont tout perdu mais qui n'ont pas l'air malheureux, fatalistes tout au plus, ayant conscience qu'il faut en passer par là pour être libérés un jour.

Il les voit faire la queue à la soupe du Secours national, la tête levée, comme s'ils avaient repris espoir, comme si ces bombes montraient que le monde ne les avait pas abandonnés, comme si les paroles de De Gaulle le 18 juin 1940 avaient enfin été entendues et que les alliés arrivaient. À travers les bâches brunes, Joachim perçoit dans leurs yeux un air de défi. Ce n'est pas lui qu'ils regardent, ce sont les camions, les soldats allemands, tout ce qui fait cet ancien ordre sur le déclin.

Il descend, se saisit de l'outil que lui tend un soldat.

— *Arbeit macht frei !*

Sa main lui fait mal à chaque coup de pelle mais il préfère être là, à reboucher des cratères d'ogives aux portes de Toulouse que dans les locaux de la Gestapo.

La corvée dure toute la nuit. Les sirènes hurlent aux approches des alliés, il leur faut plonger dans les fossés à chaque fois, mettre les mains sur la tête et attendre que les avions s'éloignent.

Le visage dans l'herbe humide, se rêvant ailleurs, Joachim observe les violettes sauvages, les pâquerettes, les pissenlits encore clos dans la pénombre du petit matin. Il cueille discrètement des mousserons de la Saint-Georges et les met dans sa casquette. Si on le laisse réellement partir, Lucie sera heureuse d'avoir une poêlée.

Les sirènes se taisent, les avions passent et puis plus rien, le silence. Un merle reprend son chant, comme un appel, celui de son amour qui le cherche. Joachim essaie de deviner dans quel arbre, dans quel buisson il se trouve. Le dos de sa main tambourine comme un cœur, non plus le sien, mais celui de Lucie, allongé au milieu des violettes, un souvenir en guise de récompense, celui d'avoir au moins aimé un jour. Il s'endort presque, fatigué du passage à tabac, de cette nuit de labeur. Il s'abandonne à l'aube naissante en pensant à elle, à ces vers d'Apollinaire qu'elle lui a appris :

Nous ne nous verrons plus sur Terre
Odeur du temps brin de bruyère
Et souviens-toi que je t'attends.

La crosse d'un fusil pousse soudain son flanc, le sort de ce songe.

— *Stehen ! Schnell !*

Le soldat paraît agacé de devoir réveiller cet homme, lui non plus n'a pas dormi et veut sans doute rentrer.

— Approchez ! Le travail est fini, vous pouvez retourner chez vous. Tâchez de ne plus rien faire qui soit répréhensible par l'armée allemande. *Auf Wiedersehen*, messieurs.

Les camions démarrent et s'éloignent, les laissant là. Un des hommes qui était de corvée avec Joachim s'avance vers lui.

— Ils ne font plus de prisonniers. Les cas comme nous, ils les font bosser et après *raoust*. Les autres, c'est direct la déportation ou le peloton d'exécution. Ils ne s'emmerdent plus mais ne veulent pas non plus se mettre toute la population à dos. Inspirer la peur mais pas se faire haïr. Allez mon vieux, bon courage et soigne cette main !

Joachim pense à la petite étoile au-dessus de sa tête, celle qui lui a permis de glisser entre les pattes de la Gestapo. Il marche vers la ville, groggy d'une nuit sans sommeil, tenant sa casquette remplie de champignons avec sa main valide, l'autre contre sa poitrine, anesthésiée par l'effort. Il redoute le réveil de la douleur, à froid, mais cela n'est rien par rapport à ce qu'il vient d'éviter. Il se sait maintenant surveillé et devra sortir le moins possible le soir pour ne pas renouveler la même mésaventure.

Il ouvre la porte de sa chambre de bonne. Lucie est allongée sur leur lit, encore habillée de la veille. Les pas de Joachim dans l'appartement, ceux du chien qui sautille autour de lui, la sortent de ses pensées. Elle se redresse, ne semble pas croire à ce qu'elle voit face à elle.

— Je savais que c'était dangereux de t'aimer, Lucie Bordes.

Elle se précipite sur lui, éclate en sanglots, de bonheur, de fatigue, de rage.

— Attention, tu vas écraser les champignons…

Elle regarde la casquette, caresse la joue de Joachim, l'embrasse.

— Je le tuerai s'il le faut mais il nous laissera tranquilles, je te le promets.

— Ne te préoccupe pas des médiocres, la vie se chargera d'eux un jour.

Pour la première fois, pensant à François, à cette nuit où il a eu peur de la perdre, marqué et amer comme un morceau de fer rouillé se souvenant de la morsure de l'eau, Joachim se dit qu'il pourrait être capable lui aussi de tuer un homme.

47

Dimanche 16 avril 1944

Allongés sur l'herbe grasse du printemps, le vent tiédissant d'une fin d'après-midi ensoleillée leur filant entre les doigts, Joachim et Lucie profitent d'un moment de répit.

Elle cueille des reines-marguerites, une à une, comme le ferait une petite fille, vêtue d'une élégante robe rouge qui appartenait à sa mère. Charles avait gardé tous les vêtements de son épouse Béatrice. Il ne s'était d'abord pas résolu à s'en débarrasser et ensuite, voyant sa petite fille devenir une belle femme, il s'était dit qu'ils lui serviraient sûrement. En rouge sur le vert intense de la prairie des Filtres, il a l'impression que l'on ne voit qu'elle. Lucie rit. Durant ces années de guerre, il y a eu des chagrins, des doutes mais elle ne s'est jamais arrêtée de rire.

Allongé, examinant l'imposant bandage, le bougeant devant lui comme une marionnette, il sait qu'il ne pourra pas finir ce tableau à temps, il mettra des semaines, des mois à retrouver pleinement l'usage de sa main, s'il le retrouve un jour. Le coup qui lui a brisé les métacarpes était violent et la nuit de travaux forcés, même si elle lui a sauvé la vie, n'a rien arrangé.

— À quoi penses-tu, mon amour ?

— À toi, à *Judith*. Tu vas devoir terminer le travail à ma place.

— Sois patient, tu commences à retrouver un peu de mobilité.

— Lucie, je ne sais pas si je pourrai repeindre un jour. Tout est en lambeau à l'intérieur. Je te guiderai, pour le glacis il faut juste être minutieux.

Lucie prend sa main droite, embrasse délicatement le bout de ses doigts.

— Tu y arriveras, j'en suis sûre.

Joachim ne répond rien, détourne son regard vers le fleuve, large, rapide, rempli des fontes de neige, des pluies printanières, charriant quelquefois une branche, un petit tronc.

— Hier soir, les Allemands ont capturé seize membres de la 35e brigade.

— Il en restera toujours et il y en aura même de plus en plus. Les gens ont repris espoir.

Lucie vient se lover contre lui, il sent la fraîcheur sur ses bras.

— Tu veux qu'on rentre ?

— Non, pas encore, je suis bien ici, tiens-moi juste un peu chaud. Il y a eu des bombardements, cette nuit, tu les as entendus ?

— Oui, c'étaient des Anglais.

— Tu reconnais les bombes ?

— Plutôt leur manière de les lâcher et le bruit des moteurs.

— Ah bon, comment ça ?

— Les bombardements anglais sont plus subtils, plus précis. Leurs pilotes volent bas pour être sûrs de toucher leur cible sans détruire trop d'habitations. Ils ont la guerre chez eux, ils savent ce qu'une ogive peut faire comme dégâts sur les populations civiles. Les Américains veulent protéger leurs pilotes et naviguent plus haut, ils sont donc moins précis et causent davantage de dommages dans le voisinage des objectifs. Nous faisons partie des risques nécessaires à la Libération.

— Vous êtes cynique, Joachim Gimenez.

— Non, réaliste, mademoiselle Lucie Bordes.

48

Lundi 22 mai 1944

Il pleut.

La saison de rugby est terminée. Le TOEC a remporté la coupe de France le 7 mai à Bordeaux face au Stade Bordelais 19-3.

Lucie a passé la dernière couche de vernis sur le tableau. Joachim a beau lui dire qu'il n'aurait pas fait mieux, la jeune femme ne le croit pas.

Sa main cicatrise bien mais reste enflée et douloureuse et Joachim ne peut toujours pas la bouger comme il le voudrait.

Ils marchent, l'un contre l'autre, à travers le quartier en ruines d'Empalot. Les alliés ont bombardé la Poudrerie et l'ONIA le 2 mai. Sept vagues successives, des centaines d'avions visant les usines, faisant quarante-sept morts et soixante-cinq blessés dans le quartier et s'avérant inefficaces car la Poudrerie fonctionne encore.

Ils se rendent à la guinguette *La tuta de l'ours*, l'une des dernières de la ville. Pour danser, écouter de la musique, fêter la fin du tableau, ils retrouvent là-bas des jeunes comme eux, venus pour quelques instants oublier le contexte des bombardements, des arrestations, des attentats, des exécutions.

Joachim ne peut plus peindre ni jouer du bandonéon. La musique se fait rare, elle est censurée par les Allemands – pas de jazz, uniquement du musette – mais cela vaut mieux que pas de musique du tout.

Lucie aime bouger, faire réagir son corps, partager un même mouvement avec Joachim.

— C'est bien d'être ici, de danser sans que rien ne compte vraiment, sans avoir peur que tout s'arrête d'un coup.

— Pourquoi dis-tu ça, Joachim ?

— Je n'en sais rien. En traversant les ruines du quartier, je pensais à ces gens qui sont morts durant les bombardements. Ils étaient peut-être venus danser le dimanche précédent sans se douter que c'était la dernière fois.

— Pour continuer de vivre ici, il faut une certaine insouciance.

— Ou de la résignation…

— Si tu étais juste fataliste, tu n'aurais pas fait tout ça, les colombes, les poèmes, le tableau, tes résistances à toi, contre la stupidité des hommes. Tu n'aurais pas fait ta guerre en Espagne.

— Lucie, je ne suis pas un héros, j'ai juste essayé de sauver ma peau. Toi, tu m'as appris que la vie était tellement plus que cette survie que je m'étais promise en quittant mon village natal. C'est toi qui as rendu mon monde beau à regarder.

— La dernière fois que l'on danse, on ne le sait pas. On ne pense à rien d'autre qu'à danser, comme on l'a toujours fait, jouissant de l'instant présent, pas de celui qui vient de passer ni de celui qui viendra. Tout peut s'arrêter à tout moment... Là ou au terme d'une longue vie.

— Lucie, s'il m'arrive quelque chose, je ne veux pas que tu passes trop de temps à pleurer. Je veux que tu profites de cette vie qui un jour redeviendra comme elle était avant. Ton frère avait l'habitude de dire : *Les idéalistes gagnent toujours à la fin.*

— Joachim, tu m'effraies quand tu parles comme ça. De quoi as-tu réellement peur ?

— Je ne veux plus être passif face au danger. Je n'ai pas envie que d'autres décident pour moi. L'autre jour, dans les locaux de la Milice, je me suis juré que cela n'arriverait plus. Je me suis juré qu'ils ne m'attraperaient plus...

Lucie reste muette, n'essaie pas de le raisonner car elle a ressenti la même chose ce soir-là, la fragilité d'une vie, d'une existence, le fait de basculer dans la violence. Avant la guerre, ils n'étaient encore que des enfants, ils ne le sont plus.

— Lucie, tu veux m'épouser ?

— Là, maintenant ?

Il sourit, caresse sa joue.

— Non, quand la guerre sera finie. Quand les Allemands seront partis, nous pourrions nous marier, fonder une famille…

— Tu crois qu'ils s'en iront ?

— Ça sera peut-être long, mais il faudra bien que tout ça s'arrête un jour. À ce moment-là, il sera enfin possible de reprendre une vie normale.

— Ce jour-là sera le plus beau de ma vie. Comme dit Emilie Dickinson : *Attendre une heure est long si l'amour est en vue. Attendre l'éternité est bref si l'amour est au bout.*

49

Vendredi 2 juin 1944

Ce soir-là, remontant la rue des Filatiers, passant devant le café du matin sur la place des Carmes, il repense à sa vie sur ces lieux qu'il a découverts un jour, fraîchement débarqué d'Espagne, ne connaissant rien de cette ville, de ces gens. En marchant pour la première fois sur le pavé de la Cité Mondine, regardant la brique incandescente au soleil couchant, il s'était dit que chaque lieu qu'il arpenterait se chargerait de son histoire et se mêlerait à la sienne.

Avançant vers la place Esquirol les tableaux sous le bras, emmaillotés, dissimulés sous des toiles de jute, à égale distance des Beaux-Arts et de l'atelier de Jacques, il a l'impression d'avoir vécu tout cela pour être ce soir-là à ce carrefour. La fuite d'Espagne, son don pour le dessin et la peinture, jusqu'à sa rencontre avec Pierre. Une succession d'événements pour sauver *Judith*, la reine juive, des nazis.

La porte cochère de l'immeuble ne sera pas verrouillée et il doit attendre à cet endroit précis la camionnette qui amènera le tableau du Caravage en lieu sûr. Quant à sa reproduction, elle sera transportée à pied par un des gars du réseau Constant jusqu'au musée des Augustins où elle sera entreposée dans une remise, une cachette suffisamment grossière pour être découverte rapidement par les hommes de Suhr.

Il est dix-neuf heures. Il fait encore clair, comme lors des belles journées de juin, quand le jour joue les prolongations. La ville est calme mais pas vide, des gens circulent. C'est ce que souhaitaient les gars du réseau : qu'il y ait suffisamment de monde pour ne pas se faire repérer. Joachim arrive au niveau de la place de La Trinité, se dirige vers la large porte cochère de l'immeuble, pose les tableaux contre le mur pour l'ouvrir.

En se retournant vers le carrefour entre les rues des Filatiers, Saint-Rome et de Metz, son regard croise celui d'un soldat allemand. Ils sont quatre, semblant attendre quelqu'un, surveillant la zone. À l'expression de Joachim, le militaire se doute qu'il cache quelque chose. Aux ordres qu'il lui aboie, il comprend qu'il ne doit plus bouger. Il ne peut plus fuir.

L'Allemand semble demander à ses collègues postés de son côté d'aller voir ce qu'il manigance. C'est une souricière, la proie surveillée n'est pas Joachim mais il se trouve au mauvais endroit au mauvais moment.

L'homme sur le trottoir opposé le tient en joue, attendant que ses collègues viennent vers lui.

Les bras en l'air contre le mur à proximité de son précieux chargement, il a le cœur qui bat. Il attendra le bon moment pour courir. Il connaît bien le quartier, sait déjà où il passera si les premières balles le ratent. Il ne se laissera pas arrêter, il se l'est promis. Fuir au risque de mourir, mais rester libre. Il jette un œil sur les tableaux, sans eux il irait plus vite, mais s'il les abandonne là, tout ce qu'il a fait n'aura servi à rien. Il entend le bruit des bottes sur le pavé. Ils sont deux.

— Monsieur, ça commence à être une habitude de se faire arrêter.

Joachim reconnaît Müller, il se retourne, toujours les bras en l'air.

— Qu'est-ce que vous transportez là-dessous ?

— Des tableaux.

— De vous ?

— En partie.

— Ouvrez-les ! Croyant attraper les résistants d'un réseau, on en déjoue un autre. Pas de chance, monsieur Gimenez.

Le fusil toujours pointé sur lui, Joachim s'exécute devant le regard ébahi de Müller.

Le lieutenant allemand a devant lui deux tableaux identiques d'une même œuvre.

— C'est un Caravage ?

— Oui. Je vous présente *Judith décapitant Holopherne*.

— L'un des deux est l'original et l'autre un faux exécuté par vous, n'est-ce pas ?

— On ne peut rien vous cacher…

— C'est prodigieux, monsieur Gimenez. Vous êtes un virtuose de la peinture. C'est d'ailleurs pour cela que je vous ai sauvé l'autre jour, pour votre réplique de *Guernica*… Je ne me résolvais pas à vous laisser entre les mains de ces abrutis de la Milice.

Müller examine les toiles de plus près. Ses yeux brillent d'avoir devant lui une véritable œuvre du Caravage et sa parfaite réplique.

— Lequel est le vrai ?

— Il y a une marque sur un angle du cadre pour la copie afin de pouvoir les différencier rapidement.

— Montrez-moi.

Joachim se penche et à l'instant où il allait retourner un des tableaux, une fusillade retentit en direction du Capitole. La souricière semble avoir attrapé une autre proie, plus grosse celle-ci. Il se redresse. Les soldats regardent vers la rue Saint-Rome. Une *Traction* en déboule à vive allure. À son bord, deux hommes relativement jeunes que Joachim n'a pas le temps de reconnaître.

Les militaires tirent. Müller crie un ordre en allemand. Celui qui tient en joue Joachim court rejoindre ses collègues vers le carrefour. La *Traction* dérape, ses pneus crissent, elle fait une embardée, redresse sa course et file vers le Pont-Neuf avec à ses trousses deux voitures de la Gestapo.

Müller se tourne vers Joachim, le fixe.

— Partez ! Laissez-moi vos tableaux et fichez le camp ! Nous avons d'autres préoccupations aujourd'hui.

— Qu'est-ce que vous allez en faire ?

— Je vais ramener le Caravage en lieu sûr et je vais garder le vôtre.

— Que deviennent ces œuvres que vous stockez ?

— Elles partent en Allemagne. C'est un trésor de guerre inestimable.

— Vous n'avez pas le droit.

— C'est ce qui s'est toujours fait lors des guerres, le vainqueur pille le vaincu.

— Vous n'avez pas encore gagné.

— L'histoire le dira, elle est toujours écrite par les vainqueurs. Filez, Joachim. Vivez et ne forcez plus votre chance, elle est comme le vent, à un moment elle tourne.

Joachim regarde les toiles une dernière fois et s'avance vers les Carmes. Face à lui une camionnette remonte rapidement la petite rue, la portière droite est ouverte, le passager passe son buste, il tient un fusil. Joachim n'a le temps de rien dire, l'individu tire sur Müller qui s'effondre.

— Joachim, monte ! Les autres arrivent !

Des soldats courent dans leur direction. Joachim, tétanisé, observe le lieutenant inanimé sur le pavé et les deux tableaux qui gisent à côté de lui. Les Allemands commencent à riposter, les hommes dans la fourgonnette leur répondent.

— Bouge-toi ! Ils vont tous rappliquer.

— Pourquoi l'avez-vous tué ? Il me laissait partir.

— C'est un soldat allemand, ça en fait toujours un de moins.

Les balles fusent, percent la carrosserie de l'utilitaire, Joachim prend les cadres dans ses bras et saute dans le véhicule. Au moment de monter, son pied dérape et il lâche une des peintures. L'homme au fusil le saisit par le col et le hisse à l'arrière. La porte se referme. Il est dans le noir, accompagné d'une seule *Judith* mais il ne peut voir laquelle. L'autre, celle qu'il a laissée sur la place de La Trinité est aux mains des Allemands.

Subissant les soubresauts de la camionnette, les virages, Joachim serre la toile contre lui. Il aimerait que ce soit la sienne, celle qui ressemble à Lucie, mais espère qu'il s'agit de l'originale, celle qu'il faut absolument sauver. Il ferme les yeux, contrôle sa respiration pour se calmer, repense à ce lieutenant allemand qui lui a sauvé la vie par deux fois et qui est mort à cause de lui. Il songe à ce monde où des Espagnols ont tenté de le tuer, ce monde où des Français, des Irlandais, des Russes sont venus défendre sa liberté, ce monde où des Français dénoncent d'autres Français et des Allemands sauvent des résistants. Il n'y comprend plus rien et n'aimerait qu'une chose, partir avec Lucie, loin de tout cela.

Le fourgon accélère, les virages se font moins serrés, Joachim devine qu'ils sont sortis de la ville. Un des hommes à l'avant frappe sur la tôle.

— Ça va, derrière ? Pas de mal ?

— Non, un peu secoué mais ça pourrait être pire. On va où ?

— Vers le nord, en direction de Fronton. Normalement on doit amener le tableau à Villemur, nous avons un entrepôt là-bas, mais avec tout le grabuge de ce soir, ça doit être partout l'effervescence. On va le laisser dans une vieille demeure abandonnée pour la nuit et nous reviendrons le chercher dans un ou deux jours.

Ils roulent encore sur une petite route de campagne pendant une vingtaine de minutes. Puis le véhicule ralentit, emprunte ce qui semble être, aux vibrations de l'habitacle, une allée gravillonnée sur une centaine de mètres, avant de s'immobiliser.

Le moteur tourne toujours, une portière s'ouvre, un homme descend et tire la porte latérale.

— Pas trop secoué ?

— Non, ça va. On est où ?

— Dans la campagne profonde. Jamais personne ne viendra chercher le tableau ici. On va le mettre à l'abri dans le grenier et nous reviendrons quand tout se sera calmé. Passe-le-moi !

Joachim voit partir la dernière *Judith* dans l'obscurité.

Les dépendances de la bâtisse se dessinent à travers les phares de la camionnette. Entièrement en brique, elles témoignent d'une demeure cossue et importante. L'homme revient, lui sourit l'air satisfait et referme la porte sur Joachim. Ils quittent le domaine sans qu'il ait pu voir le bâtiment principal.

Dès la sortie de l'allée gravillonnée, ils tournent à l'opposé d'où ils sont venus.

— Joachim, nous allons faire un petit détour pour ne pas rentrer par le même chemin, au cas où ils seraient à nos trousses.

La route est plus cahoteuse mais Joachim est détendu, la mission est en partie réussie.

À l'avant, les hommes discutent de l'itinéraire à suivre pour regagner la ville. Il entend des noms, Villariès, Montberon, Pechbonnieu.

— Nous allons passer à Saint-Geniès-Bellevue et nous te laisserons là-bas. Il nous faut éviter d'entrer dans Toulouse avec la fourgonnette, ils ont dû faire le signalement du véhicule. Nous nous en débarrasserons dans la cambrousse. Tu auras un peu de marche mais c'est plus sûr.

— Comme vous voulez les gars, si c'est mieux pour vous, cela ne me gêne pas.

Traversant un village, ils ralentissent, s'arrêtent. Joachim entend que l'on s'agite dans la cabine.

— Qu'est-ce qu'il se passe ?

— Il y a un barrage.

— Ils nous ont vus, ils nous font signe d'avancer. On fait quoi, André ?

Joachim entend craquer l'embrayage. Il retient sa respiration comme s'il pouvait ainsi suspendre le temps. Son corps se plaque sur la tôle qui le sépare de la cabine et sent le véhicule entreprendre une brusque marche arrière. La réaction des Allemands ne tarde pas, les coups de feu fusent, Joachim entend les impacts sur la carrosserie. Les deux hommes à l'avant ripostent avec l'intensité du désespoir. Il se couche, s'agrippe aux crochets au-dessus du passage des roues. La fourgonnette fait une embardée, monte sur le trottoir et finit sa course folle contre un lampadaire qu'elle percute violemment. Sous le choc, les battants de la porte arrière s'ouvrent. Les tirs se poursuivent quelques secondes et puis s'arrêtent. Il entend les Allemands crier un ordre, plus personne ne bouge à l'avant.

L'odeur d'essence, de poudre s'engouffre dans l'habitacle. Plus un souffle, plus un bruit, si ce n'est celui des bottes qui approchent.

Face à la campagne obscure, Joachim compte dans sa tête, cinq, quatre, trois, deux, un et jaillit comme un diable de sa boîte. Il ne se retourne pas, disparaît dans la nuit. Les soldats ont bien vu sortir quelque chose de la camionnette mais il est déjà loin, rien ne sert de tirer dans le vide.

Joachim court, comme il a toujours su le faire, comme il s'y employait dans les montagnes, à Maria, à Malaga, comme on le lui a toujours demandé. Il coupe à travers des prés, des fossés. Il doit s'éloigner de toute vie, de toute habitation pour se cacher et attendre que le jour se lève, que l'activité des hommes reprenne et qu'il puisse se fondre dans l'agitation.

Dans le noir intense, loin de tout bruit, de la moindre lueur, il s'arrête dans un champ. Il choisit une masse sombre pour s'y tapir, un buisson d'aubépine sûrement au pied duquel il se couche. Allongé comme cela dans l'obscurité, il voit les étoiles. Elles ne paraissent jamais aussi belles que lorsqu'elles surgissent, comme cela, au milieu de la barbarie des hommes. Il se souvient de les avoir observées ainsi un soir au camp des Brigades, avec Pierre attendant d'être broyé par les mâchoires du monstre. Là, sous ce buisson, essoufflé comme un gibier poursuivi par la meute, il ne dit rien et espère l'aube. Il sait que Lucie se fera du souci en ne le voyant pas rentrer cette nuit, personne ne pourra informer le réseau pour la prévenir, mais il ne peut se mettre à courir, ce serait trop dangereux et il ne saurait pas quelle direction prendre, croyant se rapprocher, il partirait peut-être dans le mauvais sens. Non, il doit attendre que les hommes reviennent dans les champs, les vergers. Il demandera alors à un paysan livrant la ville de le prendre avec lui, il comprendra.

Joachim monte deux à deux les marches de l'immeuble. Il a hâte de rejoindre Lucie pour la rassurer. Elle a sûrement eu vent de la fusillade à Esquirol, du soldat allemand tué et doit être inquiète.

La porte est ouverte, il frappe un coup sec pour ne pas lui faire peur en entrant.

— Lucie, mon amour, je suis désolé.

Joachim s'arrête net de parler. Ce n'est pas Lucie face à lui, assis à table, c'est son père, la mine sévère.

— Bonjour, Joachim. Ferme derrière toi et viens t'asseoir.

— Qu'est-ce qu'il se passe, Charles ?

— Lucie a été arrêtée par la Milice cette nuit.

— Mais pourquoi ? Qu'est-ce qu'elle a fait ?

— J'ai pu lui parler avant qu'ils ne l'emmènent à la prison Saint-Michel. Ne te voyant pas arriver, elle s'est inquiétée et elle a cru que le fils du voisin, François, le milicien qui t'a arrêté la dernière fois, t'avait encore cherché des noises. Elle est allée le trouver rue Fourtanier. Là, il lui a fait croire qu'ils t'avaient effectivement attrapé et que si elle voulait te revoir elle devait être très gentille.

Joachim frappe du poing sur la table.

— Le fils de pute, je vais le buter !

— Rassure-toi, il ne lui a rien fait, il n'a pas eu le temps. Quand François lui a dit qu'ils t'avaient emprisonné, elle s'est emparée de son arme et lui a tiré dessus.

— Elle l'a tué ?

— Non, seulement blessé à l'épaule mais cela a suffi pour l'écrouer. Joachim, ne fais pas de bêtises. Elle est à Saint-Michel, tu ne la feras pas sortir en te vengeant sur les miliciens.

— Qu'est-ce qu'on fait, alors ?

— Le temps joue pour nous. Je vais voir avec les réseaux pour la libérer le plus vite possible.

— Je peux vous aider ?

— Non, tu restes ici, tu continues à te cacher la journée. Tu ne sors que dans des endroits où il y a beaucoup de monde de façon à te fondre dans la foule.

Tiens-toi prêt s'il faut intervenir, fuir, agir. Ce qui s'est passé hier soir risque d'être fédérateur, comme la mort de François Verdier qui, au lieu de nous désunir, nous a galvanisés. Celle d'Achille nous fait basculer encore plus dans l'action.

— Qu'est-il arrivé à Achille ?

— *Ginou* a été abattu hier soir. Tu n'étais pas au courant ?

Joachim repense à la *Traction* qui est passée à vive allure et à laquelle il doit la vie.

— Avec Jacques Combatalade, il devait rejoindre des camarades place du Capitole. En y arrivant, il a reconnu des miliciens sous les arcades. En faisant demi-tour, ils se sont fait repérer par la Gestapo qui s'est mise à les poursuivre dans les rues. Ils les ont tenus à distance jusqu'aux Récollets où leur voiture a fait une embardée et s'est immobilisée après plusieurs tonneaux. Achille est sorti du véhicule et a crié *Vive la France libre !* avant de s'effondrer sous une rafale de mitraillette... Joachim, qu'est-ce que tu as ? Tu trembles.

— Si je suis là devant toi ce matin, c'est grâce à lui, au passage de sa voiture à Esquirol. Il a focalisé les Allemands sur lui et m'a permis de me sortir d'un guet-apens. Quand je suis arrivé place de La Trinité, il y avait des soldats en faction qui devaient servir de second rideau au piège du Capitole. Ils m'ont arrêté avec les tableaux. Quand la *Traction* d'Achille et Jacques a remonté la rue Saint-Rome jusqu'à Esquirol, ils se sont précipités pour lui tirer dessus pendant que la camionnette arrivait à mon niveau, éliminant leur lieutenant qui était resté en retrait.

— Les tableaux, qu'est-ce qu'ils sont devenus ?

— J'ai essayé de les charger tous les deux mais en démarrant l'un d'eux m'a échappé.

— Lequel ?

— Je n'en sais rien.

— Comment ça, *tu n'en sais rien* ? Et ils sont où ?

— Ça aussi je l'ignore. Les Allemands en ont un et l'autre est dans une demeure abandonnée, dans la campagne du côté de Fronton.

— Tu saurais la retrouver ?

— Non, j'étais à l'arrière de la fourgonnette. Les seuls à pouvoir le faire se sont fait descendre par des Allemands à un barrage à Saint-Geniès.

— Merde, c'est un échec complet. Les boches ont un tableau, en espérant que ce soit le faux, et l'autre est perdu dans la nature.

— Je suis navré, Charles.

— Tu n'y es pour rien, Joachim. Nous n'avons pas eu de chance avec cette souricière mise en place au Capitole. C'est moi qui suis désolé pour ta peinture, pour ton investissement, ton temps… Joachim ?

— Oui ?

— Lucie est forte, ne t'inquiète pas pour elle.

— Je sais, elle a fait ce que j'aurais dû avoir le courage d'accomplir depuis longtemps.

Charles se lève, presse l'épaule de Joachim comme s'il voulait lui donner la force d'espérer. Il aimerait être comme Lucie, allant au bout de ses idées, comme Charles qui trouve le courage de parler de lutte, de Résistance, alors qu'il a déjà perdu un fils à la guerre et que sa fille est sous les verrous.

50

Lundi 3 juillet 1944

Les alliés ont débarqué le 6 juin sur les plages normandes.

Ce jour-là, Jacques était venu le voir, l'avait pris dans ses bras et s'était mis à pleurer sans rien pouvoir dire. Joachim avait compris en voyant cet homme, ce qui était enfin en train de se passer et ce que cela allait induire.

Il avait essuyé ses larmes d'un revers de manche et lui avait tendu un petit paquet assez lourd.

— Tiens, dorénavant tu vas en avoir besoin.

Joachim l'ouvrit délicatement. Voyant une crosse de pistolet apparaître, il avait regardé Jacques.

— On va nous demander de prendre des risques. Les miliciens et les Allemands vont être de plus en plus sur les dents. Ça va chauffer, crois-moi !

Depuis son arrestation, Joachim communique avec Lucie par courrier. Un des gardiens de la prison est membre du parti. Jacques le connaît bien. Luc est un gars de confiance, comme il dit. Tous les lundis, Joachim l'attend à l'arrêt du tramway, quand il descend il lui donne la lettre de Lucie et Joachim lui remet la sienne.

Ils n'écrivent rien de compromettant dans leur correspondance, des nouvelles, des messages de soutien, d'amour. Ils savent qu'ils peuvent être lus, interprétés. Joachim se satisfait de cette relation épistolaire mais l'absence de sa compagne lui pèse. La prison est une machine à broyer et même si Lucie, par sa position de résistante, est protégée par les hommes des réseaux, elle reste une femme.

Tu ne peux imaginer ce qu'endurent certains entre ces murs, hommes, femmes. La Gestapo est prête à tous les sévices pour faire parler. Ici plus qu'ailleurs, il faut que les gens de l'extérieur sachent que leurs frères souffrent pour que la France renaisse plus forte.

Depuis l'Occupation, la prison Saint-Michel est devenue un centre de détention allemand dont trois ailes sur cinq sont monopolisées par la Gestapo. Là s'entassent des centaines d'hommes et femmes arrêtés pour actes de résistance.

Lucie ne se plaint pas, ce n'est pas son genre. Dans ses lettres elle affirme bien supporter la faim, les cellules surpeuplées, les brimades. Joachim sait qu'elle ment. La prison, c'est dur pour tout le monde.

Dès qu'il le peut, il passe devant les deux tours de l'entrée principale, contourne le bâtiment pénitentiaire et se met sur le trottoir face à l'aile réservée aux femmes. Depuis que Luc lui a montré l'emplacement exact de sa cellule, il ralentit, siffle leur ritournelle, sans s'arrêter pour que les soldats ne le repèrent pas. Il guette l'apparition de sa main, il siffle à nouveau pour lui dire qu'il les voit et, comme un dialogue, elle lui fait des signes.

L'image de ses doigts entre les barreaux, posés sur la brique du mur de la prison, c'est la première chose qu'il a essayé de dessiner depuis que le milicien lui a cassé la main. Cela avait été un échec, peut-être trop tôt ou trop tard. Les moments de doute, quand l'absence de Lucie lui pèse trop, il se demande s'il pourra un jour repeindre, si la *Judith* est à jamais son chef-d'œuvre, son chant du cygne. Il ne doit pas se plaindre, lui est dehors, il y en a tellement qui sont enfermés, partis, morts.

Appuyé contre un lampadaire proche de l'arrêt du tramway au carrefour des allées Jules Guesde et de la grand-rue Saint-Michel, Joachim attend son messager.

Luc descend du wagon, écrase sa cigarette et marche vers lui comme chaque soir. Il lui serre la main et ne la lâche pas, comme s'il voulait le maintenir avec lui, l'empêcher de sombrer, qu'il l'écoute jusqu'au bout.

— Joachim, ils l'ont emmenée hier matin. Ils les ont tous emmenés.

— Comment ça, *tous* ?

— Ils ont accompagné tous les détenus jusqu'à la gare Raynal pour les mettre dans un train. Des cheminots du parti m'ont averti qu'ils avaient convoyé des prisonniers d'autres camps autour de Toulouse, des républicains espagnols, des gars des brigades, des résistants FTP-MOI. Parmi eux, il y a vingt-cinq femmes que l'on gardait à Saint-Michel, dont Lucie. Je suis désolé, Joachim.

— Tu sais où ils les emmènent ?

— En Allemagne. Le gouvernement doit encore des comptes à Hitler. Ça se paie en vies humaines.

— Ce train, il est parti ?

— Non, pas encore. Joachim, fais attention. Si tu y vas, demande André Lacassagne, c'est un des responsables de Raynal, il t'amènera au plus près du convoi. Tiens, c'est la lettre qu'elle t'a écrite hier matin avant d'être emmenée.

Joachim le remercie et monte dans le tramway en direction de la gare, le regard impatient dirigé vers la chaussée et serrant contre lui les derniers mots de Lucie.

Je pars, je te quitte, peut-être aux portes de la victoire, de notre but, je suis désolée. J'ignore où ils nous emmènent, peut-être en Allemagne. Ils vident la prison, j'ai vu Raymond, le conservateur du musée, se préparer lui aussi. Je ne sais pas si je reviendrai un jour, si je te reverrai. Je souhaite que tu goûtes au bonheur et à la douceur de la liberté et de la paix de demain, cette liberté que l'on a tant désirée. J'ai un regret profond, celui de ne pas t'avoir rendu plus heureux, j'aurais voulu un enfant de toi, me marier mais la guerre n'était pas propice. Je te prie de ne pas m'attendre trop longtemps, mon amour. Ne renonce pas au bonheur, choisis-toi une femme, épouse-la et faites des enfants, fondez une famille. Je t'aime, Lucie.

Joachim essuie les larmes qui perlent sur son visage et n'espère sur l'instant qu'une chose, l'apercevoir une dernière fois quitte à braver l'armée allemande tout entière.

— André Lacassagne ? Est-ce que quelqu'un ici s'appelle André Lacassagne ?

— Qui le demande ?

— Joachim Gimenez. Je viens de la part de Luc, de la prison Saint-Michel, il m'a dit qu'il pouvait m'aider.

— Qu'est-ce que tu lui veux ?

L'homme enlève ses gants épais et vient lui serrer la main.

— Il y a un train spécial qui part de la gare et je dois voir ma compagne qui s'y trouve.

— C'est moi, André. Le convoi est sur la voie 7 mais il est bien gardé. Les Allemands ne veulent pas trop qu'on s'en approche.

— Il est rempli d'hommes et de femmes qu'ils emmènent en Allemagne.

— Oui, c'est une honte, c'est un train à bestiaux. Il doit partir d'abord en direction de Bordeaux charger d'autres prisonniers avant de rallier l'Allemagne. Je te connais, tu es un ami de Jacques, je t'ai déjà vu au parti.

— Oui, tu peux m'aider à la retrouver ?

— Je ne sais pas où est ton amie, mais les femmes sont toutes dans le même wagon. Enfile ça !

André lui tend une veste de la compagnie ferroviaire.

— Nous allons prétexter un contrôle des voies pour passer.

Joachim remonte le quai de déchargement jusqu'à la voie 7. Son cœur bat la chamade, il a les jambes qui tremblent, d'avoir couru, de peur de ne pas avoir le temps de dire au revoir à Lucie, de ce qu'il entend en s'approchant de ce train.

Les Allemands hurlent des ordres, frappent sur les parois des wagons, les chiens aboient. Ces gens ne sont plus dans l'antichambre de l'enfer, ils ont déjà passé la porte. Dans ces cages de bois et d'acier, des hommes crient, passent leurs mains, leurs bras à travers les barreaux, pour alerter, pour que l'on vienne les sortir de là. Les soldats, les miliciens leur répondent par des coups de crosses pour qu'ils reculent, qu'ils se taisent. Joachim sent la bile lui remonter. Cette bile d'effroi, de haine, il a envie de la vomir tout à coup. Il regrette de n'avoir pas pris son pistolet, celui que lui a donné Jacques, et en même temps qu'aurait-il fait ? Il aurait attaqué tout seul ce train pour les libérer ? Il aurait été abattu avant d'avoir pu en sauver un seul.

À la suite d'André, il marche le long des wagons et voit des yeux à travers les lattes de bois. Contrairement à ceux des animaux que l'on transporte d'habitude, ils expriment la terreur, la supplication, comme s'ils savaient qu'on les emmenait dans une sorte d'abattoir.

Tout le monde crie, les gens, les soldats, les chiens, les cheminots. Ces derniers, qui doivent faire démarrer un train dont ils connaissent la marchandise, la destination, s'insurgent dans un sursaut d'humanité. Ces hommes du rail, Joachim en connaît certains pour les avoir aperçus à des réunions du parti. Ils savent qu'ils sont obligés de laisser partir ce convoi pour en sauver d'autres, organiser la Résistance, la libération des villes, l'avancée des alliés.

Joachim remonte la voie à la recherche de Lucie, crie son prénom, siffle leur ritournelle, celle dont il est sûr qu'elle la percevra malgré le vacarme.

Ses pieds heurtent les monticules de pierres concassées, ce ballast qui sépare les voies, il trébuche, sa marche est hésitante, perdue. Il doit l'appeler sans attirer l'attention des soldats, sans quoi ils l'empêcheraient de poursuivre sa quête.

— Il faut la trouver, le train part dans quelques minutes, l'avertit André.

Passant à côté des voitures, il les entend, aimerait les sauver ; les républicains car ce sont ses frères, les résistants pour leur combat ; tous parce que ce sont des êtres humains.

Il arrive au niveau d'un wagon où il perçoit des voix de femmes. Il s'approche, siffle. Une réponse, une main. Il se jette sur la porte, escalade le marchepied, s'accroche à la poignée, se dresse contre la paroi de bois.

— Lucie ! Lucie !

Peu lui importe d'être pris par les Allemands, il ne pense qu'à la voir.

— Joachim ! Je suis là !

Une main sort par la grille au-dessus de la porte, il saisit ses doigts, les embrasse. En équilibre, agrippé aux barreaux, les pieds en appui sur un des verrous qui maintiennent l'épais panneau coulissant désespérément clos, il peut voir ses yeux. Ces yeux qui donnent un sens à son existence depuis qu'ils se sont posés sur lui un après-midi d'août 1942.

— Lucie... Je ne sais pas quoi faire... Mon amour...

— Ne dis rien, ne fais rien car il n'y a rien à faire. Ne prends pas plus de risques inutiles, va-t'en avant qu'ils ne t'attrapent.

— Lucie, mon amour, je ferai tout pour te retrouver.

— Joachim, je ne sais pas où je pars ni si je reviendrai un jour.

— Lucie...

Accroché à ce wagon, il pleure de désespoir. Un Allemand hurle un ordre à quelques mètres de lui, il entend son chien, le bruit de ses pas sur les cailloux. Il perçoit tout cela mais ne voit que les yeux de Lucie, il tient ses doigts, voudrait la rendre minuscule pour la faire sortir de là.

— Tiens bon mon amour, nous allons gagner et je viendrai te chercher. Il faut que tu restes en vie. Je sais que tu es forte, bien plus que moi, et que tu vivras.

Le convoi se met en branle. Il sent les mâchoires du chien attraper son pantalon, le secouer, le tirer vers le bas. Il entend André parler aux Allemands, les ralentir, les empêcher de le faire tomber.

— Joachim ! Je t'aime ! J'ai été heureuse tout ce temps avec toi, je n'ai qu'un seul regret, que tout s'arrête à cause de moi, de ce geste.

— Tu n'y es pour rien, ce *geste* c'est moi qui aurais dû le faire à ta place.

— J'espère que François est mort, qu'il ne t'embête plus !

— Il est mort, mon amour. Il est mort, ne t'en fais pas.

Il ment mais il aimerait tant que cela soit vrai, qu'elle n'ait pas fait ça pour rien.

Le train avance, le chien ne desserrera pas son emprise, il le sait. Un soldat se porte à leur niveau, monte sur le marchepied. Il lève la tête, Joachim le toise de son regard de Gitan, celui qui ne nécessite aucun mot. Le militaire comprend qu'il ne lâchera pas cette poignée, qu'il serait prêt à mourir pour celle qui est dans ce wagon, celle dont il tient la main pour la dernière fois.

Joachim se tourne vers Lucie, plonge son regard dans le sien.

— Je t'aime, mon amour !

Soudain, il ressent une douleur fulgurante sur la tempe. Tout devient noir. Lucie disparaît.

Évanoui à la suite du coup de crosse, il ne se sent pas tomber entre les voies.

Recouvrant ses esprits quelques minutes plus tard, André à son côté, il sait qu'il n'a désormais plus rien à perdre.

51

Samedi 19 août 1944

Depuis la veille, les Allemands ont commencé à évacuer Toulouse. Ils ont mis le feu au siège de la Gestapo et au Consulat général. Ravanel, le chef des FFI, a ordonné aux forces situées dans la ville d'ériger des barricades pour éviter d'éventuelles destructions massives et protéger la population contre des représailles de la *Wehrmacht* comme à Rimont, où les soldats en fuite ont massacré hommes, femmes et enfants.

Toulouse est en état de siège, les rues sont désertes et toute personne qui les traverse est une cible potentielle. Il ne se passe pas une heure sans que l'on n'entende tirer un coup de feu, une salve de balles. Des camions flambent, des voitures viennent s'écraser contre des bâtiments réquisitionnés. Les soldats allemands qui en sortent s'enfuient, sont abattus. Le travail de sape effectué depuis des mois dans la ville et ses abords arrive à son acmé.

Ce matin, Joachim a été réveillé, comme beaucoup de Toulousains, par une grosse explosion immédiatement suivie par des répliques de DCA. Les alliés ont bombardé Blagnac, à moins que cela ne soit les Allemands qui aient fait sauter les dépôts de munitions. Comme un signal, les quartiers se sont embrasés un à un, la guérilla urbaine est partout. Au Faubourg Bonnefoy, à Matabiau et à Raynal, les cheminots bloquent les trains, ils ont même hissé le drapeau tricolore frappé de la croix de Lorraine sur le fronton de la gare. À Saint-Michel, les maquisards ont réussi à prendre la prison et en libérer les derniers détenus. Parmi eux figure André Malraux, dit *Berger*, qui avait été arrêté quinze jours plus tôt place Wilson.

La semaine précédente, le bruit a couru que Suhr et d'autres membres de la Gestapo étaient partis. Joachim a voulu s'en rendre compte par lui-même, non pas en allant rue Maignac mais au musée des Augustins, à la réserve, compter les tableaux, vérifier s'ils étaient encore là.

La pièce était vide, les Allemands s'étaient copieusement servis et Suhr, en amateur d'art, avait pris sa part, la plus belle, celle que le réseau Constant avait devinée. *Judith* avait donc elle aussi été déportée, disparaissant aux yeux du monde pour finir accrochée dans le salon d'un haut gradé du Troisième Reich, sans toutefois savoir s'il s'agissait de la copie ou de l'original.

Ces derniers temps, Joachim a troqué ses pinceaux pour un pistolet. Tous les réseaux travaillent ensemble, et ce samedi 19 août 1944 semble être la date choisie pour la libération de Toulouse.

Depuis quelques heures, des détonations d'armes lourdes, de grenades suppléent les fusillades de ces derniers jours. Joachim a rejoint des gars du parti qui tiennent un immeuble sur les allées Charles-de-Fitte. Il tire davantage pour dissuader que pour réellement toucher. Il n'a pas encore eu à s'en servir directement sur un homme et il s'en félicite presque. Faire feu en direction d'un bâtiment, d'une voiture pour montrer qu'on est là et qu'il ne faut plus avancer, c'est une chose, mais sur quelqu'un dans l'intention de tuer en est une autre.

Guettant au dernier étage de l'immeuble en compagnie de deux acolytes, il se souvient des journées à attendre l'ennemi, surveillant la plaine depuis le village avec ces camarades des Brigades internationales. Là, les hommes sont prêts, la guerre, l'Occupation en ont fait des êtres déterminés, les idéalistes gagneront l'arme à la main.

Le mot d'ordre de la Résistance est de nettoyer les rues, les sécuriser, empêcher l'installation de barrages allemands aux portes de Toulouse. Saint-Cyprien est un verrou qui tient en trois ponts : le Pont-Neuf, le pont des Catalans et le pont suspendu Saint-Pierre.

Toute la journée, les fusils de la Résistance harcèlent les miliciens et les Allemands. Joachim a la double impression que le temps s'écoule à toute vitesse et s'étire indéfiniment.

Vers dix-sept heures, les coups de feu cessent petit à petit. L'information circule : une colonne de blindés allemands fuit la ville par la RN 113 en direction de Carcassonne. Personne n'ose bouger, sortir de chez soi, les rues sont désertes.

Toulouse semble débarrassée de son occupant mais il est encore trop tôt pour parler de libération. L'ennemi est parti, les alliés ne sont pas arrivés. La population attend…

52

Dimanche 20 août 1944

Assis sur le perron de l'entrée de l'immeuble qu'il garde avec ses compagnons, Joachim attend. Plus rien ne se passe depuis plusieurs heures mais ils restent vigilants. La ville n'est pas sécurisée, les miliciens, ceux qui n'ont pas pu fuir avec les Allemands, sont cachés, prêts à mordre une dernière fois. Il ne fume pas mais il a accepté une cigarette comme s'il fallait marquer de cette empreinte la journée de la veille, la nuit d'attente.

Les yeux tournés vers le bout des allées Charles-de-Fitte, il devine l'arrivée d'une colonne de véhicules. Ce ne sont pas des blindés, le sol ne vibre pas sous leurs pieds.

Il voit des individus courir vers des automobiles qui avancent lentement.

Il entend des cris de joie au loin.

Il n'y a plus de doute, le drapeau français est là, devant lui. Désormais, ce drapeau est le sien. Lui l'Espagnol, il pleure de le voir flotter ainsi sur cette *Traction*, de voir ces gens agglutinés autour de ces voitures, de ces hommes armés.

La colonne s'arrête. Joachim les rejoint, bras levés vers le ciel, l'arme à la main. Le premier résistant qu'il voit, celui qui ouvre le cortège porte l'uniforme des républicains espagnols. Il a dû vouloir le mettre comme une fierté. Joachim lui tombe dans les bras, lui dit simplement, sans réfléchir, un mot dans sa langue maternelle, comme si celui-ci s'imposait à lui sur l'instant : « *Mi hermano* ». Ils pleurent tous les deux comme si leur combat se finissait enfin, comme deux frères de circonstance se retrouvant. « *No Pasaran, hermano. ¡No Pasaran!* »

Ils parlent en espagnol, Joachim en avait presque oublié la sonorité, les syllabes, les accents. À cet instant, ce n'est pas à son ancien pays qu'il pense mais à celui qu'ils viennent de libérer, eux les étrangers. Ces exilés qui, par deux fois, ont pris les armes pour défendre la justice, leur patrie. La liberté d'un peuple oriente tous les autres, ces immigrés, républicains espagnols, garibaldiens italiens, ces Français que l'on a accusés de traîtrise parce qu'ils n'acceptaient pas le régime de Vichy, que l'on avait déchu de leur nationalité.

Les voyant face à lui, Joachim se dit que les idéalistes ont enfin gagné.

Il n'a jamais eu autant de monde autour de lui mais, malgré la liesse générale, il a une immense tristesse en lui, celle que vous fait sentir l'absence. Il imagine Lucie, loin de tout cela, prisonnière d'une Allemagne qui mettra sûrement longtemps avant d'avoir les deux genoux à terre. Il est sûr qu'elle pliera, comme Franco baissera un jour la tête, mais combien de morts, de prisonniers, de drames avant tout cela ?

Il se met en marche avec la colonne vers le centre-ville. Une Marseillaise, dont il ne connaît pas les paroles mais qui le prend aux tripes, accompagne leur avancée. Les fenêtres s'ouvrent, les gens les saluent, ne veulent pas y croire. L'heure est à l'unité, la fraternité. Il ne se leurre pas, des traîtres en profiteront pour retourner leur veste, se mêler à la foule. Il y aura des résistants de la vingt-cinquième heure, il n'en doute pas mais pour l'instant, la main sur l'aile de la *Traction*, marchant avec ces hommes, il veut penser que tout ce en quoi il croit est en train de se réaliser et espère pour ceux de l'autre côté des Pyrénées.

Il traverse la place Saint-Cyprien, arrive au pied du pont Saint-Pierre. Les résistants rappellent en vain à la population de rester prudente. La ville n'est pas complètement sécurisée, mais la joie est trop intense. Les gens sur les trottoirs applaudissent, chantent, exultent.

Joachim reconnaît une silhouette dans la foule, discrète, trop pour passer inaperçu. La tenue n'est pas la même, mais il connaît ce regard. Il quitte le cortège et se dirige vers cet individu semblant attendre le passage de la colonne pour fuir en douce.

— Toi, là-bas ! Oui, toi là-bas !

L'homme se retourne. Joachim n'a plus de doute et se rue sur lui comme une bête fauve.

— Espèce de fils de pute de milicien. Reviens ici !

François commence à courir, pensant semer Joachim. Il quitte la place Lange, emprunte une ruelle, hésite, puis bifurque sur la rue des Novars. Joachim connaît quant à lui parfaitement le quartier. Lorsqu'il était au camp gitan, il s'amusait à trouver les chemins les plus courts pour rentrer des abattoirs ou du centre-ville en s'accordant même des libertés à travers les jardins de quelques maisons particulières.

Le franc-garde prend une venelle sur la gauche, continue, se retourne. Joachim ne le suit plus, il préfère partir tout droit. François pense l'avoir semé, se souvient que la grand-rue Saint-Nicolas rejoint la rue Viguerie, derrière l'Hôtel-Dieu. Il pourra se mêler à la foule qui converge vers le Pont-Neuf et s'y fondre.

Ce qu'il ne sait pas, c'est que la voie dont il vient d'emprunter la courbe est vingt-cinq mètres plus longue que le trajet choisi par Joachim et que ce dernier court plus vite que lui.

Joachim le guette à l'angle de la rue Cujette et de la grand-rue Saint-Nicolas. Il écoute ses pas rapides, attend qu'il soit vraiment sur lui pour surgir. Trois, deux, un, il dégaine son arme et apparaît devant François. Il ne tire pas, sa mort serait un châtiment trop clément, il veut qu'il souffre, il veut voir encore et encore la peur qu'il vient de lire sur le visage du milicien quand il l'a aperçu face à lui.

Joachim l'attrape par le col et le frappe avec la crosse du pistolet. Il entend les os de son nez craquer comme ceux de sa main sous la matraque. D'un deuxième coup il éclate son arcade sourcilière. Rapidement le sang jaillit. Joachim empoigne ses cheveux, les serre dans ses doigts crispés et frappe l'arrière de son crâne sur la brique dans un bruit sourd.

Il ne le quitte pas des yeux, soulève la tête de François pour plonger son regard dans celui du milicien.

— Regarde-moi, *cabron !* Pourquoi ? Pourquoi as-tu fait ça ?

Joachim entend un groupe d'hommes se rapprocher de lui.

— Qu'est-ce que vous faites ? Arrêtez ! Vous allez finir par le tuer.

— C'est ce que mérite cet enculé de milicien !

— C'est un milicien ?

— Oui, il a raison, je le connais. Il faisait le malin l'autre jour avec ses collègues de la Milice quand ils sont venus arrêter un type, un résistant.

Un individu en désignant un autre comme étant un franc-garde, les gens pourraient douter, deux personnes à le confondre, le jugement était rendu et la sentence irrévocable.

— Bute-le ! C'est ce qu'il mérite, cet enfoiré. Ça en fera un de moins.

Joachim le tient toujours par les cheveux. Il tremble de cette adrénaline qui catalyse les forces, les décuple, qui semble tout à coup rendre animal, guidant les réflexes archaïques de fuite, de défense, d'attaque. Il le tient, sent François se débattre, essayer de lui faire lâcher prise. Joachim repense à la main de Judith empoignant les cheveux d'Holopherne et le décapitant de l'autre. Il aurait juste à tirer une balle dans sa tempe, c'est ce que la foule réclame.

Il y a un instant, face à lui, seuls dans cette rue, il aurait pu le tuer à mains nues mais au milieu de tous ces gens criant vengeance, il n'a pas envie d'être l'instrument de cette haine, de cette soif d'épuration. Il pensait être capable de tuer un homme, surtout celui-là, qui a déporté son amour. Il ne pourrait pas haïr davantage un être sur cette Terre, il en vient même à ressentir pour lui du dégoût. C'est cela, cet individu au visage ensanglanté, empestant la peur, le dégoûte. Ce n'est plus un ennemi, il ne le considère même plus comme un être humain. Et en cela il ne mérite plus sa haine.

Se tournant vers la foule, le traînant jusqu'à elle comme un gibier que l'on présente à la meute, il sonne l'hallali.

— Vous le voulez ? Il est à vous !

Joachim le jette sur la chaussée comme on abandonne la dépouille d'un sanglier. Les badauds hésitent un instant, personne ne voulant être le premier à frapper un individu qui ne se défendra plus. Il en suffit d'un, pas forcément le coup le plus fort mais c'est celui qui initie tous les autres, la pluie qui s'abattra ensuite sur lui.

Joachim se retourne, voit une masse informe, une nuée de cannibales sur un corps dont il ne devine plus que les chaussures. Ils vont peut-être le dépecer lambeau par lambeau, n'en laisseront rien. Lui disparaîtra mais pas ses actes. Joachim se fiche de son devenir, il restera marqué par lui jusqu'à la fin de ses jours.

De le savoir mort le soulage, de le tuer ne lui aurait pas rendu Lucie.

Au balcon de l'hôtel de ville, Raymond Badiou prend la parole.

Aujourd'hui 20 août 1944, les FFI ont permis l'installation à Toulouse d'autorités françaises.

Aujourd'hui 20 août 1944, en qualité de commissaire de la République, au nom du Gouvernement provisoire de la République et en accord avec le comité de libération de Toulouse, j'ai pris possession de la préfecture. Le préfet de Vichy a été arrêté. Peu à peu des autorités françaises, émanation de la nation française, seront installées.

Au nom de tous ceux qui sont morts pour la cause de la France et de la liberté, au nom de ceux qui ont souffert et lutté, au nom de ceux qui luttent et souffrent encore, je vous demande ceci :

Que votre joie soit profonde, mais qu'elle soit grave. Trop de sang a coulé, trop de larmes ont été versées, trop de sang coule encore, trop de larmes sont encore versées, pour que nous risquions de donner un spectacle de désordre, d'indiscipline ou de laisser-aller. Pas de pillage, pas d'actes individuels. Les traîtres seront châtiés, en vertu des lois de la République.

Chaque jour, les autorités de la République, celles qui émanent de vous, peuple de France, feront avec vous un pas dans l'accomplissement de leur tâche.

Pour le moment nous n'avons pas de chemin de fer, les routes sont coupées. Nous avons du pain pour huit jours. Il faut continuer la guerre. Nous aurons à manger, nous continuerons la guerre.

Les autorités républicaines ont besoin que chaque citoyen, désormais libre, soit à son poste de combat.

Tous ensemble, nous achèverons l'œuvre de la libération de Toulouse et l'instauration de notre République.

Vive la République !

Vive la France !

Vive la liberté !

Badiou finit son discours, la foule applaudit et entonne une nouvelle Marseillaise. Cette musique en appelle d'autres. Joachim part chercher son bandonéon, il a envie de jouer, de faire danser les gens sur les quais. Il aimerait que Lucie soit là, à côté de lui pour l'embrasser en public, la faire tourner dans sa robe. Il l'imagine dans la rouge, dans la bleue, souriant à pleines dents.

Un instant se souvenir, un instant croire que la vie est redevenue normale, que tous sont là pour profiter de la douceur d'une soirée du mois d'août. Regarder la Garonne, entendre les rires, penser que tout est aussi immuable que la liesse des hommes, que le cours d'un fleuve.

Sa main droite le brûle encore, mais il joue, peu lui importe, il joue pour eux, pour elle, comme si elle pouvait entendre sa musique, à l'instar de cet oiseau l'autre jour à sa fenêtre, un merle entonnant un semblant de leur ritournelle, comme l'âme d'une Lucie venue le veiller.

Joachim, à cet instant face au souvenir, seule chose qui lui reste, pense à d'autres soirées du mois d'août, celles où elle était là, admirant un coucher de soleil semblable, un souvenir à la fois comme un baume, une récompense et aussi une nouvelle douleur.

Pleurant son nom à travers un tango, il se demande s'il la reverra un jour sur Terre ou s'il doit espérer un paradis.

53

Mardi 22 août 1944

Trente-cinq tués dans les combats de la libération de Toulouse.

Trente-cinq hommes sont morts pour en libérer deux cent quarante-six mille. Jacques n'aura pas vu le drapeau flotter sur la place du Capitole, il n'aura pas entendu trente mille personnes entonner la Marseillaise, l'après-midi précédent, à l'annonce officielle de la libération de la ville. Il est tombé avec trois autres cheminots en prenant la gare aux miliciens.

Ce matin, une cérémonie leur rend hommage à la cathédrale Saint-Étienne. L'édifice religieux n'est pas assez grand pour accueillir tout le monde et de nombreux soldats de la liberté sont sur le parvis à attendre de pouvoir les saluer.

Joachim fait partie de ceux-là, fatigué par plusieurs nuits blanches, par la fulgurance des moments qui font sa vie depuis le commencement des combats pour la Libération. Charles l'a rejoint sur le parvis, les membres du réseau Constant sont là, ceux de *Morhange* aussi. Joachim découvre des hommes, met des visages sur des noms qui peuplaient les conversations jusqu'à présent comme des arlésiennes. Ils se cachaient, œuvraient dans l'ombre, dans le maquis, contraints à la clandestinité durant des mois pour préparer ce que tous viennent de vivre.

Il sent Charles heureux, soulagé. En arrivant tout à l'heure, il l'a serré contre lui, comme on embrasse un fils. Joachim regrette de ne pas lui avoir rendu la pareille, en l'étreignant également. Il a laissé cet homme faire, montrer à quel point il comptait maintenant pour lui. Un fils enterré dans le sud de l'Espagne et une fille déportée en Allemagne. Il se dit qu'il aurait pu lui rendre cette accolade car Charles est la seule famille qu'il lui reste à lui aussi.

Voyant les cercueils sortir recouverts du drapeau français, certains les saluent comme des soldats, d'autres lèvent le poing, enlèvent leur couvre-chef.

Joachim ignore lequel contient son ami, ce n'est pas grave, il les salue un à un comme si ces trente-cinq dépouilles étaient chacun un frère, avec la même ferveur, la même empathie. Il en a la tête qui tourne, il croit avoir des hallucinations car en levant les yeux, il la voit, elle, dans la robe bleue, celle qu'elle avait le jour où ils sont allés se baigner sur les bords de la Garonne, le jour où ils ont fait l'amour pour la première fois, cette robe qu'elle a remise délicatement au petit matin sur le belvédère, le fleuve, le monde à ses pieds. Il secoue la tête, comme s'il voulait chasser cette image de Lucie face à lui, de l'autre côté du parvis, uniquement séparés par quelques mètres, la sachant à des milliers de kilomètres.

Il sent une main se poser sur son épaule, celle de Charles qui lui sourit.

— Elle est rentrée tôt ce matin. Elle voulait se changer et être à son avantage avant de venir te rejoindre.

Joachim regarde Charles, n'ose croire ce qu'il entend. Il se tourne vers son apparition, elle est encore là, lève sa main vers lui. Il aimerait traverser cette rangée de héros allongés, passer son doigt pour recueillir l'eau salée qui coule sur ses joues. Il doit patienter mais ce n'est rien, il attendra là, le temps qu'il faut, car à cet instant plus rien ne peut les séparer. Il ressent le même apaisement profond que lorsqu'on relâche l'air après une longue apnée, le cerveau manquant d'oxygène.

Les joues de Joachim sont également mouillées car les larmes de Lucie ont toujours fait couler les siennes. Il pleure aussi de joie et cette sensation est nouvelle, étrange et magnifique car il pensait les larmes réservées à la peine.

Le parvis se vide, Charles le quitte, serrant une dernière fois son épaule. Lucie s'avance lentement, elle semble fatiguée, amaigrie. Joachim prend conscience de sa fragilité et court vers elle. Il la serre dans ses bras comme si elle risquait de s'écrouler tout à coup.

— C'est un miracle ! Ce ne peut être que ça, mon amour, un magnifique miracle.

— C'est un peu ça, un miracle et le courage des hommes pour s'opposer à la barbarie.

— Où étais-tu pendant tout ce temps ?

— Le convoi était perdu, comme un train fantôme, comme si nous n'existions plus pour personne. Nous sommes partis de Toulouse en direction de Bordeaux, là d'autres wagons ont été ajoutés. Ils ont fait descendre des prisonniers, j'ai vu Maurice Goguet parmi eux, puis des coups de feu ont claqué et nous sommes repartis. Nous sommes repassés à Toulouse le 10 août, j'entendais des avions, des explosions, nous étions heureux de savoir les alliés avancer, libérer les villes. Toutefois nous étions morts de peur, qu'une bombe nous tombe dessus, qu'ils mitraillent les wagons. Certains d'entre nous avaient confectionné des drapeaux blancs et tricolores pour les prévenir qu'il y avait des gens dans ce train de marchandises. Le 18 août, nous sommes arrivés à Roquemaure, les Allemands ont décidé de nous transférer à pied jusqu'à Sorgues pour prendre un autre train. Alors que nous étions déjà à bout de forces, ils nous ont fait marcher sur dix-sept kilomètres en plein soleil. Ils frappaient les retardataires et n'ont pas hésité à en abattre quelques-uns, davantage pour l'exemple que par souci d'avancer plus vite. Ils nous avaient placées, nous les femmes, en tête du cortège, je ne sais pas pourquoi. Alors que nous marchions en colonne par trois, des avions alliés nous ont survolés. Pendant que les SS regardaient en l'air, j'ai pensé que c'était le bon moment et je me suis précipitée dans un fourré, légèrement en contrebas. Je suis restée dans la position où j'étais tombée, me gardant de faire le moindre mouvement, je crois même que j'ai retenu ma respiration. J'ai entendu les pas de mes camarades et ceux des SS passer au-dessus de moi, et puis plus rien. Je ne suis sortie de mon trou que longtemps après, alors que tout était bien calme. Je suis arrivée ensuite devant une maison dont la porte d'entrée était ouverte, des gens m'ont vue et sont venus vers moi. J'étais épuisée, en guenilles, je sentais les immondices, j'avais marché une quinzaine de kilomètres, j'avais fui. Mon corps n'avait plus bougé de ce wagon depuis des semaines, mes jambes ne me portaient plus, en leur parlant je me suis effondrée. Le père de famille m'a pris dans ses bras, comme on soulève un fétu de paille, il a vérifié que personne ne le voyait faire et il m'a cachée chez lui. Sa femme m'a donné à manger, de quoi me laver, me changer. Ils m'ont dit de rester chez eux, le temps que tout se calme dehors. J'ai attendu que leur fils revienne du village, qu'il confirme que le train était parti pour sentir enfin un soulagement.

L'écoutant, ne croyant toujours pas que c'est elle qu'il tient dans ses bras, Joachim la regarde. Malgré le maquillage, elle a les traits marqués, le visage d'une personne ayant espéré en vain, d'abord de s'enfuir, puis de mourir, de quitter l'enfer qu'était ce train.

Comme un souvenir, un réflexe, il caresse ses cheveux.

— Je les ai coupés ce matin, ils étaient abîmés.

Joachim sourit à cette futilité. Il aime savoir que son amour, revenant de l'enfer, pense encore à sa coiffure et au rouge à lèvres.

— Est-ce que tu connaissais la destination de ce train ?

— En Allemagne, à Dachau.

— Pourquoi ? Pour vous faire travailler comme des esclaves ?

— Je n'en sais rien…

Elle s'arrête, avale difficilement un peu de salive.

— J'ai entendu des choses terribles, que l'on ne peut pas imaginer. Les soldats SS nous parlaient à travers les grilles quand ils nous apportaient à boire. Il y en avait qui essayaient d'en donner plus, faisant couler l'eau sur le sol, pour le laver, rafraîchir les wagons et puis il y avait les autres, ceux qui nous frappaient, qui nous disaient que l'on pouvait bien mourir, ils s'en fichaient : *Crever dans ce train ou au camp, c'est la même chose !* Joachim, nous étions des centaines dans ce convoi. Tu aurais dû voir la tête des gens sur la route entre Roquemaure et Sorgues. J'avais l'impression qu'ils regardaient des morts avancer. C'est peut-être cela que nous étions tous à ce moment-là, déjà morts. Le père de famille qui m'a recueillie m'a appris qu'à Sorgues des cheminots, des gens du village avaient réussi à soustraire aux soldats une trentaine de déportés. C'est extraordinaire et en même temps tragique, il en reste encore tellement dans ces wagons…

— Tu es là avec moi, mon amour.

54

Dimanche 6 octobre 2019

— À l'époque, personne ne pouvait imaginer la barbarie, la cruauté des nazis. Le monde entier a découvert l'abomination de leurs crimes grâce aux photos des soldats quand ils ont libéré les premiers camps de concentration : les prisonniers survivants, les fosses, les fours, les chambres à gaz… – Joachim s'interrompt, frotte sa main droite. – Nous ne *savions rien*, tu te rends compte ? Toute cette horreur, si nous l'avions soupçonnée, nous nous serions jetés sur les trains, on aurait fait sauter les locomotives. Au lieu de cela, nous regardions les convois partir en pensant qu'on rassemblait ces gens, comme les Français l'avaient fait avec les Espagnols à Rivesaltes, au Vernet. Parmi les déportés du réseau Constant, nombre ne sont pas revenus : Lautmann, les frères Lion, Raymond Naves, Maurice Goguet…

L'hôtesse s'approche, remonte la tablette de Joachim.

— Nous allons bientôt atterrir, monsieur. Il faut attacher votre ceinture.

— Merci, madame, lui répond-il avec son œil rieur.

— Vous avez l'air d'aller mieux.

— Je vous l'ai dit, je me sens très bien. Vous vous êtes inquiétés pour rien. Je n'ai pas besoin de votre ambulance.

— C'est la procédure. Vous devez vous rendre à l'hôpital, la compagnie ne badine pas avec la santé de ses passagers.

— Bon, j'irai dans votre fichu hôpital si vous y tenez tant que ça.

— Joachim, ce sont surtout les assurances qui les y obligent.

En entendant l'avion sortir le train d'atterrissage, Joachim se crispe machinalement aux accoudoirs.

— Comment cela s'est passé, à la Libération ?

— C'était magnifique. Au début, j'ai cru que les idéalistes avaient finalement gagné, mais il y avait parmi les agneaux des loups, faits dans le même moule que les tortionnaires précédents. Tu vois, Étienne, à la Libération, j'aurais imaginé que les hommes se sauteraient dans les bras. Or je n'ai vu que rancœur, vengeance, règlements de comptes. Moi le premier, tu me diras…

— Il l'avait cherché.

— Si nous raisonnons comme cela, ça ne s'arrête jamais. Des femmes tondues, tu imagines ? Au nom de quoi ? L'honneur ? La jalousie ? D'avoir été un amant éconduit alors que l'amour pour cette femme se trouvait chez l'ennemi ? Étienne, je vais te confier quelque chose : un Allemand m'a sauvé la vie, deux fois ; un Français m'a trahi ; des Espagnols, mes frères, ont essayé de me tuer, m'ont fait fuir de mon pays ; des Français sont venus se battre pour ma liberté en Espagne, des Irlandais, des Russes ; le premier soldat que j'ai vu entrer dans Toulouse était un républicain espagnol. Où sont les ennemis, les amis ? À la Libération, des hommes ont été passés à tabac, des gens se sont entre-déchirés alors que revenait tout juste celle que l'on avait tant désirée, la *Liberté*.

Et par le pouvoir d'un mot
Je recommence ma vie
Je suis né pour te connaître
Pour te nommer
Liberté.

Je regarde la main de Joachim.

— Vous avez pu peindre à nouveau ?

— Jamais comme avant. J'ai dessiné, j'en ai fait mon métier. À la fin de la guerre, *La Dépêche* m'a engagé comme illustrateur. J'intervenais en tant que formateur à l'*Académie des beaux-arts de Toulouse*. Pour m'amuser, j'ai réalisé quelques aquarelles mais ma main ne s'est pas remise de la fracture et *Judith* fut mon chef-d'œuvre.

— Vous avez eu des nouvelles du tableau perdu ?

— Non, jamais, ni de celui parti en Allemagne.

Joachim regarde les lumières de New York approcher.

— Vous avez fini par vous marier avec Lucie ?

— Tu as besoin de le savoir pour ton livre ?

— Qui sait, peut-être que votre histoire pourrait faire un joli roman.

— Nous nous sommes mariés le 11 novembre 1944 à Saint-Agne en l'église Sainte-Germaine, à vingt minutes à pied du Boulingrin. Pour l'anecdote, après la cérémonie, nous sommes rentrés heureux chez le père de Lucie pour le repas de noces avec les invités, en remontant l'avenue Frizac. Cette dernière possède une particularité amusante : en automne, les noyers d'Amérique qui la bordent libèrent leurs fruits sur la tête des passants. Observant le cortège, nous attendions de savoir lequel d'entre nous recevrait une bogue. C'est alors que j'ai entendu des rires, des conversations nourries provenant d'une belle maison un peu en retrait de l'avenue. Sur le balcon, un groupe faisait face à un photographe, c'était *une* photographe, d'ailleurs : Germaine Chaumel. Je me suis arrêté, avec à mon bras Lucie, pour regarder ces hommes et ces femmes en train de poser de manière très indisciplinée face à l'objectif. C'était la demeure de Jean Cassou, à l'époque il était encore commissaire de la République de la région de Toulouse et se remettait à peine de son accident. Pendant la libération de Toulouse, sa voiture avait rencontré une colonne allemande. Ses deux compagnons avaient été tués et lui, laissé pour mort, avait ensuite été transporté à l'hôpital Purpan dans le coma. C'est lui que j'ai identifié le premier, j'avais eu la chance de le croiser quelques jours auparavant avec Charles, qui le comptait parmi ses connaissances. Il était avec Francis Crémieux, écrivain, résistant communiste que j'avais côtoyé à la Libération. Je les ai salués en levant mon chapeau. Jean Cassou a crié : *Vive les mariés !* Tous ont repris ses mots à l'unisson et ont applaudi notre cortège. C'est alors que je les ai tous reconnus. J'ai serré le bras de Lucie n'y croyant pas sur l'instant. Ils étaient tous là, face à nous. À côté de Francis Crémieux, il y avait Tristan Tzara, Louis Aragon un peu en retrait, sa femme Elsa Triolet – celle des *yeux* –, Léon Moussinac avec sa moustache brune et les cheveux en arrière et Paul Éluard juste à côté de Jean Cassou. Tu imagines ? J'ai lancé un *Merci !* ils ont dû penser que c'était pour leur ban, moi je les remerciais d'avoir sauvé mon esprit, de m'avoir guidé par leurs stances. J'avais appris le français à travers les poèmes d'Éluard, ce qu'est la liberté, la beauté, le mot « aimer ». Aragon m'avait enseigné le courage et l'amour inconditionnel pour quelqu'un. Je n'ai plus rien dit jusqu'à notre arrivée chez mon beau-père. Me sachant ému, Lucie comprit et respecta mon silence.

L'avion a atterri depuis une dizaine de minutes. Nous sommes encore assis à discuter avec Joachim, la cabine presque vide.

— Monsieur, voulez-vous qu'un membre de l'équipage vous accompagne jusqu'à la sortie de l'avion ? Les ambulanciers sont là, ils vous attendent pour vous installer dans un fauteuil roulant.

— Un *fauteuil roulant* ?

— C'est la procédure, Joachim. Mademoiselle, ce ne sera pas la peine, je m'en charge.

Je me lève et aide Joachim à sortir de son siège.

— On est d'accord, si tu écris ce livre sur moi, tu me fais grand et blond.

— Je m'en souviendrai.

Nous rions tous les deux en remontant le couloir. Soudain l'expression de Joachim se fige, je le sens se raidir à mon bras.

— Qu'est-ce qu'il vous arrive, Joachim, ça ne va pas ?

— Si, tout va très bien au contraire. L'ambulancier face à nous…

— Oui, eh bien ?

— C'est mon petit-fils !

— Ce n'est pas possible…

Je ne crois pas un instant à ce que je suis en train de vivre. Le jeune homme court vers nous, embrasse Joachim.

— Papi, mais qu'est-ce que tu fais là ?

— En voilà une question… Je suis venu te voir !

— Mais… mais comment tu comptais t'y prendre pour me retrouver ? Tu avais une adresse ? Mon portable ?

—Non, mais j'avais confiance en ma bonne étoile.

— Mais Papi…

— Quoi ? Je suis là avec toi, c'est ce qui compte, non ?

— Tu as raison…

— Joachim, je vous laisse.

— Oui Étienne, j'ai été ravi de voyager avec vous.

— Joachim… Merci pour tout. Pour l'histoire, pour ce moment que je viens de vivre à l'instant. Jeune homme, vous avez un grand-père admirable.

— Je le sais, monsieur. Je le sais…

Je remonte la sacoche d'ordinateur sur mon épaule, rallume mon smartphone. Les messages pleuvent, je les lirai plus tard.

— Allo, Alex ?

— Oui.

— C'est Étienne. Je crois que j'ai la matière pour un article intéressant, voire peut-être pour un bouquin.

— Cool, tu as retrouvé l'inspiration ?

— On va dire que j'étais assis à côté pendant mon vol depuis Paris. Je t'expliquerai demain au journal.

***

— Vous voulez aller où, monsieur ?

— À l'angle de Mercer et Howard street.

— Pas de problème.

— Chauffeur, je peux vous poser une question ?

— Oui ?

— D'où venez-vous ?

— Du Queens.

— Non, je veux dire : de quel pays ? Moi, je viens de France. Quand je n'y suis pas, je me demande pourquoi je l'ai quittée ; et quand je suis là-bas, je me demande comment j'ai pu y rester tout ce temps.

— Calcutta, en Inde. Je suis arrivé à New York il y a une dizaine d'années. Je ne regrette pas d'être venu en Amérique, j'ai une vie bien meilleure, mais j'ai parfois le mal du pays.

— Pourquoi chauffeur de taxi ?

— C'est le truc le plus facile, ici. Tout est droit, quadrillé. Les États-Unis sont comme leurs avenues : simples. C'est comment, la France ?

— Compliqué. Rien n'est droit, les rues, les gens…

Sur le pont de Brooklyn, à bord de mon taxi jaune, avec cette image d'Épinal en tête, je me demande quand cesse-t-on de remarquer tous les clichés sur New York qui font que cette ville subjugue tant les gens. En fait, quand devient-on vraiment New-Yorkais ?

— Monsieur, ça vous dérangerait de me laisser à Battery Park ?

— Non, monsieur, pas de problème.

J'ai envie de continuer un peu dans le stéréotype avant de rentrer chez moi, de profiter des couleurs de l'automne, la saison où cette ville, le monde entier, *tout* est plus beau.

Marchant à travers le parc, face à la statue de la Liberté, c'est sûrement le mot que j'ai le plus écrit pendant que je prenais des notes sur la vie de Joachim, « liberté ».

Je m'assieds sur un banc, observe les ferries qui partent pour Staten Island. Je ne les ai pas pris depuis un moment. Karen adorait ça, et moi j'adorais Karen. J'aime ce lieu, sentir les embruns de l'Hudson, les mouettes. J'ai toujours apprécié ce bout de Manhattan, je crois que je l'affectionnais avant même de venir à New York. Paradoxalement, dans cette ville gigantesque où l'on a toujours quelque chose devant ou au-dessus de soi, c'est l'un des rares endroits où l'on a véritablement la sensation d'espace.

Mon ordinateur est ouvert et je commence à taper mon éditorial pour le journal.

Ce matin, je me suis assis dans l'avion pensant être lassé de ce monde, de l'arpenter sur sa couche superficielle à l'heure du tout image, où chaque minute une photo, une vidéo vous plonge dans l'extraordinaire, vous fait réagir. Cet afflux d'informations, en continu, condamne la surprise presque immédiatement, ce qui vous fait rire, vous fait réagir est éteint l'instant d'après, évanoui. Comme cet éditorial que je suis en train d'écrire, que vous lisez et que vous oublierez sûrement quelques minutes plus tard. Ce matin, je pensais que chaque expérience vécue était soit à effacer de sa mémoire, soit amenait un ressentiment, mot à la mode actuellement.

L'homme qui s'est assis à côté de moi dans cet avion, le vol Paris – New York de ce matin, m'a montré que je me trompais. Il m'a raconté son histoire. Il avait vécu deux guerres, avait perdu sa famille, deux femmes qu'il avait aimées et qui avaient été déportées dont une seule était revenue. Un homme lui avait brisé la main, l'empêchant de devenir un artiste peintre de renom. De ce vécu, il n'en tirait aucun ressentiment, seulement une expérience de vie : « C'est comme ça, ces choses arrivent. Le chemin est jalonné de ronces, mais d'elles éclosent de magnifiques roses. »

Cet homme m'a montré que l'on pouvait toujours tirer du positif de toute chose même les plus obscures. Son histoire est magnifique à plus d'un titre et mérite que l'on s'y attarde un peu plus. Je vous parle de lui ce matin, pour la seconde leçon qu'il m'a donnée. Que la vie peut encore nous surprendre alors que l'on n'en attend plus rien.

Ce monsieur était parti de Paris pour venir voir son petit-fils à New York, sans d'autres informations que son nom de famille et son prénom. Il était persuadé de pouvoir le trouver. Moi, en éternel cynique je ne lui dis rien mais n'en pensais pas moins. En plein vol, alors qu'il me racontait son histoire, il a eu un malaise. L'hôtesse a appelé le personnel au sol pour qu'une ambulance l'attende sur le tarmac. En descendant de l'avion, j'ai accompagné cet homme jusqu'au personnel de l'aéroport. Des brancardiers sont arrivés pour le prendre en charge, parmi eux...

son petit-fils. Si je n'avais pas vécu cette histoire, je ne l'aurais jamais crue possible.

Je m'arrête d'écrire, réfléchis à la suite de mon texte, le regard dans le vide, vers le fleuve, uniquement troublé par le passage de joggers.

Je prends mon smartphone et tape dans la barre de recherche : *Judith décapitant Holopherne, Caravage perdu, Toulouse.*

Plusieurs résultats s'affichent sur l'écran. Ils traitent d'un tableau disparu depuis des années qui serait réapparu dans un grenier dans la région toulousaine en 2014.

Un article attire mon attention. Il émane d'un site spécialisé :

La Maison Marc Labarbe a annoncé la vente de gré à gré du tableau Judith décapitant Holopherne *redécouvert dans un grenier dans la campagne proche de Toulouse en 2014 et attribué, non sans débats, au Caravage.* La Gazette Drouot *et le* New York Times *ont levé le voile sur l'identité de l'acheteur qui ne serait autre que le gestionnaire de fonds et collectionneur d'art américain Tomilson Hill, lequel aurait proposé une somme bien supérieure à la mise de départ de 30 millions d'euros.*

Le tableau devrait rejoindre la collection des peintures européennes du Metropolitan Museum of Art à New York.

Je ferme mon ordinateur et pars pour le *Met*.

Joachim s'est bien gardé de l'avouer, mais je reconnais là son côté espiègle de vieux briscard. Il est peut-être ici pour rendre visite à son petit-fils mais il est surtout venu *la* voir.

En entrant dans le musée, je suis sûr de le retrouver, c'est sans doute la première chose qu'il a dû vouloir faire après avoir déposé ses bagages à l'hôtel.

Je traverse le hall, les premières salles, sans regarder la moindre toile, n'ayant presque pas conscience des siècles de virtuosité picturale accrochés le long de mes pas, n'ayant moi aussi qu'un but : *elle*… lui.

Judith trône en bonne place dans la partie réservée aux maîtres italiens, à côté de deux autres Caravage, *Les Musiciens* et *Le Reniement de saint Pierre*, dans la même salle que Titien, Véronèse et Tintoret.

Elle est magnifique. À cet instant je regrette de ne rien connaître à la peinture pour pouvoir exprimer ce que je ressens réellement face à ce tableau. L'intensité du regard de Judith, la volonté dans ses mains, celle qui tient le couteau, celle qui empoigne les cheveux d'Holopherne.

Je ne sais pas si je suis sensible à cette œuvre parce que Joachim m'en a parlé, décrit les moindres détails ou parce qu'il est tout simplement exceptionnel.

Je m'assieds, avale une gorgée de café. Je me rends compte que j'y ai pris goût. Le café filtre me manque quand je suis loin de *la ville qui ne dort jamais*. Les New-Yorkais sont les seuls à faire un aussi bon *jus de chaussette*.

Face à Judith, j'ai presque envie de lui parler. Elle qui a passé tant de temps avec Joachim et Lucie, elle qui a vécu la fusillade, le trajet jusque dans la campagne toulousaine. J'ai envie de lui demander si tout cela est vrai, cette histoire de copie, de réseau, de disparition.

Joachim est là, à l'autre extrémité du banc…

— Elle est belle.

— Pas autant que la vraie.

— Ce n'est quand même pas votre reproduction qui est devant nous ?

— Je n'ai pas dit ça.

— … L'anecdote de *Guernica*, ce n'est pas de vous… C'est de Picasso.

— Je l'aime bien, celle-ci, elle mérite que l'on se l'approprie. L'Histoire supporte quelques petits arrangements avec la vérité.

— Vous êtes venu vérifier si ce tableau n'était pas le vôtre ?

— Ne dis pas de bêtises, Étienne. Des dizaines d'experts se sont penchés sur cette toile et l'ont attribuée au Caravage. Non, je suis venu la voir *elle*. J'ai passé tellement de temps à l'observer que j'ai l'impression d'y voir Lucie à cette époque, ça me fait du bien.

— Elle lui ressemblait tant que ça ?

— Oui et non. Le regard décidé c'était elle, cette peau diaphane aussi. Les yeux de Lucie étaient verts et puis elle avait des taches de rousseur sur tout le corps, pas Judith.

Joachim se lève, marche péniblement comme si cela faisait des heures qu'il était ici, face au tableau.

J'observe cet homme de presque cent ans, debout, faisant face à la toile. Il semble retenir sa main, il voudrait la caresser, la toucher. Il regarde les spots au-dessus, se penche vers le membre du personnel assis au-dessous de l'œuvre.

— Vous devriez l'éclairer différemment.

— Pourquoi, Monsieur ?

— Vous êtes étudiant ou juste gardien ?

— Je suis étudiant en histoire de l'art, je suis ici pour gagner un peu d'argent.

— Alors vous devriez savoir comment peignait le Caravage. Dans ses œuvres, la lumière suit une trajectoire bien précise, et pour le comprendre il faut les éclairer par un faisceau qui va du coin haut à gauche vers le bas à droite.

— Vous êtes professeur en histoire de l'art ?

— J'ai enseigné et disons que j'ai une relation particulière avec ce tableau.

Joachim examine les parois immaculées de la salle, l'intensité de la lumière artificielle.

— Vos murs, vos spots, c'est moderne mais ça n'est pas adapté à ces peintures. Le Caravage, c'est conçu pour les chapelles, pas pour les musées. Il faut un éclairage du XVIIe.

L'étudiant sourit à ce vieux monsieur à l'accent bizarre, baragouinant un anglais approximatif. Joachim regarde le jeune homme qui pose sur lui un air presque attendri.

— Il me prend pour un neuneu, non ?

— Je n'en sais rien, Joachim. En tout cas, il ne peut pas deviner que vous avez passé des jours et des nuits à étudier ce tableau.

Il s'avance encore, le gardien se lève pour le rappeler à l'ordre, lui dire de ne pas trop s'approcher et surtout de ne pas essayer de le toucher. Il y a des alarmes qui se déclenchent à quelques centimètres de la toile.

— Si je le pique, vous allez me courir après ? dit-il en souriant.

Le gardien lui rend son sourire poliment, se rassied, sent qu'il n'a rien à craindre de ce gentil papi français.

Joachim se penche sur le cou de Judith, ses épaules, son décolleté, lui tourne autour comme s'il cherchait un angle, une lumière précise, positionne sa main comme un cache, une ombre. Il caresse sa barbe, reste un instant immobile. Je l'observe comme si j'attendais qu'il me fasse signe. Il se redresse et commence à s'éloigner.

— Vous vérifiiez si elle avait des taches de rousseur ?

Il ne répond pas, lève son bras pour me saluer.

— Joachim, est-ce qu'elle en a ?

Le gardien tousse pour me rappeler à l'ordre.

Je me lève, m'approche de Judith, examine son visage, la naissance de ses seins. Il n'y a rien, et l'instant d'après je les vois. J'ai peur de les avoir imaginées.

Je me retourne, j'aperçois Joachim qui franchit le seuil de la salle voisine.

— Joachim ! Joachim !

Le gardien me reprend :

— *Don't shout please*.

Je pourrais lui courir après, lui demander si c'était mon imagination ou l'incidence de la lumière sur la toile… Je ne le ferai pas.

Annexe

Le Train Fantôme.

L'existence de ce train, son parcours, les évadés de Sorgues, tout est vrai.

Le 2 juillet 1944, les derniers internés du camp du Vernet, en Ariège et les prisonniers de saint Michel sont entassés dans des wagons à bestiaux en gare de Raynal à Toulouse (700 hommes et 66 femmes, dont vingt-cinq résistantes provenant de la prison). Sous une chaleur étouffante, le train part pour Bordeaux le 3 juillet, puis vers Angoulême. Une partie des voies étant détruites par les alliés, le convoi opère un demi-tour et revient vers Bordeaux où il reste un mois. Les hommes sont enfermés dans la synagogue et les femmes au fort du Hâ. Le 9 août, le train repart pour Toulouse et direction Lyon. Stoppé des journées entières sur des voies désaffectées, il subit le mitraillage des alliés qui ignorent la cargaison qu'il transporte. Le 18 août, les prisonniers sont contraints de marcher 17 km pour rejoindre un autre train en gare de Sorgues. Là, certains d'entre eux s'évadent grâce à l'aide des cheminots et de la population. Les déportés arrivent à Dachau le 28 août 1944, les femmes sont transférées à Ravensbrück une semaine plus tard.

Entre décembre 1942 et Fin 1944, plus de 86 000 personnes ont été déportées depuis la France vers l'Allemagne et l'Autriche, un peu plus de la moitié reviendra. Le dernier convoi partira de Toulouse le 30 juillet 1944 (le 18 août 1944 à l'échelon national). En Haute-Garonne il y aura 1 370 déportés dont 1 068 à Toulouse.

Joachim croise des personnages ayant réellement existé. Les hommes qui constituent le réseau fictif *Constant*, pour certains, ont joué un rôle important dans la Résistance et la libération de Toulouse.

BADIOU Raymond

Professeur de mathématiques. À la suite de l'arrestation de Raymond Naves, il est désigné pour diriger le comité local de libération. Il est élu maire de Toulouse en 1945.

BERTAUX Pierre

Professeur d'allemand à la Faculté de Lettres. Il sensibilise les étudiants sur les dangers du nazisme en leur faisant étudier Mein Kampf. Il fonde le réseau qui porte son nom, à la libération il remplace Jean Cassou, blessé, comme commissaire de la République.

CASSOU Jean

Révoqué de son poste de conservateur du musée d'art moderne par Vichy, il entre en résistance à travers le groupe du *Musée de l'Homme*. Il échappe à la Gestapo et vient se réfugier à Toulouse où il devient membre du réseau *Bertaux* durant l'été 1941. Il est plusieurs fois arrêté. En juin 1944, il est nommé président du comité régional de libération, puis commissaire de la république. Lors de la bataille de la libération de la ville, il est grièvement blessé, il restera deux semaines dans un semi-coma. Il retrouve ses prérogatives de conservateur de musée à la fin de la guerre.

DOTTIN Paul

Doyen de la Faculté de Lettres de Toulouse de 1937 à 1944, puis recteur de l'université. Il refuse les lois d'exclusions des élèves juifs et les quotas. Dottin contourne les lois, les cache, permettant à ces étudiants de continuer à suivre les cours et cela malgré la présence de collègues pétainistes susceptibles de le dénoncer.

LANGER Marcel *Mendel*

Ancien des Brigades internationales, Juif polonais.

Il combat en Espagne avec la 35e division de mitrailleurs (qui donnera son nom à la 35e brigade FTP-MOI très active durant la résistance et à la libération de

Toulouse). Il est arrêté et interné au camp d'Argelès-sur-Mer puis de Murs d'où il s'évade. Il rejoint Toulouse et entre en clandestinité. Le 5 février 1943, il est arrêté avec une valise d'explosifs. Torturé, il refusera de parler et sera guillotiné le 23 juillet. Il dira à son procès : *Je meurs pour la France et une humanité meilleure*. Il symbolise le courage et le sacrifice de la Résistance.

LAUTMANN Albert

Philosophe normalien, membre de L'AS (Armée secrète). Il est arrêté après avoir été dénoncé par la Gestapo. Il est déporté dans le Train Fantôme. Il sera fusillé le 1er août 1944 au camp de Souge en Gironde.

Les frères LION

Henri et Raoul Lion sont deux imprimeurs par qui transite la presse clandestine et des faux papiers (certains certificats de baptêmes pour les Juifs délivrés par Mgr Saliège et des faux papiers d'identité). Le 4 février, la Gestapo tend un piège à l'imprimerie, ils arrêteront une soixantaine de personnes. Ils mourront déportés à Mauthausen.

NAVES Raymond *Leverrier*

Enseignant à la Faculté de Lettres. Il se sert du cours sur les Lumières pour inculquer des notions de liberté et de respect d'autrui. Il refuse d'entrer en clandestinité pour ne pas léser les étudiants, il est arrêté après le coup de filet à l'imprimerie Lion. Il meurt à Auschwitz le 15 mai 1944.

RAVANEL Serge

Polytechnicien, commandant des FFI de Toulouse. Il sera très actif pour l'évasion de Raymond Aubrac, dont Lucie Aubrac dira de lui que c'est son *petit frère*. Il participe à la bataille de Toulouse au côté de Jean Cassou. Lors de la visite de De Gaulle, il s'accroche avec lui, car il lui reproche ses largesses avec les communistes. Le général de Gaulle qualifiera Toulouse, lors de son discours, de Capitale rouge du sud.

VERDIER François *Forain*

Franc-maçon, il est arrêté, torturé et assassiné par la Gestapo, on retrouvera son corps en forêt de Bouconne avec une grenade explosée dans la bouche. Il incarnera, comme Jean Moulin, l'homme qui a réussi à unifier les groupes de Résistance.

VIADIEU Achille *Ginou*

Très actif au sein de la résistance. Le 2 juin, il est repéré par la Gestapo alors qu'il vient effectuer une mission place du capitole, s'ensuit une longue course-poursuite dans les rues de Toulouse. La voiture fait une embardée sur le Boulevard des Récollets, il sort de l'habitacle, aura le temps de crier *Vive la France libre !* avant de se faire abattre par la Gestapo.

La scène du *balcon des écrivains* existe vraiment, elle est immortalisée dans une photo de Germaine Chaumel. Il n'y a ni le lieu, ni les raisons de ce rassemblement, seulement une date approximative : novembre 1944.

Les discours de Pétain, du général de Gaulle, de Ravanel, de Badiou sont authentiques.

Je remercie le musée départemental de la Résistance et de la Déportation de Toulouse pour les précieux documents fournis, par le biais de sa collection permanente et de la magnifique exposition sur Germaine Chaumel, photographe toulousaine qui m'a permis, par ses photographies sur la vie quotidienne à Toulouse de 1938 à 1944, d'imaginer des lieux et des décors nécessaires à mon récit.

Je suis reconnaissant à Madame Pilar MARTINEZ-CHAUMEL, petite fille de Germaine CHAUMEL, qui m'a permis d'utiliser une des photos de sa grand-mère. Pour l'anecdote, la photo du couple sur la couverture représente Paqui, la fille de Germaine et mère de Pilar, en compagnie d'un ami.

Je me suis servi du livre d'Aline DUPUY, Thierry CROUZET et Frédéric VIVAS, *Journal d'une lycéenne sous l'Occupation*, pour m'immerger dans le quotidien de cette période.

L'anecdote de l'aéroport est vraie.

Un matin, j'écoutais une émission sur France Inter. L'invité, un homme dont je n'ai pas pu retrouver le nom, parlait d'une vieille dame rencontrée à l'aéroport JFK de New York. Il s'apprêtait à prendre son avion pour Paris quand il a aperçu cette vieille dame qui pleurait. Et plus le temps passait et plus elle pleurait. À un moment, il s'est levé pour voir ce qu'il lui arrivait, pourquoi elle était aussi malheureuse. La vieille dame d'origine polonaise était venue rendre visite à son fils à New York car elle n'avait plus de nouvelles de lui depuis longtemps. Elle était arrivée dans cette ville immense avec comme seules informations le nom et le prénom de son fils. Elle pensait vraiment pouvoir le retrouver mais, au bout d'une semaine de vaines recherches, elle avait dû se résoudre à rentrer en Europe. Elle pleurait à cause de cela. L'homme essayait de la consoler mais rien n'y faisait, si bien qu'à un moment il a dû appeler une hôtesse pour qu'elle prévienne les secours car la dame ne se sentait pas bien. (L'homme interviewé marque alors une pause, reprend, on sent qu'il est encore émotionné par ce qu'il a vécu là-bas.) Quand les secours sont arrivés, un des ambulanciers s'est approché de lui et a dit :

— C'est ma mère, mais qu'est-ce qu'elle fait ici ?

— Elle est venue vous voir et était sur le point de repartir.

J'étais au volant, arrêté, écoutant la gorge serrée cette histoire hallucinante. À l'époque je cherchais un point de départ pour un nouveau roman, il venait de me tomber dessus au moment où je ne m'y attendais pas.

La biographie écrite par mon grand-père Robert, *L'histoire d'un homme ordinaire*, m'a apporté certaines anecdotes présentes dans le livre. La fuite de Lucie, le 11 juin 1940 est en fait la sienne (le panier en osier qui cisaille le bras, les docs de Gennevilliers qui brûlent, les nonnes, la micheline partant toute seule et l'arrivée à Toulouse). *Rechapeur de pneus* était aussi son premier emploi, l'atelier n'était cependant pas rue de Metz comme celui de Jacques mais sur le boulevard Carnot, face au cinéma *Les Nouveautés*.

Le village andalou de Maria est celui dont est originaire ma grand-mère, et le métier qu'exerce le père de Joachim, *arracheur de blocs de glace*, était celui de mon arrière-grand-père.

***

Pour finir, l'histoire du tableau est en partie vraie.

Judith décapitant Holopherne est bien un tableau du Caravage disparu en 1619 qui a été découvert dans un grenier de la région toulousaine en 2014, suscitant la polémique quant à son authenticité. Il a cependant été prouvé que ce tableau n'était pas un faux *récent*, mais bien un original contemporain du Caravage. La question demeure de savoir s'il a été peint par ce maître du clair-obscur ou s'il est l'œuvre de Louis Finson, car les deux peintres ont partagé le même atelier à Naples. De plus, il est avéré que Finson a passé du temps à Toulouse où il a organisé une loterie en 1615. Après expertises, il est finalement attribué au Caravage et a été vendu à l'homme d'affaires et collectionneur d'œuvres d'art américain J. Tomilson Hill. Toutefois, personne ne peut expliquer comment ce tableau s'est retrouvé dans ce grenier toulousain. Cela ouvrait donc la voie à plusieurs hypothèses. J'en ai choisi une…

T.D.O Éditions, SARL

Composition, mise en page : TDO Éditions
ISBN : 978-2-36652-340-9
Dépôt légal février 2023
Impression sur les presses
de Laballery février 2023